히포크라테스선서

HIPOKURATESU NO CHIKAI

by Shichiri Nakayama

Copyright © Shichiri Nakayama, 2016
All rights reserved.
Original Japanese edition published by arrangement with SHODENSHA Publishing Co.,Ltd., Tokyo
in care of Tuttle-Mori Agency, Inc., Tokyo through ENTERS KOREA CO., LTD., Seoul.

이 책의 한국어판 저작권은 (주)엔터스코리아를 통해 저작권자와 독점 계약한 블루홀식스에 있습니다.
저작권법에 의하여 한국 내에서 보호를 받는 저작물이므로 무단전재와 무단복제를 금합니다.

히포크라테스 선서

나카야마 시치리 장편소설 — 이연승 옮김

차례

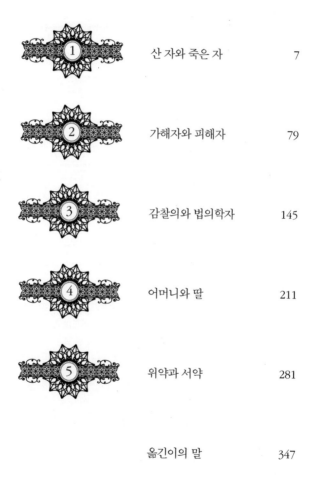

• 본문 괄호 안의 설명은 옮긴이가 달았습니다.

산 자와 죽은 자

1

"당신, 시신은 좋아합니까?"

마코토는 질문을 받고 대답을 망설였다.

11월의 엷은 햇살이 들어오는 법의학 교실에서 채 인사도 나누기 전에 받은 첫 번째 질문이다. 눈앞에 앉아 있는 질문자는 서양인인데도 일본어가 매우 유창했다.

"아, 실례. 소개를 아직 안 했군요. 저는 법의학 교실에서 조교수로 근무하는 캐시 펜들턴입니다."

"여, 연수의 쓰가노 마코토입니다."

마코토는 그녀가 내민 손을 황급히 맞잡았다. 뼈가 도드라진, 손가락이 가늘고 긴 손이다. 의사보다는 피아니스트의 손에 더 잘 어울려 보인다. 얼굴은 빈말로라도 미인이라고 하기 힘들었다. 고집 세 보이는 짙은 눈썹에 하관이 유독 발달해 있다. 심하게 말하면 예쁜 이름과 손가락만이 그녀가 지닌 여성스러움이라 하겠다.

"그래서 시신을 좋아합니까?"

"특별히 좋아하지는……."

"그럼 싫어합니까?"

"아뇨. 저…… 시신에 좋고 싫고가 있을까요?"

그러자 캐시는 눈을 휘둥그레 뜨며 물었다.

"시신을 좋아하지도 않는데 법의학 교실에 온 겁니까? 부검의가 어떤 대우를 받는지는 알고 있나요?"

그런 건 이미 알고 있다. 비단 마코토만이 아니라 다른 학생, 연수의들도 알고 있을 것이다. 부검의는 임상의에 비해 수입이 적다. 또 민간 병원과 대학에서 근무하는 의사 사이에는 봉급차가 제법 크다. 따라서 대학에서 근무하는 부검의는 조건이 이중으로 열악한 셈이다.

"지망은 내과지만 임상 연수장님 지시로……."

"임상 연수장? 아, 내과의 쓰쿠바 교수님 말이군요. 그래서 이곳에 온 이유는?"

"쓰쿠바 교수님께서 더 폭넓은 지식을 쌓을 필요가 있다며…… 법의학 교실 연수 과정을 더해서 전체 성적을 평가하겠다고 하셨어요."

일본에서는 의대에서 6년 간 교육받고 국가시험에 합격하면 의사 면허를 딸 수 있다. 그러나 의사 면허를 취득하지 않은 학생 신분으로는 법률상 의료 행위에 종사할 수 없으므로, 면허를 취득한 시점에서는 실제 의료 경험은 전무하다고 할 수 있다. 곧 의료 경험이 없는 의사가 대거 양산되는 난감한 상황이 발생하는 것이다. 따라서 의과는 2004년, 치과는 2006년부터 면허 취득 후 임상 연수라는 명목 아래 상급의의 지도를 받으며 경험을 쌓는 임상 연수 제도가 의무화됐다.

의과에서는 2년 이상 연수를 받도록 정해져 있는데, 이곳 우라와 의대에서는 평점제를 추가로 도입했다. 다시 말해 임상 연수만 받으면 끝나는 게 아니고 담당 교수의 평가가 '가優' 이상이어야 단위를 취득할 수 있다. 담당 교수가 기술과 지식을 인정해야 비로소 어엿한 의사로 대우받는 제도는 교수와 환자들에게는 호평 받았지만 연수의들한테는 매우 가혹한 것이었다. 담당 교수 손에 생사가 달린 거나 마찬가지이기 때문이다.

"그렇다면 법의학 교실에서 단위를 취득하지 못하면 줄곧 허송세월만 하겠군요."

마코토는 허송세월이라는 표현이 가슴에 와 닿아 저도 모르게 연신 고개를 끄덕였다.

임상 연수 제도에서는 연수의의 아르바이트가 금지돼 있다. 대신 월급을 받는데 연봉으로 평균 365만 엔 수준이다. 어디까지나 평균이고 민간 병원과 대학 병원 사이에는 격차가 있다.

대학끼리도 서로 다르다. 또 아무리 연수의라 해도 비싼 전문 서적은 물론 주거비까지 자비로 충당해야 해서 학생 때보다 조금 나은 생활수준을 유지하는 게 고작이다. 게다가 자금이나 연줄이 없으면 개업도 할 수 없으니 운 나쁘면 계속해서 한 사람 대접을 못 받고 여기저기서 값싸게 부려 먹히게 된다. 따라서 허송세월만 한다는 말이 그야말로 안성맞춤이라고 할 수 있다.

"쓰쿠바 교수님은 성품이 온화하고 매사에 공정한 분이니 당신을 괴롭히려고 이곳에 보내지는 않았을 겁니다. 그럼 조교수로서 첫 번째 조언을 드리죠. 먼저 시신을 좋아하도록 해 보세요."

"저, 그런데……."

마코토는 조심스레 손을 들어 발언권을 구했다. 몇 마디 나눠 보니 눈앞의 조교수는 모든 것을 스스럼없이 말하는 성격인 듯하다. 이번 기회에 물어볼 것은 물어보자고 생각했다.

"네, 뭐죠?"

"저, 지금껏 내과에서 연수해서인지 이해가 잘……. 생체, 곧 환자를 좋아하라면 이해하겠습니다. 환자의 몸에 파고든 병을 파악하고 건강한 몸으로 되돌리는 것, 환자가 아무리 성격 이상자거나 심지어 범죄자라고 해도 온전히 존엄을 지키며 치료에 전력을 다하는 것, 그것이 의사의 사명이라고 배웠습니다."

"나도 그 말에는 동의합니다."

"하지만 대상이 시신이어도 과연 그럴까요? 더는 살아 있지 않은 몸입니다. 의사가 아무리 발 벗고 노력해도 죽은 이가 되살아날 수는 없어요. 물론 학술적으로 필요하다는 건 알지만…….
그러니까 그게 꼭 의사가 해야만 하는 일일까요?"

"시신을 상대하는 게 즐겁지 않습니까?"

아무리 일본어가 유창하다고 해도 원어민이 아니니 어느 정
도 해석이 필요하다. 지금 질문은 '재미'가 아닌 '보람'을 느끼
느냐는 뜻일 게다.

"의사의 본분은 환자를 고통에서 해방해 주는 거라고 생각해
요. 그러니 살아 있는 환자와 시신을 동일 선상에 놓고 보는 건
조금…….”

그 말을 듣고 캐시는 자리에서 벌떡 일어섰다.

"마코토, 컴 온."

그러더니 마코토의 팔을 붙잡고 교실 밖으로 끌고 갔다.

뭔가 거슬리는 말이라도 한 걸까. 마코토는 곧장 사과할 말
을 떠올렸지만 캐시의 팔 힘이 워낙 세서 별 저항도 못하고 밖
으로 끌려 나갔다.

"마코토, 읽어 보세요."

캐시가 가리킨 것은 교실 입구에 걸린 진주 플레이트다. 길
이 2미터 남짓 되는 판에 다음과 같은 문장이 새겨져 있었다.

"……나는 내 능력과 판단에 따라 환자에게 도움이 되는 치료만
할 것이고 해가 되거나 옳지 않은 일은 하지 않겠습니다. ……나
는 어느 집에 들어가든 오로지 환자의 이익만 생각하며 어떤 의
도적인 비행이나 해악은 범하지 않겠습니다. 그리고 이 선서를

11

실천해 나가는 한 나는 나의 삶과 의술을 향유할 수 있지만, 만에
하나 선서를 어기는 순간 그 반대 운명에 치닫게 될 것입니다."

이른바 「히포크라테스 선서」라고 부르는 서약문이었다. 의학
의 아버지 히포크라테스가 그리스 신 앞에서 맹세한 선언으로
의대라는 간판이 걸린 곳이면 어디든 하나는 게시돼 있다.

"이건 왜⋯⋯?"

"선언문에 환자가 산 자와 죽은 자로 구분돼 있나요?"

"하지만⋯⋯."

"이 선언문이 법의학 교실에 걸려 있는 건 매우 상징적입니
다. 기초 의학과 임상 의학의 벽을 넘어 산 자와 죽은 자는 모두
똑같은 환자입니다."

캐시는 그제야 마음이 풀렸는지 마코토를 다시 교실로 들였다.

"특히 교수님 앞에서 법의학에 부정적인 태도를 보이는 건
좋지 않습니다. 주의하세요."

"저, 펜들턴 조교수님."

"캐시라고 부르면 됩니다. 모두 그렇게 부르니."

"캐시 교수님은 시신을 좋아하시나요?"

"좋아합니다."

캐시는 당연하다는 듯 잘라 말했다.

"하지만 시신 자체에 흥미를 느끼는 건 아니에요. 개인적으로
시신은 범죄 현장에 남은 그 어떤 것보다 중요한 증거라고 생각
합니다. 실제로 미국의 검시관은 수사에 조언할 수 있어요. 법

의학이 범죄 수사에서 아주 중요한 가치를 지니기 때문이죠."

마코토는 문득 캐시의 과거가 궁금해졌다. 앞으로 당분간 이 교실의 구성원으로 활동할 테니 담당 조교수의 프로필을 알아 두는 것도 나쁘지 않을 것이다.

"캐시 교수님은 처음부터 법의학을 전공하셨나요?"

"아뇨. 컬럼비아 의대에 다닐 때는 임상의를 목표로 했어요. 하지만 커리큘럼에 있던 법의학 강좌를 듣고 관심이 생겼죠. 그 뒤 전공을 법의학으로 바꾸고 더욱 몰두했는데 경쟁 상대가 거 의 없어서 개척자가 된 기분이었어요. 미국 의대생 중 부검의를 목표로 하는 학생은 고작 0.2퍼센트라고 합니다. 나한테는 좋 은 일이지만 한편으로는 왜 이렇게 재밌는 걸 다들 꺼리는 걸까, 신기하기도 했죠."

아, 바다 건너도 비슷한 상황이구나. 마코토는 묘한 느낌을 받았다. 캐시에게는 미안한 말이지만 시신을 전문으로 하는 학 문은 아직 생소하다. 하물며 시신만 바라보며 연구하는 이들은 더욱 특이하게 느껴졌다.

"그런데 일본에는 왜?"

"실습 중 이곳 교수님 성함을 알게 됐습니다. 알고 보니 컬럼 비아 의대를 포함해 권위 있는 교수님들은 모두 그분 성함을 알 고 있더군요. 모든 논문과 영상을 훑어보고 감명 받았죠. 법의학 천재라는 생각이 들었어요. 그래서 한시라도 빨리 만나고 싶어 필사적으로 일본어를 배워 유학 온 겁니다."

캐시의 열띤 말에 마코토는 조금 위축됐다. 외국에서 좋은 평을 듣지만 국내에는 잘 알려지지 않은 학자가 많다. 그러나 공교롭게도 자신이 근무하는 의대에서, 그것도 법의학 교실 교수가 그런 사람일 줄은 꿈에도 생각지 못했다.

그때 교실로 다가오는 발소리가 들렸다.

"아, 소문의 미스터 권위께서 도착하신 것 같군요."

문을 열고 모습을 드러낸 사람은 해외에서 지명도가 높다는 사실이 거짓말로 느껴질 만큼 체구가 작은 인물이었다. 나이는 60대 중반. 뒤로 넘긴 백발에 뚜렷한 이목구비를 지녔고 눈빛이 매처럼 날카롭다. 허리가 굽지는 않았지만 키는 마코토와 비슷할 만큼 작았다. 우라와 의대 법의학 교실의 터줏대감, 미쓰자키 도지로 교수였다.

그는 예리한 시선을 재빠르게 움직이며 마코토를 훑어봤다.

"자네는 누군가?"

"내, 내과에서 온 쓰가노 마코토라고 합니다."

"쓰가노. 아, 그러고 보니 쓰쿠바가 그랬지. 반푼이를 하나 보낼 테니 잘 좀 봐 달라고."

면전에서 듣기 좋은 말은 아니지만 연수의에게 교수는 구름 위 존재나 마찬가지다. 마코토에게는 항변할 권한이 없다.

"자네는 시신을 좋아하나?"

또 이 질문인가. 조금 넌더리가 났지만 대답하지 않을 수 없다. 게다가 조금 전 캐시에게 모범 답안을 배운 터였다.

"앞으로 좋아할 예정입니다."

그러자 미쓰자키는 캐시를 향해 몸을 홱 돌리며 물었다.

"뭐야. 언제 귀띔해 줬지?"

캐시는 장난을 들킨 어린아이처럼 시선을 피했다.

"억지로 동료를 늘릴 필요는 없네. 누구나 태생적으로 받아들이지 못하는 게 있는 법이니까."

"하지만 교수님, 전 시신을 정말 좋아합니다."

"그렇게 동네방네 떠들고 다니면 머잖아 네크로필리아(시체성애자)라는 소리를 듣게 되겠지."

"신경 쓰지 않습니다. 실제로 네크로필리아와 비슷한 면도 있거든요."

미쓰자키는 콧방귀를 홍 뀌고 다시 마코토에게 눈을 흘겼다.

"지금껏 어디 어디를 돌았나?"

연수 로테이션에 관한 질문이다.

"비뇨기과와 마취과입니다. 외과도……."

"외과에서는 수술에 참여했나?"

"아뇨. 수술 전 사전 동의 자리 정도에만……."

"돌아가게."

"네?"

"거기까지만 들어도 뻔해. 자네는 지금껏 힘들지 않은 일들만 택했어. 그런 자가 부검의라고? 시취屍臭가 몸에 배기 전에 나가는 게 좋을 걸세."

15

"히, 힘들지 않은 일이라뇨······."

"비단 자네만이 아니라 요즘 의대생들은 다 그 모양이야. 외과 수술처럼 전문성이 필요한 분야, 소송 위험이 있는 분야, 소아과나 산부인과처럼 늘 바쁘거나 긴급 사태에 대비해야 하는 분야는 되도록 안 가려고 하지. 아직 머리에 피도 안 마른 아마추어들 주제에 가리는 건 프로급이야."

반박할 말이 없었다. 마코토 개인 사정을 떠나 미쓰자키의 지적에 오류가 없기 때문이다. 오진, 의료 과실 등을 둘러싼 소송이 늘면서 외과를 목표로 하는 의대생과 의사 수가 줄었다. 환자 떠넘기기 등 가혹한 근무 환경이 매스컴에 연일 보도되며 산부인과 의사 수도 줄었다. 도시와 시골 간의 의료 서비스 격차로 인한 격무와 그에 비해 적은 수입이 알려지면서 지방 근무를 희망하는 이도 줄어들었다.

의사와 의대생 모두 사람이라는 점에서는 똑같다. 그리고 사람이라면 조건이 더 좋은 쪽으로 향하는 게 당연하다. 그런 현상을 '가린다'고 지적하면 수긍할 수밖에 없지만, 의사는 아무리 가혹한 상황도 달갑게 받아들여야 하는 걸까. 같은 사람으로서 조금이라도 편한 일을 찾는 태도가 그렇게 손가락질 받을 일일까.

"가리는 게 그렇게 나쁜 건가요?"

마코토는 무심코 입 밖에 내고 말았다.

원래부터 지기 싫어하고 언쟁을 자주 벌이는 성격은 아니다.

떠오른 생각을 그대로 입에 담고 후회한 적도 셀 수 없을 만큼 많다. 새로운 담당 교수 앞에서는 되도록 입을 다물고 묵묵히 따르려고 했지만 미쓰자키의 말은 감정을 무척 자극했다.

"교수님 말씀은 이해하지만 그건 의사의 연 수입이 높았던 시절 이야기입니다. 요즘 봉직의들은 그만그만한 회사원 연봉과 비슷하지 않나요? 그런 판국에 힘들어도 무조건 참고 견디라든지, 소송 위험을 고려하지 말라는 건 너무 엄격한 요구인 것 같습니다."

그러자 미쓰자키는 말없이 고개를 끄덕였다.

"자네는 한 달에 얼마를 받지?"

"세, 세금을 포함해 21만 5천 엔입니다."

나라가 정한 임상 연수 제도는 아르바이트 금지 등을 규정하는 한편 그만한 조건 확보를 명문화하고 있다. 구체적으로는 연수의 한 사람당 월 30만 엔의 급여를 지급하라는 지침이다. 그러나 실제로는 재원이 충분하지 않고 급여와 경비 모두 일괄 지급한 뒤 각 시설에 분배를 일임하는 형태라 문제가 많다.

"월 21만 5천 엔이라. 그래서 뻔뻔하게 그런 불만을 늘어놓을 수 있나 보군."

미쓰자키는 더욱 거침없이 말했다.

"문진 흉내를 내고 상급의 지시에 따라 간호사처럼 수술 준비만 한다. 차트 작성에 책임을 지기는커녕 환자의 몸에 메스를 대지도 않는다. 고로 환자의 생명을 책임질 각오도 뭣도 없다.

이건 최소한의 지식과 양식만 있으면 중학생도 가능한 일이지. 그런데도 월 21만 5천 엔이나 받는데 불만이 있나? 대체 양심이란 게 있는 건가?"

마코토는 말문이 막혔다. 속이 부글부글 끓었지만 틀린 말은 아니다. 연수 기간이라도 법적으로 의사인 건 틀림없지만 요구받는 업무가 간호사와 다름없기 때문이다.

"가리는 게 그렇게 나쁜 거냐고? 그야말로 주객이 전도된 말이로군. 의사는 연구를 통해 실력이 느는 자와 그렇지 않은 자로 나뉘지. 또 식견을 넓혀 병의 원인을 밝혀내는 자와 그렇지 않은 자로 나뉘고, 경험을 쌓아 전문 분야가 느는 자와 그렇지 않은 자로 나뉘네. 의사가 병을 고르는 게 아니야. 병이 의사를 고르는 거지. 미숙한 실력과 눈곱만 한 식견을 지녔으면서 월급이 적다느니, 초과 근무가 힘들다느니, 소송이 무서워서 수술을 못하겠다느니 하는 멍청한 소리만 지껄이는 녀석들에게 권리를 주장할 권리 따위가 있을 것 같나?"

"그러시면 안 됩니다, 교수님."

캐시가 두 사람 사이에 끼어들면서 일촉즉발의 분위기가 일단 가라앉았다.

"그렇게 엄격하게만 구시니 신입들이 전부 도망치는 겁니다."

"내가 엄격한 건 사실만을 말하기 때문이야. 거짓말이나 사탕발림으로 속여야 할 이유가 있나?"

"학생들이 도망쳤나요?"

"실은 당신 전에도 연수의가 한 명 왔어요. 모처럼 법의학을 지망하는 학생이었는데 딱 2주 만에 다른 과로 옮겨 버렸죠."

법의학 교실로 가라는 지시에는 결원을 보충하는 의미도 있었던 모양이다.

"그 녀석은 애초에 글러 먹었어."

미쓰자키는 입을 샐쭉거리며 말했다.

"시신을 얼핏 보자마자 위에 있던 것들을 화려하게 게워 내더군. 그런 겁쟁이가 부검의? 턱도 없는 소리지."

"몸 이곳저곳을 칼에 찔린 뒤 도쿄 앞바다에 버려진 채 며칠간 표류한 시신이었습니다. 그동안 크고 작은 물고기들이 상처 부위를 찢고 들어가 살을 파먹었고 장에는 가스가 가득 들어차 건져 냈을 때는 이미……."

"저, 저기……."

마코토는 서둘러 캐시의 말을 끊었다.

"저, 해부 경험은 있습니다. 그때 구토를 하지는 않았어요."

미쓰자키와 캐시가 동시에 마코토를 봤다. 꼭 물건 값을 매기는 듯한 눈빛이었다.

"흠. 어떤 시신이었지?"

"학생 시절 실습에서 카데바(해부용 기증 시신)를 해부했습니다."

그렇게 대답하자 두 사람은 눈에 띄게 실망한 기색을 보였다.

"카데바를 해부하면서 냉정하고 침착할 수 있었다. 그래서 부검의 자격이 있다는 뜻인가?"

"네."

"아직도 안 갔나? 얼른 내 눈앞에서 사라져."

"네?"

"저기, 마코토. 쏘리. 카데바 해부는 해부로 치지 않아요."

캐시는 미안해하며 말했다.

"왜죠? 딱히 훼손된 시신도 아니고 실습에 필요한 부위는 모두 갖춰져 있었는데요."

"그 시신은 내부가 어떤 색이었나요? 어떤 냄새가 났죠?"

"색이라면, 그건 물론……."

"흙빛으로 기존의 색을 이미 잃은 상태였다. 부패한 냄새는 좀 났지만 포르말린 냄새가 강해 살아 있는 생물 냄새는 풍기지 않았다. 그렇지 않습니까?"

새삼 기억을 되짚을 것도 없다. 벌써 2년 넘게 흘렀지만 워낙 강렬해서 잊고 싶어도 잊을 수 없는 체험이었다. 색과 냄새 모두 캐시의 말대로여서 마코토는 묵묵히 고개를 끄덕였다.

지금도 선명하게 떠오른다. 교실 안에 스테인리스 해부대가 나란히 놓여 있고 그 위에 기증된 시신이 눕혀 있다. 시신 보존용 포르말린 냄새가 코를 찔러 통증마저 느껴진다. 노란 지방이 묻은 해부 설명서를 읽으며 반나절에 걸쳐 시신을 해부해 간다. 시신의 부패를 늦추기 위해 교실 온도는 섭씨 5도 이하. 그 차가운 공기 속에서 엄숙하게 작업을 진행한다.

정해진 순서에 따라 가슴을 Y자로 절개해 노출된 갈비뼈를 제거한 뒤 양옆에서 가슴을 연다. 지도 교수는 "흉금을 튼다는 게 바로 이런 거지" 하며 농담을 날렸지만 웃는 사람은 한 명도 없었다. 흉강 내 장기를 하나하나 관찰해 간다. 장기는 하나같이 빛을 잃어 전체적으로 흙빛을 띠고 있었다.

머리카락과 흰색 가운에 시큼털털한 냄새가 스며들어 물로 씻어도 좀체 가시지 않았다. 교실을 나가자 스쳐 가는 이들이 모두 얼굴을 찌푸렸다. 쉽지 않은 경험이다. 이 실습이 두려워 휴학하거나 일부러 시험에 떨어지는 이들도 나올 정도다. 솔직히 말해 트라우마가 될 수 있는 체험이었다. 마코토가 쓰쿠바 교수에게 법의학 교실행을 지시받았을 때 주저한 것도 그래서였다. 그러나 적어도 자신은 시련을 이겨 냈다는 자부심이 있는데, 눈앞의 두 사람은 그건 해부 축에도 끼지 못한다고 말하는 것이다.

"미안하지만 그건 해부 시뮬레이션이긴 해도 절대 해부라고 할 수 없어요. 언뜻 비슷해 보이지만 전혀 다른 겁니다."

무슨 말인지 이해할 수 없었다.

"시신 보존에 왜 포르말린을 쓰는지 압니까?"

"……포르말린에 살균 작용이 있어 시신의 부패를 막아 주니까요."

"정답. 그리고 포르말린에 절인 피부는 단단해지며 가교 반응으로 최대 십 몇 퍼센트 정도 수축하죠. 피부가 경화해 부패가 멈춘 시신은 인형과 같습니다. 바꿔 말하면 죽은 시신이라 할 수 있습니다."

21

"죽은 시신⋯⋯."

"우리가 상대하는 건 부패가 한창 진행돼 장기에 붉은 기가 남아 있고, 구더기가 들끓고 파리가 몰려들며 동물성 단백질이 분해될 때 생기는 시큼한 부패취를 사방팔방 퍼뜨리는 시신, 말하자면 살아 있는 시신입니다. 마코토, 이 차이는 당신의 상상 이상으로 큽니다."

캐시는 맥이 빠진 마코토 옆을 지나 미쓰자키 앞으로 갔다.

"교수님. 속전속결은 학자의 태도로 적합하지 않습니다. 마코토를 법의학 교실에 들이는 건 조금 더 지켜보고 판단하는 게 좋지 않을까요?"

"나도 이제는 나이를 먹어 남은 시간이 얼마 없어. 당장 결정하지 않으면 다른 많은 것들을 결정하지 못해."

"마코토는 아직 재고의 여지가 있어 보입니다."

"대체 어디가?"

"일단 별로 섬세해 보이지 않습니다. 따라서 살아 있는 시신에 빠르게 적응할 수 있을 것 같습니다."

이건 칭찬으로 하는 말일까.

"불평불만이 많은 것도 발전하겠다는 의지의 표출입니다."

"일단 이곳을 찾은 이유가 너무 소극적이야."

"처음부터 너무 적극적이면 마지막에 주저앉고 맙니다."

"필요 이상 감싸고도는군."

"교수님이 신입들에게 필요 이상 벽을 치십니다. 교수님도 아시겠지만 지금 법의학 교실은 절대적으로 손이 모자란 상황입니다. 그런데 경찰 쪽에서는 끊임없이 부검 요청을 하죠. 두 사람만으로는 도무지 다른 일을 할 수가 없습니다."

"그 말은 곧 싸게 부릴 인력이 필요하다는 뜻인가?"

"네. 맞습니다."

맞다니.

마코토는 여러 가지로 화가 치밀었지만 캐시를 아군으로 보고 상황을 조금 더 지켜보기로 했다.

이윽고 미쓰자키는 짧게 한숨을 내쉬고 마코토를 돌아봤다.

"후각은 예민한가?"

이 무슨 선문답인가 싶었지만 일단 코의 기능에 문제는 없다.

"예민한 편이라고 생각합니다."

"눈은?"

"양쪽 다 1.5입니다."

"좋아. 그럼 수습 기간을 주지. 당분간 지켜보면서 쓸 만해 보이면 연수를 인정하겠어. 하지만 글러 먹었다고 판단되면 곧장 쓰쿠바에게 돌려보낼 거야."

"······감사합니다."

일단 고개를 숙였지만 의구심이 사라지지 않았다. 문득 이것만은 확인해야겠다고 생각했다.

"교수님. 하나만 여쭤도 되겠습니까?"

"뭐지?"

"교수님도…… 시신을 좋아하시나요?"

그러자 미쓰자키는 별 이상한 소리를 다 한다는 듯 말했다.

"시신은 내 밥줄이야. 밥줄에 좋고 싫고가 어딨나? 앞으로 그런 멍청한 질문은 금지하겠네."

그는 그대로 마코토 옆을 지나가려다가 불현듯 마코토를 다시 돌아봤다.

"혹시 살아 있는 환자와 비교해서 좋아하느냐는 말인가?"

"네. 그런 의미도 있습니다."

"그럼 시신을 다루는 쪽이 훨씬 편하다고 해야겠군."

"왜죠?"

"시신은 불만이 없고 거짓말도 하지 않으니까."

마코토가 어떻게 반응해야 좋을지 망설이고 있을 때 구석에서 전화벨이 울렸다.

캐시가 수화기를 집어 들었다.

"네. 법의학 교실입니다. 네. 네. 잠깐 기다리세요."

캐시는 마코토와 미쓰자키를 보며 장난스럽게 미소 지었다.

"교수님. 현경에서 시신 부검 요청이 들어왔습니다. 지금 당장 현장으로 와 주셨으면 한답니다."

2

사이타마 시 우라와 구 고잔 마을.

이 지역은 유치원 두 곳과 초등학교 네 곳, 중학교 두 곳과 고등학교 두 곳이 몰려 있어 마치 교육 도시 같은 모습이다. 어린이가 많은 곳에는 당연히 젊은 가족이 많고 학교 밀집지인 북쪽에는 신흥 주택가가 펼쳐져 있다. 그리고 신흥 주택가 주변에는 당연히 낡은 촌락이 존재한다. 멋들어진 단독 주택이 늘어선 곳 옆으로 넓은 공터에 대충 지어 올린 목조 주택이 드문드문 있는 광경이 펼쳐진다. 남는 부지를 쓸데없이 놀리고 싶지 않은지 논밭과 정원 등을 꾸민 모습이 외려 적적함을 더욱 배가시킨다.

사건 현장은 주택가에서 조금 떨어진 곳에 있는 강가였다.

마코토 일행 세 사람을 태운 차는 강가가 내려다보이는 포장도로에 멈춰 섰다. 차에서 내리자마자 마코토는 강에서 부는 칼바람에 코트 깃을 여몄다.

"저곳이군요."

캐시가 가리킨 곳 끝에 파란색 시트로 덮인 구역이 보였다. 주위에 제복 경찰과 감식반원으로 보이는 이들이 바쁘게 움직이고 있어 긴장감을 더했다. 설마 첫날부터 이런 곳에 오게 될 줄은 상상도 하지 못했다. TV 형사 드라마 등에서는 흔히 볼 수 있는 광경이지만 실제로 접하자 좀처럼 발걸음이 떨어지지

25

않았다. 저 파란 시트 속에 시신이 있다고 상상하니 현실감이
점차 희미해졌다.

"이런 걸 두고 뭐라고 하죠……. 아, 첫 출전이라고 하나요?
자, 마코토. 가 볼까요?"

미쓰자키가 앞장서고 캐시와 마코토가 뒤따라갔다. 마코토
는 가장 먼저 미쓰자키의 느린 걸음걸이에 입이 떡 벌어졌다.
작은 키라 어쩔 수 없는 측면이 있다고 해도 실로 느긋했다. 유
달리 다리가 약해 보인다거나 하지는 않으니 평소에도 이런 걸
음걸이일 것이다. 주변 사람들이 민첩하게 움직여 더욱 조화롭
지 않게 보였다.

'KEEP OUT'이라고 적힌 테이프를 지나자 파란 시트 안에
서 남자들이 입씨름하는 목소리가 들렸다.

"대체 자네는 무슨 권한이 있기에 툭하면 이렇게 생떼를 부
리지?"

"아뇨. 그런 게 아닙니다, 구니키다 검시관님. 전 그저 세세한
곳까지 주의를 기울이는 편이 좋을 것 같아서……."

"주의는 무슨. 한마디로 내 결론에 만족하지 못한다는 뜻 아
닌가?"

안으로 들어가자 목소리의 주인공으로 보이는 두 남자가 마
주 보고 서 있었다. 그중 젊은 남자 쪽이 먼저 마코토 일행을 돌
아봤다.

"아, 미쓰자키 교수님. 오랜만입니다."

"오랜만이라 다행이군. 매일 보고 싶은 얼굴도 아닌데."

허물없는 말투에서 두 사람이 아는 사이임이 느껴졌다.

"어라, 신입입니까?"

"신입보다 전 단계."

경찰 관계자로 보인다. 마코토는 일단 인사하기로 했다.

"처음 뵙겠습니다. 오늘부터 우라와 의대 법의학 교실에서 근무하게 된 쓰가노 마코토입니다."

"사이타마 현경의 고테가와라고 합니다."

고테가와는 경찰 수첩을 내보이며 가볍게 고개를 숙였다.

나이는 아직 20대 중반 정도일까. 무뚝뚝한 인사에서 고집스러운 성격이 엿보인다. 학창 시절에는 말을 잘 듣지 않는 학생이었을 것이다. 마코토도 고집에서는 뒤지지 않아 비슷한 타입은 한눈에 알 수 있다. 고집스러운 사람들끼리 엮여 봐야 좋을 게 없다. 가능하면 엮이고 싶지 않지만, 잘 생각해 보면 어차피 사건 관계자가 되지 않는 한 이 형사와 접점을 이룰 일은 없을 거다.

고테가와라는 남자는 인사를 마치고도 마코토를 뚫어지게 쳐다봤다.

"저, 얼굴에 뭐라도 묻었나요?"

"아니, 조금 의외라."

"의외요? 뭐가요?"

"여자가 시신을 얼마나 좋아하면 미쓰자키 교수님의 지도를

27

다 받나 싶어서."

여기서도 이런 소리를 들을 줄이야.

"여자가 법의학을 배우는 게 이상한가요? 캐시 조교수님도 계시잖아요?"

"캐시 조교수? 이분은 예외지. 이분은 모친의 양수가 포르말린이었다고 공언할 만큼 시신 마니아니까."

그러자 옆에서 캐시가 동의하듯 고개를 끄덕였다.

"하지만 그쪽은 영 평범한 느낌이라 미쓰자키 교수님 제자로는 안 보여."

마코토는 처음 대면하는 사람에게 왜 이런 말을 들어야 하는지 몰라 화가 치밀었지만, 곰곰이 생각하니 자신은 정상인 대우를 받는 셈이다. 그러나 고테가와의 첫인상이 최악이라는 점만은 변함없었다.

"이봐. 내 이야기 아직 안 끝났어. 날 무시하고 의대 쪽에 먼저 연락하다니. 무슨 짓거리야?"

구니키다라고 불린 남자는 마코토를 밀쳐내고 고테가와 앞에 섰다.

"그리고 자네 계급은 순사부장 아닌가? 대체 무슨 깡으로 내 판단을 거스르는 거지?"

"아까도 말씀드렸지만 구니키다 검시관님 의견을 거스르는 건 아닙니다. 저로서는 나중에 무슨 일이 생겼을 때 와타세 반장님께 한 소리 듣는 게 싫을 뿐입니다. 검시관님도 반장님 아

28

시죠? 아직도 아랫사람을 지도할 때는 호된 꾸중과 주먹이 최고라고 생각하는 고리타분한 분 아닙니까."

희한하게도 와타세라는 이름을 듣자마자 구니키다의 얼굴에 당혹감이 서렸다.

"저희 반장님께서 현장에 조금이라도 납득 안 가는 부분이 있으면 부검을 요청하라고 하셔서요. 솔직히 말하면 반장님 계급은 경부이니 저도 거스를 수 없습니다."

"그렇지만 나는 거스를 수 있다?"

"그런 게 아니라고 말씀드렸잖습니까."

"저기, 취조 중인 것 같은데."

그렇게 말하고 미쓰자키가 두 사람 사이에 끼어들었다.

"듣자 하니 정식 부검 요청은 아닌 모양이군."

그러자 고테가와가 당황하며 변명을 늘어놓았다.

"분명 제가 연락드린 게 맞고 저 같은 게 요청해 봐야 정식 요청이 될 수 없다는 것도 잘 압니다만, 미쓰자키 교수님께서 꼭 봐 주셨으면 하는 마음에……."

"자네는 사법해부를 배앓이 진찰 같은 거라고 생각하나?"

"아뇨. 제 상사가 곤란한 상황에 빠졌을 때는 일단 교수님을 찾으라고 하셔서요."

"그 부하에 그 상사군. 그쪽에서는 대체 법의학자를 뭐라고 생각하는 거지? 경찰의 끄나풀 정도로 보나?"

"하지만 이곳까지 오셨으니 잠깐만 시신을 봐 주셔도……."

"내게 그럴 의무는 없지."

"맞습니다. 굳이 교수님 손을 더럽힐 필요는 없습니다. 사고로 처리하면 끝날 일입니다."

남자 셋이 뒤섞여 말다툼을 벌인다.

마코토가 미처 상황을 파악하지 못하고 있자 캐시가 옆에서 입을 열었다.

"설명이 필요합니까?"

고개를 끄덕이자 캐시는 마코토 팔을 붙들고 조금 떨어진 곳으로 이동했다.

"먼저 익사이트^{excite} 중인 저 구니키다 검시관부터 설명하죠."

대략 이런 이야기였다.

검시관이란 형사소송법 229조에 의해 만들어진 직책이다. 원래는 검찰관이 변사체 혹은 의심 가는 시신의 검안을 진행하지만 동조 2항에 의해 사법경찰관이 대행할 때가 많다. 검시관으로 지정되는 건 형사부에 속한 경시 계급 경찰이지만, 피치 못할 사정이 있을 때는 경부보급이 맡기도 한다. 다만 그럴 때는 강력범 수사 경력이 4년 이상이며 검시나 시신 조사 혹은 감식과 관련된 수사 실무 경험이 있는 자로 제한한다.

"구니키다 검시관은 올 9월에 막 검시관으로 임명된 경부보예요. 전에는 감식반 소속이었죠. 좀 이해됩니까?"

캐시의 설명을 듣고 나니 비로소 침을 튀기며 열변을 토하는 구니키다의 입장이 이해됐다. 결국 하찮은 자존심 문제인 것이다. 4년 이상 감식반에서 일해 온 실적으로 검시관에 발탁된 뒤 차오르는 긍지와 직업의식이 고집스러운 태도에 반영되는 것이리라.

"그러나 미쓰자키 교수님의 노하우에 비하면 4년 실적 같은 건 어린애 장난 수준입니다. 본인도 그걸 아니 더욱 교수님 도움을 꺼리는 거죠. 말하자면 유아 퇴행이랄까요."

일본어 어휘가 부족한 건지, 아니면 뿌리부터 신랄한 성격인지 캐시의 인물 평가는 가차 없었다.

"와타세라는 이름에 민감하게 반응하네요."

"와타세 경부님은 말이죠. 음, 그러니까 경찰 안에 있는 야쿠자 같은 존재입니다."

"야, 야쿠자요?"

"틈만 나면 자기 멋대로 수사하는 데다 서장 지시도 태연하게 무시한다고 합니다. 그래도 검거율은 본부 안에서 톱이라 아무도 뭐라고 하지 못한다더군요. 주변에서는 자칫 잘못 엮였다가 좋지 않은 꼴을 볼 수 있다며 가까이 하려 하지 않지요. 그리고 저 고테가와 형사는 그 야쿠자의 수하라고 할까요. 대체로 와타세 경부와 늘 한 조를 이뤄 움직이죠."

"뭐야, 호랑이 권세를 빌린 여우 같은 녀석이군요."

"오우, 마코토. 어려운 말을 아는군요. 하지만 뉘앙스가 조금 다를 수 있습니다. 여우가 무턱대고 허세 부리는 게 아니라 천천히 호랑이에게 다가가는 인상이랄까요."

호랑이에게 다가간다고? 마코토는 다시 고테가와 쪽을 바라봤다.

"현경에 지금 예산이 얼마 남아 있는지 아나? 사법해부로 돌릴 건수도 이제 얼마 남지 않았어!"

구니키다가 비명에 가까울 만큼 소리치자 고테가와는 얼굴을 찌푸렸다. 경제적인 면에서의 지적이 가장 효과적인 모양이다.

"현장에 가서 사법해부 대상인지 아닌지를 판단하고 사인이 판명됐다면 그걸 보고하는 게 내 임무다. 알겠나? 번번이 말하지만 이건 단순한 사고사야. 사법해부도 행정해부도 필요 없는 사고사. 사망자는 겨울날 술에 취해 강가에서 잠들었다가 그대로 동사했어. 현 상황에서는 그렇게 판단할 수밖에 없다고."

"미쓰자키 교수님 눈에도 그렇게 비칠지 궁금합니다."

"정말 끈질기군!"

구니키다가 버럭 소리치자 미쓰자키가 말없이 손을 들었다.

"잠깐 괜찮겠나?"

"네?"

"검시관 요강 제정에 대한 통지는 나도 받았네. 그중 임무에 관한 일곱 번째 항목에 '시신을 다룰 때 전문 지식을 지닌 법의학자 등 외부인과 상의할 것'이라는 내용이 있지."

"아…… 네. 맞습니다."

"그럼 자네가 사고사로 판단하는 시신에 대해 지금 이 자리에서 나와 상의하는 건 어떨까 싶은데."

그렇게 말하고 미쓰자키는 마코토에게 손짓했다. 마코토가 영문을 알지 못하고 뛰어가자 그는 마코토를 가리키며 말을 이었다.

"마침 이곳에 지금껏 사인 불명 시신을 한 번도 보지 못한 생초보가 있네. 이런 자에게 검시관 견해가 어떤지 알려 주는 것도 선배로서 할 일 아닌가?"

그 말에 고테가와는 당장 손뼉이라도 칠 것처럼 보였지만 구니키다는 벌레 씹은 표정을 지었다. 잠시 후 두 사람은 동시에 고개를 끄덕였다.

"그럼 상의하는 김에 문제의 시신을 확인하도록 하지. 괜찮겠지? 검시관."

"……네. 그러시죠."

"자, 아가씨. 특등석을 내주겠어. 내 옆에서 유심히 관찰하도록."

"네?"

고테가와와 구니키다가 옆으로 가 자리를 비켜 주자 위로 불룩 솟은 시트가 보였다.

"우선 합장부터."

마코토는 지시에 따라 미쓰자키와 동시에 손을 모았다.

"허리 숙이고."

역시 미쓰자키를 따라 허리를 숙였다.

아직 마음의 준비도 하지 못했다. 그러나 미쓰자키는 그런 마코토를 아랑곳하지 않고 시트를 단숨에 걷었다. 알몸의 남성 시신이 모습을 드러냈다. 실오라기 하나 걸치지 않은 전라의 몸. 성기도 고스란히 드러나 있지만 음란한 느낌보다는 위화감이 앞섰다. 외모는 50대 중반. 짧게 깎은 머리에 흰머리가 드문드문 보인다. 조금 비만한 체형으로 팔다리와 복부에 살이 두툼하다.

전신이 새하얬다. 맨살의 흰색이나 화장한 흰색과는 다르다. 피부 밑에 푸른빛을 띠는 흰색으로 색 자체가 맑지 않다. 건강한 피부에서 색을 하나하나 분리해 가장 마지막에 남은 찌꺼기. 보는 이의 공포를 자아내는 비정상적인 흰색.

마코토는 2초 남짓 그 모습을 보고 평형감각을 잃었다. 허리를 숙이고 있지 않았다면 뒤로 쓰러졌을지도 모른다.

카데바와 닮은 구석이라고는 없었다. 완전히 생기를 잃었는데도 방금 전까지 살아 있었던 것처럼 생생함이 느껴진다. 손가락으로 쿡 찌르면 바로 눈을 번쩍 뜨고 일어날 것만 같다. 캐시가 카데바는 인형이나 마찬가지라고 한 이유가 이제야 이해됐다. 그날 본 흙빛 시신에는 살아 있는 생물이라는 느낌이 조금도 없었다. 그러나 이 시신은 생물 그 자체였다.

"사망자는 미네기시 도루, 54세. 사는 곳은 이 부근. 보시다시피 몸 표면에 자상, 총상 등의 찰과상 흔적은 없습니다."

두 사람 머리 위에서 구니키다가 소견을 입에 담았다.

"고로 폭행에 의한 사망 가능성은 낮습니다. 하부에 보이는 시반은 선홍빛으로 산소헤모글로빈 농도가 높다는 것을 의미합니다. 직장 내 온도는 10도. 기타 특이 소견은 없지만 정황상 시신이 저온 환경에 놓여 있었다는 것만은 확실합니다."

구니키다는 강가에서 포장도로로 이어지는 콘크리트 경사면을 가리켰다.

"감식반이 저 아래에서 소주병을 발견했습니다. 사망자의 지문이 또렷이 남아 있었죠. 입 안에서는 알코올 냄새도 났습니다. 이 같은 사실에서 어젯밤 이곳을 지나던 사망자가 만취 상태로 쓰러져 그대로 잠들어 버렸음을 추론할 수 있습니다."

만취 상태로 동사. 마코토도 학부 시절 몇 차례 들어 본 적 있는 사례였다. 알코올을 섭취하면 혈관이 확장하는 만큼 더 많은 열을 잃는다.

"어젯밤에는 잠깐 가랑비가 내렸습니다. 사망자에게는 그것이 치명타로 작용했겠죠. 옷이 비에 젖어 몸이 더 빨리 식었습니다. 인간은 보통 체온이 32도를 밑돌 무렵부터 자율신경계 기능이 저하돼 의식 장해와 감각 둔화 증상이 나타납니다. 30도 이하에서는 의식을 잃고 심방세동 등 부정맥이 나타나고 26도에는 생명 유지 한계점에 도달합니다. 아마 본인은 전혀 자각하지 못한 채 조용히 숨을 거뒀을 게 분명합니다."

"주변의 탐문 조사도 얼추 마쳤습니다."

고테가와가 말을 보탰다.

"사망자가 어젯밤 단골 술집에서 친구와 술을 마셨다는 증언을 술집 주인에게 들었습니다. 비가 내리니 집에 가야겠다며 술집을 나갈 때 몹시 취해 있었고 우산을 쓰지 않고 갔다고 합니다."

"그래. 모든 게 사고사를 암시하고 있어. 그런데 대체 왜 내 판단을 의심하지?"

"판단을 의심하는 건 아닙니다. 전 법의학을 잘 모르니까요. 검시관님처럼 감식 경험을 쌓은 것도 아니고요."

"그럼 왜?"

"와타세 반장님이 말씀하시는 착안점이란 건데⋯⋯."

"와타세 경부가?"

"이른바 '감'이라는 겁니다."

"지금 나랑 장난하나?"

"감이라는 단어가 마음에 안 들면 위화감이라고 바꿔 말할까요? 검시관님은 사망자의 몸은 봤어도 입고 있던 옷은 못 보지 않았습니까?"

"입고 있던 옷?"

고테가와가 파란색 시트 끝으로 가서 그 위에 놓인 검은 가죽점퍼와 셔츠, 바지, 구두를 들고 왔다.

"셔츠는 빨간색 줄무늬, 신발은 코르덴. 단골 술집이라는 곳도 인테리어가 멋들어졌던 걸 보면 사망자는 꽤나 멋 부리는 것을 좋아했던 것 같습니다."

"그게 뭐 어쨌다는 거지?"

"그러나 죽음 직전까지 손에 들고 있던 것으로 보이는 술병은 소주병. 하물며 722cc에 580엔이라는 싸구려 술입니다. 뭔가 이상하지 않습니까?"

"소주가 안 어울린다는 뜻인가?"

"그것도 있지만 한잔하러 가는데도 옷에 신경을 쓰는 중년 남성이 과연 걸어가다가 싸구려 소주를 사서 병나발을 불겠느냐는 뜻입니다."

"만취하면 그런 건 신경 쓰이지 않을 수도 있지. 인간은 원래 알코올이 들어가면 관대해지잖나?"

"그럴지도 모르지만……."

"별것도 아닌 걸 가지고."

구니키다가 툭 내뱉었다.

"과학 수사의 정점인 검시를 별로 중요시하지 않는 것 같군. 자네도, 자네를 가르친 상사도."

그는 노골적으로 불쾌감을 드러냈다.

"감이나 주관적 예상 따위로 수사하니 억울한 무죄 사건 같은 게 나오지. 케케묵은 형사의 전형적 유형이야."

"그 말씀, 반장님 앞에서 직접 해 주시겠습니까?"

고테가와는 머리를 긁적이며 다소 장난스럽게 반응했다.

"그런데 과학 수사가 그렇게 만능입니까? DNA가 일치하느니 안 하느니 하는 과학 수사에만 필요 이상 매달려서 생기는 무죄 사건도 많다고 들었습니다. 수치가 아닌 인간을 보는 눈이 중요합니다."

"지금 나 들으라고 하는 소린가?"

"꼭 그런 건 아닙니다."

　구니키다가 슬슬 짜증을 부리기 시작하자 마치 타이밍을 재기라도 한 듯 미쓰자키가 몸을 일으켰다.

　"검시관."

　"네."

　"듣자 하니 이 젊은이는 무례할 만큼 과학 수사를 불신하는 듯하군."

　"네. 아무래도 그런 것 같습니다."

　"이런 형사가 범죄 수사를 맡으면 범인 검거는커녕 특정도 못 하겠지."

　"지당하신 말씀입니다."

　"검시관의 견해가 옳다는 것을 증명할 필요가 있지 않겠나?"

　"……네?"

　"이 시신을 사법해부로 돌려주게."

　"그, 그건."

　"딱히 자네를 의심하는 건 아닐세. 내가 자네의 정당성을 증명해 주겠다는 거야. 그냥 정답 맞히기 같은 거지."

　"하지만……."

　"검시의 정확성을 입증하는 동시에 풋내기에게 과학 수사의 본때를 보여 주고 본 건에 대한 정교하고 치밀한 보고서도 작성한다. 그야말로 일석삼조 아닌가? 아니면 내 부검은 신용하지 못하겠다는 건가?"

　미쓰자키가 몰아붙이자 구니키다는 침묵에 잠겼다.

노회하다는 건 분명 이런 노인을 두고 하는 말일 것이다. 마코토는 그렇게 생각했다. 고테가와를 보니 한 방 먹였다는 듯 싱글벙글하고 있다. 이쪽은 노회하다기보다는 교만하고 구니키다는 고집불통이다. 다시 말해 노회와 교만과 고집불통의 대화를 지켜보고 있는 셈이다. 별로 기분 좋은 광경은 아니었다.

미쓰자키는 테이프 밖으로 나갈 때 고테가와를 째려보며 지시했다.

"어차피 나중에 다시 와야 할 텐데 그전까지 사망자의 직업, 생활 환경, 통원 기록, 좋아하던 음식 등을 모두 조사해 두도록."

"네?"

고테가와는 오만상을 찌푸렸다.

"그렇게 짧은 시간 동안에요? 저희 반장님보다 더 심하십니다."

"그런 단순 무식한 인간과 같은 취급 하면 곤란하지. 내 덕분에 자네가 원하는 대로 됐어. 그 정도 정보는 알아서 물어다 줘야 하지 않겠나?"

"알겠습니다."

그때 경찰 한 명이 일행 앞에 나타났다. 그 뒤로 남자 두 명이 더 서 있다.

"실례합니다. 근처에서 서성거리고 있기에 물어보니 사망자를 마지막으로 만난 게 자신들이라고 해서요."

두 사람 다 보통 체격에 보통 키다. 온순해 보이는 이가 세가와 린조, 안절부절못하는 것처럼 보이는 이가 우쓰노미야 도시

오라고 자신의 이름을 밝혔다. 고테가와는 두 사람에게 차례차례 예리한 시선을 보냈다.

"두 분은 사망자와 어떤 관계입니까?"

"동창입니다."

세가와가 대답했다.

"셋 다 가까운 곳에 살아서 지금은 뭐랄까, 그냥 가끔 만나 술 한잔하는 사이죠."

듣자 하니 세가와는 이 구역에서 농업에 종사하고 있고, 우쓰노미야는 죽은 미네기시 도루의 부하 직원으로 일하는 듯했다.

"어젯밤에도 셋이 함께 술을 마셨습니다. 아홉 시쯤 헤어졌는데 오늘 아침 도루에게 전화를 해도 받지 않아서 도시오와 걱정하고 있었습니다. 그러다가 강가에서 도루로 추정되는 이가 발견됐다는 소식을 듣고……."

"그렇군요. 서에서 천천히 이야기를 들려주시겠습니까?"

미쓰자키와 마코토, 캐시는 차를 타고 돌아갔다. 학교에 도착해 준비하고 있으면 시신이 도착할 거라고 했다.

차가 달리고 얼마 지나지 않아 캐시가 입을 열었다.

"교수님. 하나 여쭤도 되겠습니까?"

"뭐지?"

"조금 전 하신 말씀 중에 일석삼조란 건 어디까지가 진짜입니까?"

"모조리 허풍이지."

40

미쓰자키는 태연하게 대답했다.

"내가 왜 그런 칠칠맞은 검시관을 돕겠나? 그리고 그 풋내기 형사에게 과학 수사의 개념을 가르친다는 생각 자체가 틀려먹었어. 물론 부검 보고서는 자세히 쓰겠지만, 그 검시관이 내 보고를 정리하는 시점에 다 엉망이 될걸."

"그렇다면 사법해부를 왜 받아들였습니까? 저 역시 시신을 관찰했지만 검시관이 말한 소견과 다를 게 없었습니다. 그리고 그 검시관은 언급하지 않았지만 무릎 부분에도 선홍색 시반이 나타난 건 혈류가 막혔다는 걸 뜻하고, 이 모든 것은 사인이 동사임을 암시합니다."

"신경 쓰이는 게 하나 있었어."

"뭔데요?"

"복부를 열어 보면 밝혀질 일이지."

미쓰자키는 그 말을 끝으로 입을 다물어 버렸다.

차 안에 무거운 공기가 흘렀다. 아니, 무겁게 느끼는 것은 어쩌면 마코토 혼자일 수도 있다. 마코토는 그제야 극히 당연한 사실을 깨달았다. 조금 전에 본 시신이 법의학 교실에 도착하면 곧장 부검이 시작될 것이다. 그리고 그 부검에 자신도 동석하게 된다.

비정상적으로 새하얀 시신의 모습이 뇌리에 떠올랐다. 몇 시간 뒤 그 가슴을 Y자로 절개해 안에 있는 모든 것을 관찰하는 장면을 상상하자 급격히 위장 쪽이 묵직해졌다.

3
—

부검복으로 갈아입는 데 몇 분이 걸렸다.

낡은 스웨터 위에 가운을 걸치고 그 위에 비닐 앞치마를 두른다. 그리고 팔 토시, 장화, 고무장갑에 마스크, 모자. 이것들을 모두 착용하면 피부에서 노출된 부분이 극히 줄어든다. 완전무장을 하는 데에는 합당한 이유가 있다. 시신 속에는 독성 강한 세균이 번식하고 있으므로 부검 중에 튀는 피나 조직에 닿을 경우 감염되는 걸 막기 위한 조치다.

현장에서 시신이 운반됐다. 마코토는 캐시와 부검실로 향했다. 미쓰자키가 집도하기 전까지 준비를 마쳐 두는 게 두 사람의 임무였다. 부검실로 이어지는 복도에는 창문이 없다. 직사광선을 차단해 실온 상승을 막기 위해서라고 한다. 광원은 천장에 있는 형광등뿐이다. 이곳을 시신이 지나다닌다고 생각하니 역시 으스스해졌다.

복도에 고테가와가 서 있었다. 두 사람처럼 부검복을 갖춰 입고 있다.

마코토는 무심코 물었다.

"왜 형사님이 그런 걸 입고 계시죠?"

"교수님께 여쭤 보고 싶은 게 많거든."

무슨 말인지 알 수 없었다.

"미쓰자키 교수님은 검안서에 기재하는 것 이외의 소견도 알려 주셔. 이쪽이 묻기만 하면."

"그렇다고 부검실에까지 꼭 동석해야 하나요?"

"나처럼 멍청한 인간은 실물을 직접 보며 설명하지 않으면 이해 못한다고 해서."

고테가와는 다소 언짢은 기색으로 대답했다. 이런 말을 거의 첫 대면이나 마찬가지인 사람 앞에서 술술 늘어놓는 건 대단한 일이다. 자신의 단점이나 약점을 과감하게 드러낼 줄 아는 사람 중에 정말로 멍청한 사람은 없다. 마코토의 머릿속에서 최악이던 그의 인상이 아주 조금 나아졌다.

"나보다 그쪽이 더 문제 같은데."

"뭐가요?"

"안색이 창백해."

"네?"

반사적으로 얼굴로 손이 갔다.

"농담이야. 근데 엄청나게 긴장한 것처럼 보이는 건 맞아."

고테가와는 마코토의 얼굴을 빤히 들여다봤다.

"혹시 해부가 처음인가?"

조금 전 생각은 취소. 역시 최악이다. 캐시는 옆에서 웃음을 참고 있었다.

부검실에 들어가자마자 가장 먼저 위화감이 느껴졌다.

해부 실습을 했던 교실은 널찍하고 천장도 높았다. 실온은 낮지만 빛이 들어와 교실 구석구석까지 밝았다. 그러나 이 부검실은 넓이가 24제곱미터 남짓에 빛의 양도 적어 어두침침했다.

코를 찌르는 냄새의 정체는 포르말린이 아닌 페놀이다. 시신 소독용 약제인데 희석해도 자극적인 냄새는 똑같다. 마스크를 착용해도 섬유 사이로 악취가 들어왔다. 냄새 때문에 울상을 짓고 있자 옆에서 캐시가 말을 걸었다.

"마코토. 크림 안 발랐습니까?"

"아, 네. 웬만하면 화장을 잘 안 해서요."

"부검 직전에는 뭐라도 발라 두는 게 좋습니다. 피부가 건조해져요. 페놀을 포함해 이곳은 약품으로 가득 차 있어요. 아, 머리카락도 커버를 쓰지 않으면 푸석푸석해집니다."

그런 건 들어오기 전에 미리 알려 줬으면 좋을 텐데.

캐시와 둘이 부검 준비를 마칠 무렵 타이밍을 잰 듯 미쓰자키가 모습을 드러냈다. 뒤로는 고테가와도 따라왔다. 부검복을 입은 미쓰자키는 현장을 느긋하게 걸을 때와는 사뭇 다른 사람이었다. 걸음걸이에 힘이 넘치고 움직임도 왠지 민첩해 보였다.

미쓰자키는 플레이트 위에 도구가 나란히 놓여 있는 모습을 힐끗 보고 시신 옆에 섰다.

"그럼 시작한다. 사망자는 50대 남성. 몸 표면에 눈에 띄는 자창, 절창 및 찰과상 없음. 시반은 등에 집중돼 있으며 무릎 부분에 선홍색 시반이 눈에 띔. 이봐, 애송이."

"네?"

"이리 와서 시신 한쪽을 들어 올리게."

그 말에 고테가와는 순순히 시신 밑으로 손을 넣었지만 얼굴은 불쾌감을 참는 표정이었다. 마코토는 왠지 고소했다.

"등에 있는 시반도 선홍색. 이유는 아나?"

"거리가 거리였으니까요."

"선홍색인 이유는 저온 상태에서는 헤모글로빈과 산소의 결합력이 강하고 산소 소비가 줄어드는 탓에 산소헤모글로빈 농도가 높기 때문이다. 또 시반의 위치가 어긋나지 않는다는 건 동사 상태 그대로 움직이지 않았다는 걸 의미한다. 여기까지는 그 검시관의 견해와 일치해."

"잘 알겠습니다. 그나저나 교수님, 이 해체 쇼에 저를 갑작스럽게 초대하신 이유가 뭡니까?"

"자네 상사의 지시네. 원래 귀로 들어온 정보는 10분의 1도 남지 않게 마련이고, 기억력이 달리는 자네는 거기서 또 10분의 1이니 시각과 후각을 총동원시켜 시신의 모든 정보를 전달해 주라더군. 성가시게."

"……죄송합니다."

"그럼 절개를 시작한다."

미쓰자키는 캐시에게 메스를 받아 우선 좌우 쇄골 밑에서 Y자 모양으로 피부를 절개했다. 걸음걸이는 느리지만 메스를 움직이는 손놀림은 잽싼 동시에 정확하다. 중앙선을 따라 하복부까지 그려진 Y자 궤적은 올곧은 직선이었다. Y자 위에서 핏방울이 툭툭 배어나기 시작했다. 메스를 긋자마자 나오지 않는 건 피부 밑이 엉겨 붙고 있기 때문이다. 복부를 열자마자 절개부에서 선혈이 흘러나왔다.

마코토는 피 색깔을 보며 경악했다. 해부 실습 때 본 시신과는 전혀 달랐다. 카데바를 개복했을 때는 피가 별로 나오지 않고 색도 갈색에 가까웠다. 그러나 이 시신에서 흘러나오는 피는 선명한 붉은색으로 아직 생명의 빛을 유지하고 있다. 바로 조금 전까지 살아 있던 인간이다.

"혈액이 응고하지 않고 유동성을 유지하고 있음⋯⋯."

바로 옆에서 고테가와가 입을 열었다.

"무슨 의미죠?"

"급사의 특징이지. 동사든 뭐든 단시간에 죽음에 도달했을 거야."

미쓰자키는 설명하면서 복부를 열었다.

순간 부패한 냄새가 퍼져 마코토의 코에도 튀어들었다.

뭐지, 이 냄새는.

페놀의 자극적인 냄새나 해부 실습 때 코를 괴롭혔던 시취와도 다르다. 꼭 생과 사가 하나로 합쳐진 듯한 시큼한 냄새였다. 부패취다. 조금 전까지 살아 있던 생물이 무생물로 변하는 과정에서 만들어지는 냄새. 포르말린에 절인 카데바에서는 억눌려 있던 냄새.

효과는 바로 나타났다. 배부르게 음식물을 섭취한 기억은 없는데 위의 내용물이 올라올 것만 같았다. 만약 보는 눈만 없었다면 요란하게 게워 냈을지도 모른다.

그야말로 살아 있는 시신이었다.

"늑골 가위."

"네."

늑골 가위는 이름 그대로 갈비뼈를 자르는 도구다. 모양은 플라이어를 닮았는데 끝부분이 새의 부리처럼 완만하게 꺾여 있다. 미쓰자키는 연골을 분리한 뒤 갈비뼈를 부분 절제해 갔다. 갈비뼈를 절단할 때도 미쓰자키의 손가락은 빠르고 정확했다. 철사를 자르는 것처럼 담담하게 작업을 이어 간다. 가위 날에 지방이 달라붙어 점차 절단력이 떨어지는데도 거침없이 뼈를 자른다. 조수인 캐시는 홀린 것처럼 미쓰자키의 손가락 움직임을 주시했다.

이윽고 갈비뼈를 제거하자 부패취가 단숨에 퍼졌다. 마코토는 무심코 호흡을 멈췄다. 조금 전 캐시에게 들은 충고를 떠올렸다. 이 맹렬한 냄새가 덮치면 피부와 머리카락이 당연히 상할 수밖에 없을 것이다. 냄새 자체에 상하는 것은 물론 냄새를 씻어 내리려고 세제를 마구 사용하면 이중으로 상하는 결과를 낳는다.

"이봐, 아가씨. 어디를 보고 있지?"

미쓰자키가 돌아보지도 않고 지적해서 마코토는 화들짝 놀랐다. 잠깐 시신에서 눈을 돌리고 있었다.

"그 좋다는 시력으로 똑똑히 보도록."

미쓰자키가 쥔 메스가 심장으로 들어간다. 점도 낮은 혈액이 다시 툭툭 소리를 내며 흘러나왔다.

"심장은 강직해 있음. 강직 상태에서 열 시간 이상 경과한 것으로 추정됨. 심장혈은 유동성을 보이지만 실온에 닿은 부분부터 응고하고 있음. 이 역시 동사의 특징이다."

벽을 열자 좌우 심실이 드러났다. 살짝 갈색을 띤 붉은색으로 아직 생물의 색을 잃지 않았다. 당장에라도 맥박이 뛸 것 같은 색이다.

"두 심실을 비교하면 차이는?"

질문이 마코토를 향했다. 마코토는 구역질을 참으며 얼굴을 시신 가까이 댔다.

"좌, 좌심실과 우심실 색이 조금 다른…… 느낌입니다."

"느낌이라니? 정확하게 관찰도 안 하고 대충 둘러대나?"

그러더니 미쓰자키는 마코토의 뒤통수를 붙잡고 심장 바로 앞까지 꾹 눌렀다.

눈앞에 입을 쩍 벌린 심장이 보였다. 위 내용물이 목구멍 바로 밑까지 올라왔지만 여기서 토하면 패배라고 생각했다. 마코토는 꾹 참고 꼼꼼하게 관찰했다.

"……역시 좌우 색이 다릅니다."

"좋아. 그럼 확인하겠다. 폐동맥과 대동맥에서 혈액을 채취해 샘플 비교. 자, 채혈이다. 할 수 있겠나?"

마코토는 황급히 플레이트 위에서 주사기를 두 개 집어 들었다. 그러자 캐시가 옆에서 한 개를 가져가더니 "대동맥 쪽은 제가 맡겠습니다"라고 했다.

주삿바늘을 폐동맥으로 가져갈 때 오른손 손가락이 덜덜 떨렸다. 미쓰자키가 놓치지 않고 말했다.

"뭐야. 설마 채혈해 본 적 없나?"

"아, 아뇨. 해봤습니다. 할 수 있습니다."

왼손으로 떨리는 오른손을 꾹 잡고 간신히 채혈을 마쳤다. 캐시가 채취한 대동맥 혈액과 비교하자 차이는 뚜렷하게 나타났다. 좌심실에서 채취한 대동맥 혈액은 암적색인 데 반해 우심실에서 나온 피는 선홍색을 띠고 있다.

"우심실 혈액은 폐 속에서 저온 공기에 닿은 뒤 산소헤모글로빈의 결합력이 강해져 선명한 적색을 띤다. 고로 이 역시 사인이 동사임을 증명하는 증거 가운데 하나야."

"그렇다면 구니키다 검시관님의 견해에 더 가까워지지 않습니까?"

"아직이다. 다음으로 위 절개."

미쓰자키의 메스가 이번에는 위벽을 갈라 내부를 노출시킨다. 채 30초도 걸리지 않았다.

메스가 움직일 때마다 점도 낮은 혈액이 흘러나온다. 심장이 정지한 탓에 마구 분출하지는 않았지만 질퍽한 피를 보자 마코토는 호흡이 얕아지는 게 느껴졌다.

"위 점막에 다발성 출혈반 있음. 동사 소견과 일치."

아주 가까이에서 위 내용물이 보였다. 푸성귀, 당근, 쌀 등이 아직 소화되지 않은 채 남아 있다. 반 소화된 음식물과 위산이 섞인 시큼한 냄새가 마코토 코에까지 풍겼다.

"내용물 채취."

"……네?"

"내 말 안 들리나? 아가씨, 내용물을 채취하라고 했어. 소화 상태로 사망 추정 시각을 추정하겠다."

"제, 제가 말인가요?"

"이곳에 아가씨라고 불릴 사람이 자네 말고 또 있나?"

위 내용물의 냄새가 부패취에 섞여 엄청난 악취를 발산했다. 숨을 참아도 냄새가 눈을 찌르는 듯했다. 마코토는 그래도 어떻게든 위 내용물을 긁어 금속 접시에 옮겨 담았다.

그러자 미쓰자키는 접시에 코를 갖다 댔다.

"흠, 역시."

고테가와가 그에게 가까이 다가갔다.

"뭐가 역시인가요?"

"알고 싶나? 그럼 직접 맡아 보도록."

"네?"

고테가와는 순간 당황했지만 이 안에서 미쓰자키의 지시를 거스를 수 있는 사람은 없다. 고테가와는 마지못해 접시에 코를 가져갔다.

"굉장히…… 시큼하네요."

"그뿐인가?"

"그뿐이냐고 하시면…….."

"알코올 냄새는?"

"알코올이요? 아, 그러고 보니."

"캐시 교수. 내용물을 분석해 주게."

"네."

"교수님, 그런데 사망자가 술집에서 술을 마셨다는 건 이미 증명된 사실입니다. 이제 와서 새삼······."

고테가와는 거의 울 것처럼 벌게진 눈으로 미쓰자키에게 호소했다. 마코토는 속으로 고소하다고 생각했지만 울상을 짓고 있는 건 자신도 마찬가지였다.

"양이 문제지. 이봐, 아가씨. 이번에는 시신 눈꺼풀을 열어 보도록."

"아, 안구 말인가요?"

"얼른."

마코토는 자리를 옮겨 시신 얼굴을 봤다. 생기를 잃었다고는 해도 인형 같다고 잘라 말할 수 없는 생생함에 다시 오싹함을 느꼈다. 사후 강직으로 단단해진 눈꺼풀을 열자 희뿌연 안구가 드러났다.

"공막."

지시대로 공막을 관찰하자 선명한 노란색 반점이 보였다. 현장에서 시신을 봤을 때 미쓰자키가 신경 쓰인다고 한 부분이 바로 이걸까.

"교수님, 이건······."

"내과에서 연수를 받았댔나? 공막에 선명한 노란 반점이 나타나는 건 무슨 징후지?"

"신부전……."

"신부전 증상은?"

"복통과 오심, 구토…… 입니다."

"좋아. 그럼 신장을 확인하겠다."

미쓰자키의 손은 마치 정밀 기계처럼 움직였다. 어떤 망설임이나 경외심도 없이, 그저 절개하고 도려내고 절제하기 위해서만 움직인다. 매일같이 의료 기구를 다루는 마코토는 그의 손가락 움직임이 얼마나 대단한 것인지 절감할 수 있었다. 의료 기구는 모두 섬세하게 만들어져 다루는 데 충분한 주의를 기울여야 한다. 그런 도구들이 일단 미쓰자키의 손에 쥐어지면 최소한의 움직임으로 최대의 역할을 완수했다. 익숙한 수준이 아니라 거의 선천적 재능이 있다고 할 수밖에 없다. 실제로 신장 절제 속도는 눈으로도 따라잡을 수 없을 정도였다.

"뭔가 특이점 없나?"

미쓰자키는 손에 든 신장을 마코토의 코끝에 들이밀었다. 순간 부패취가 코를 훅 습격했다. 너무도 강렬한 자극에 저도 모르게 눈이 감겼다.

"저, 그게……."

"직접 손으로 들어 보도록."

자신의 손인데도 생각대로 움직이지 않는다. 캐시가 옆에서

52

거들어 주었다.

"이게 다 경험이에요, 마코토. 촉각으로 기억한 건 좀처럼 잊히지 않으니 더 효과적이죠."

지시받은 대로 한 손에 신장을 들었다. 묵직하다. 표면이 얼룩 모양으로 시커멓게 변색해 있다.

"변색은 혈액이 제대로 흐르지 않아서 생긴 것이다. 이 정도면 신장 경색으로 봐도 무방하다. 다만 본인에게 자각 증상이 있었는지는 불명. 이봐, 애송이. 시신 통원 기록은 조사했나?"

"네. 지시하신 대로."

고테가와는 한숨을 한 번 내쉬고 수첩을 꺼냈다.

"사망한 미네기시 도루는 2년 전 방광염으로 며칠간 입원했습니다. 그때 입원한 병원이 바로 이곳 우라와 의대입니다. 퇴원후에는 별다른 통원 기록이 없습니다."

"곧 병력은 방광염뿐이었다는 말이군. 신장 경색이 진행됐어도 심각한 상태에는 이르지 않았겠지. 그러나 신장 변색 정도를 보면 오심이나 구토 정도는 있었을 거야. 자, 여기서 알코올 섭취로 이야기를 돌리지. 이 남자는 평소에 술을 자주 마셨나?"

"아뇨. 가족들 말로는 저녁에 가볍게 한잔하는 일도 없었답니다."

"애송이, 자네는 술을 좋아하나?"

"그냥저냥 술자리에 참석하는 수준입니다."

"자네는 복통, 오심, 구토의 자각 증상이 있는데도 술을 마시

53

고 싶겠나? 게다가 추운 겨울날 만취해서 쓰러질 만큼, 싸구려
소주로 병나발을 불 만큼 마시고 싶겠나?"

"아……."

"사망자는 무슨 일을 했지?"

"건축 회사 사장이요. 본인이 직접 건축 기계나 트럭을 운전
할 일이 많아 평소에 술자리를 의식적으로 피했다고 합니다."

"채취한 혈액과 위 내용물을 정확히 분석해야 판단할 수 있
겠지만, 일단 현 단계에서 사고사로 단정 짓기에는 좀 무리가
있군."

"하지만 술집에서 술 마시는 걸 목격한 사람이 있습니다."

"그래서 양이 문제라 하지 않았나. 바텐더든 누구든 다른 이
들을 만나 조금 더 자세한 이야기를 들어 볼 필요가 있어. 그날
동행자가 있었다면 그냥 분위기를 맞춰 줄 정도로 잔만 채웠을
가능성도 있지. 게다가 어젯밤에는 춥고 비도 내렸어. 취해 있었
다고 해도 과연 강가에서 아무렇지 않게 잠들 수 있었을까?"

"설마 수면제를……."

"일단 분석 결과를 기다리도록."

두 사람의 대화를 듣는 마코토도 미네기시 도루라는 남성의 죽
음에 서서히 의문이 들기 시작했다. 신부전으로 인한 복통과 구
토로 고생하는 이가 만취할 만큼 술을 마셨다고는 생각하기 어렵
다. 수면제를 단독으로, 혹은 알코올에 섞어 먹여 의식을 잃게 한
다……. 만약 현실에서 그런 일이 벌어졌다면 그것은 사고가 아

닌 어엿한 사건이다.

"이번 일이 사건이 되면 가장 먼저 용의자로 꼽을 수 있는 인물이 둘이나 있습니다. 바로 사망자의 술친구들입니다. 게다가 두 사람 다 상당한 액수의 돈을 사망자한테 빌린 상태였습니다. 한 명은 같은 마을 안에서 농업에 종사하는 남성이고, 또 한 명은 직장 부하. 아, 그리고 비슷한 사건이 지난달에도……."

"입 좀 다물었으면 하는데."

"아, 네. 하지만 범인을 특정하는 데 필요한 중요한 정보일 수도……."

"용의자가 누군지, 범인이 누군지는 내가 알 바 아니야. 나랑 아무 관련도 없고."

"관련이 없다는 건 조금……."

"이 시신이 언제 어떤 상황에서 어떤 식으로 죽음에 이르렀는가, 직접 사인은 무엇인가, 자살인가 타살인가. 내가 알고 싶은 건 오직 그뿐이다. 그 밖의 다른 것들은 경찰 소관 아닌가? 쓸데없는 선입견을 끌고 오지 말도록."

거칠지만 그야말로 타당한 지적이라 마코토도 납득했다.

"하지만 교수님은 검안서에 쓰지 않은 것들도 종종 알려 주시지 않습니까."

"그건 자네 상사가 고리타분하고 발전 없는 철면피에다 오만하고 안하무인이라서 그렇지. 설마 그 남자를 보고 배우려는 건가?"

"보고 배우려 해도 과연 배울 수 있을까요?"

55

"하긴 자네 같은 애송이가 그 뻔뻔함에 도달하려면 아직 백 년은 이르지. 아무튼 입 다물고 보도록 해."

고테가와가 그대로 입을 다물어서 부검실 안에는 미쓰자키가 메스를 움직이는 소리와 부검 도구가 스테인리스에 부딪히는 소리만 울렸다. 이미 익숙해졌는지, 아니면 후각이 마비된 건지 더 이상 부패취를 맡아도 구역질이 나지 않았다.

부검실에 조용히 시간이 흐른다.

마코토는 왠지 경건한 기분이 들었다. 눈앞에서 노교수가 말 없는 죽은 자와 대화를 나누고 있다. 메스와 자신의 오감을 총동원해 외부에서는 짐작도 할 수 없는 의사소통을 하고 있다. 아마 같은 길을 걷는 캐시조차 완벽하게 이해하지는 못하지 않을까. 더군다나 고테가와나 자신에게는 더욱 불가능한 일이다.

문득 예술가라는 단어가 머리를 스쳤다. 어떤 직업이든 그 길을 오랫동안 정진한 자의 기술은 때때로 신의 경지처럼 느껴질 때가 있다. 하물며 인간의 목숨을 구하기 위해 사소한 실수도 용납되지 않는 의사라면 더욱 그렇다. 부검의 입장에서 미쓰자키의 기술은 신의 경지와 비슷한 것일지도 모른다.

미쓰자키의 메스가 간, 대장, 소장 순으로 향하더니 마침내 방광에 도달했다.

"방광염 소견 없음. 입원 치료로 완치한 것으로 추정됨. 그러나……."

말이 중간에 끊겼다.

"그러나?"

고테가와가 미심쩍어하며 물었지만 미쓰자키는 대답 없이 계속 메스를 움직였다.

그리고 기관을 절개할 때였다.

"흠."

미쓰자키는 겉으로 드러난 기관 내부를 잠시 응시하고서 말했다.

"아가씨. 잠깐 이것 좀 보도록."

마코토는 미쓰자키가 가리키는 기관으로 얼굴을 향했다. 기관 내부는 아직 부패가 더뎌 분홍빛을 띠고 있다.

미쓰자키가 가리킨 곳은 후두에서 3센티미터쯤 아래에 위치한 곳이었다.

"유심히 관찰하도록. 뭔가 이물질이 보이나?"

이것은 시험이다. 마코토는 그렇게 받아들였다. 가장 먼저 눈과 코로 인식할 수 있는지, 법의학에 종사할 자의 초보적 능력을 시험하는 것이다.

지시대로 유심히 관찰했다. 가까이 다가갈수록 자극적인 냄새가 눈을 찔렀지만 고개를 돌릴 수는 없었다. 훑는 것처럼 찬찬히 응시하다가 잠시 후 기관 표면에서 아주 작은 미립자를 발견했다. 가로세로 2센티미터 범위에 흩어져 있는 입자로 눈으로 셀 수 있는 것은 몇 개에 불과하다. 그래도 알아볼 수 있었던 것은 입자가 푸른빛을 띠고 있어서다.

"설마 습진……은 아니겠죠."

"흥. 보이나 보군. 그럼 확인하도록."

마코토는 캐시한테서 핀셋을 받아 입자 하나에 핀셋 끝을 갖다 댔다. 입자는 핀셋에 달라붙어 쉽게 떨어졌다.

"분말 같은 걸까요?"

"일부를 프레파라트에 채취."

"네."

신중하게 핀셋 끝을 프레파라트 위로 가져갔다. 그러자 캐시가 허겁지겁 프레파라트를 현미경에 세팅했다.

"뭔가요?"

미쓰자키는 잠시 현미경을 들여다보며 말없이 있었다. 그리고 뭔가 납득한 것처럼 고개를 끄덕이고 다시 부검대로 돌아왔다. 고테가와가 참지 못하겠다는 듯 단숨에 달려들었다.

"교수님, 저게 대체 뭡니까?"

"분석이 다 끝나면 알려 주지."

"수사에는 신속함이 요구돼서요."

"그렇게 급하면 직접 조사해."

고테가와는 더 물고 늘어져 봐야 소용없다는 걸 아는지 그 이상 묻지 않았다.

미쓰자키는 캐시에게 뭔가를 지시한 뒤 다시 시신을 돌아봤다.

"복부 봉합."

이미 각 기관에서 샘플을 채취했다. 봉합 정도는 마코토 자신이 할 줄 알았는데 미쓰자키는 절개한 부분을 정중하게 봉합하고 절제 부위도 스스로 연결했다. 그 작업 또한 놀라울 만큼 빨랐다. 캐시는 이번에도 동경하는 눈빛으로 미쓰자키의 움직임을 지켜봤다. 다소 짓궂은 비유일 수 있지만 꼭 명화를 사랑하는 미술 애호가의 눈빛과 닮았다.

봉합을 마친 시신은 시신 보관고 안에 담겼다. 화장 허가증을 받은 유족에게 반납할 때까지 잠시 보관하는 곳이다. 오존 발생기와 살균등이 달려 있지만 장기 보존이 가능한 환경은 아니다.

미쓰자키는 시신이 보관고에 들어가는 모습을 끝까지 지켜보고 나서야 부검실을 나갔다. 발걸음은 강가를 걷던 때로 돌아가 있었다.

"캐시 교수님. 미쓰자키 교수님께 무슨 지시를 받은 겁니까?"

고테가와는 도구를 정리하는 캐시를 붙잡고 물었다.

"그건 왜 묻죠?"

"아, 왠지 비밀스러운 느낌이라."

마코토도 같은 생각을 하고 있어서 귀를 세웠다.

"오, 고테가와 형사님도 꽤 예리하군요. 하지만 교수님 지시는 그리 특별한 게 아닙니다. 신장 피질 샘플을 남겨 두라고 하셨을 뿐입니다."

신장 피질.

마코토는 희미한 위화감을 느꼈다. 위 내용물과 장기 일부를 채취하는 것은 이해할 수 있지만 왜 하필 그곳일까. 궁금한 마음에 캐시에게 물었지만 어깨를 으쓱할 뿐 명확하게 대답해 주지 않았다.

4

"분석 결과 나왔다고요?"

이튿날 소식을 듣고 고테가와가 달려왔지만 공교롭게도 법의학 교실 안에는 마코토밖에 없었다.

"어? 미쓰자키 교수님과 캐시 조교수님은?"

"미쓰자키 교수님은 법의학 강의, 캐시 조교수님은 곧 돌아오실 거예요."

"아, 그렇군. 그럼 좀 기다려 볼까."

고테가와는 근처에 있던 의자를 끌고 와 대답도 듣지 않고 털썩 앉았다. 마코토 바로 정면이라는 점은 신경도 쓰지 않는 듯했다.

처음부터 끝까지 무례한 남자다. 이런 남자와 말을 섞어 봐야 화가 치밀 뿐이니 마코토는 무시하기로 했다.

그러나 상대 쪽에서 먼저 말을 걸어왔다.

"어제는 괜찮았나?"

"뭐가요?"

"교수님이 집도할 때 옆에서 금방이라도 토할 것 같은 표정이던데. 교수님께 지시받았을 때도 엄청 당황하는 것 같고."

"그냥 긴장했을 뿐이에요. 토라뇨. 이래 봬도 연수의라 해부 같은 건 익숙해요."

"오, 대단한데."

마코토는 순간 무시를 넘어 등을 한 대 걷어차 주고 싶었다.

"형사님이야말로 오만상을 짓고 계시던데요."

"형사님은 무슨."

"네?"

"어차피 여기 들락거리는 건 나랑 반장님 정도고 고테가와라는 제대로 된 이름이 있으니 이름으로 불러 줬으면 해."

"그럼 고테가와 형사님. 그쪽이야말로 수사1과 형사면서 시신에 면역력이 없어 보였어요."

"그건 그래. 미쓰자키 교수님이나 캐시 조교수처럼 시신을 뚫어지게 관찰하며 손으로 들쑤실 배포는 없지. 혹시 그거 아나? 미쓰자키 교수님은 시신 바로 옆에서 고기 우동도 드신다더군."

그 모습을 상상하는 것만으로도 입맛이 뚝 떨어졌다.

"신참 때부터 대단한 시신을 여럿 봐 왔어. 보통 지금쯤이면 익숙해져야 하는 게 맞기는 해."

"대단하다면 몸 이곳저곳을 칼에 찔린 시신 같은 거 말인가요?"

"백 단위로 토막 난 시신이라든지 폐차 압축기에 눌린 시신, 휠

체어째 불에 탄 시신이라든지······. 아, 장기가 모조리 뽑힌 시신도 있었지."

식욕이 더욱 떨어졌다.

"이건 윗선에서 들은 이야긴데, 사이타마 현에서는 강력 사건이 엄청나게 많이 일어나. 왜인 줄 아나? 도쿄에서 죽인 시신을 사이타마로 버리러 오는 녀석들이 있어서야."

"왜 그런 짓을······."

"도쿄 경시청 검거율이 사이타마 현 경찰에 비해 높거든. 그럼 사이타마에서 일어난 사건으로 만들어야 붙잡힐 확률도 낮아진다고 계산하는 거지. 그러다 보니 강력 사건이 사이타마에 집중되고 당연히 끔찍하게 살해당한 시신도 많아질 수밖에."

담담하게 이야기하고 있지만 이 남자가 지금껏 걸어온 길은 아수라장 그 자체가 아니었을까. 마코토는 머릿속에 있는 고테가와에 대한 평가를 조금 수정해야겠다고 생각했다.

"근데······ 요즘은 딱히 익숙해질 필요도 없지 않나 싶어."

"왜죠?"

"세상에는 익숙해지면 안 되는 것도 있는 느낌이거든."

"혹시 교수님과 조교수님 들으라고 하는 말씀인가요?"

"그 두 분은 이미 익숙해지고 뭐고 할 수준이 아니지. 어떤 시신이든 항상 흥미진진해하고 호기심을 잔뜩 드러내며 작업에 임하니까."

그 의견에는 마코토도 동의했다. 그러면서도 두 사람은 시신을 향한 경의도 절대 잊지 않는다.

"우리 형사나 당신 같은 법의학 종사자들이 보는 시신은 대체로 성불하지 못한 시신들이지. 익숙해지면 안 된다는 건 성불하지 못한 사망자의 원통함을 잊어서는 안 된다는 의미이기도 해."

제법 옳은 소리도 할 줄 안다. 마코토는 그렇게 생각하다가 곧 카운터를 맞았다.

"그런데 그쪽은 왜 법의학 같은 걸 하려는 거지?"

"네?"

"내가 보기에 두 분 교수님들처럼 시신을 좋아하는 타입은 아닌 것 같은데. 캐시 조교수님 말로는 법의학 교실은 인기가 없어서 지원자도 해마다 줄어든다던데, 왜 하필 그런 곳을 지망하는 거야?"

마코토가 어떻게 대답해야 좋을지 몰라 망설이고 있는데 마침 적당한 타이밍에 캐시가 나타났다.

"아, 오래 기다렸습니다, 고테가와 형사님. 연락한 지 얼마 안됐는데 역시 일찍 도착하셨네요. 꼭 셰퍼드처럼 빠르군요."

"개가 원래 경찰의 대명사 같은 존재이긴 하죠."

"형사님이 말하면 항상 빈정거리는 것처럼 들려서 신기할 따름입니다. 자, 위 내용물 및 혈액 분석 결과가 나왔습니다. 결론부터 말하자면 빙고입니다. 내용물과 혈액에서 순도 높은 에탄올이 검출됐어요."

"순도 높은 에탄올이라면 역시 소주입니까?"

"그렇습니다. 그리고 그 에탄올에 섞여 플루니트라제팜도 검출됐고요."

"플루니트라제팜? 그게 뭐죠?"

"벤조디아제핀 계열 수면제예요. 중간 작용형으로 분류되며 복용 후 30분 남짓 안에 효과가 나타나 24시간 동안 지속되죠."

"만취 상태로 방치시키기에 안성맞춤인 약이군요."

"사망자가 최근에 수면제를 복용한 기록은 없습니까?"

"네. 최근에는 통원 기록이 없고 자택에서 처방전이나 약국 봉투 같은 것도 안 나왔어요."

"교수님이 지적하신 대로 중요한 건 알코올 양이에요. 위 내용물의 소화 상태로 본 사망 추정 시각은 그저께 밤 11시에서 이튿날 새벽 1시 사이로 추정되지만, 아직 소화되지 않은 내용물에 다량의 에탄올이 섞여 있었어요. 알코올은 위 또는 소장 상부에서 흡수되는데, 흡수 속도가 매우 빨라 음주 두 시간 안에 거의 소화관 내로 흡수됩니다. 그런데도 위 내용물에 에탄올이 섞여 있었다는 사실은 사망자가 술을 매우 많이 마셨다는 것을 의미하죠. 사망자가 술집에서 술을 얼마나 마셨는지는 이미 조사하셨겠죠?"

"네. 바텐더가 똑똑히 지켜봤다고 합니다. 희석한 스카치위스키 두 잔. 사망자는 원래 취기보다는 가게 분위기를 즐기는 타입으로 한 잔만으로도 얼굴이 벌게졌다고 해요."

"스카치위스키의 원료는 보리류, 소주의 원료는 당밀류. 위 속에 남아 있던 에탄올은 당밀류가 베이스였습니다. 따라서 술집을 나온 다음 수면제와 함께 소주를 다량 섭취했을 확률이 매우 높습니다."

"그렇다면 역시 그 두 사람이 수상해지는군요."

고테가와가 중얼거리는 소리를 캐시는 놓치지 않았다.

"고테가와 형사님. 그 두 용의자에 대해 자세히 알려 주시겠어요? 부검할 때 교수님께 말씀하다가 마셨죠."

"아직 수사 중인 사안이라……."

"사망자 부검을 집도한 저희가 이미 외부인일 수는 없습니다. 게다가 법의학자 입장에서 뭔가 조언할 게 있을지도 모르잖아요."

캐시의 눈은 호기심으로 빛나고 있었다. 마코토는 속으로 그럴 만하다고 생각했다. 미국에 돌아가 수사 권한을 부여받은 검시관이 되려는 사람이다. 다른 이들보다 범죄 수사에 흥미를 느껴도 이상할 게 없다. 바로 그 점이 같은 법의학자이면서 미쓰자키와 다른 부분이다.

고테가와는 마코토를 힐끗 보더니 어쩔 수 없다는 듯 이야기를 시작했다.

"당일 밤 미네기시 도루와 함께 술을 마신 이들은 우쓰노미야 도시오와 세가와 린조입니다. 이는 술집 주인에게 확인했습니다."

"두 사람 다 사망자에게 빚을 지고 있었다고 하셨죠."

"네. 조사해 보니 그리 대단한 액수는 아니었습니다. 우쓰노미야가 100만 엔, 세가와가 50만 엔."

분명 대단한 액수는 아니다. 마코토도 생활이 풍족한 편은 아니지만, 그럼에도 생명을 앗아가는 행위의 동기가 될 만한 액수로는 생각되지 않았다.

"우쓰노미야는 미네기시의 직장 부하입니다. 전에 공장을 경영했는데 부도를 맞아 가족이 뿔뿔이 흩어졌다더군요. 그 뒤 동창인 미네기시 밑에서 일을 시작했다고 합니다. 따로 사는 아들 학자금 문제로 돈을 빌렸고요."

"동창이던 친구 밑에서 일한다는 것 자체가 스트레스였을 수 있겠네요."

"세가와는 가업을 물려받아 농업에 종사하는데 생계 문제로 돈을 빌렸다고 합니다. 요즘 농가들이 대부분 영세해 경영 상태가 좋지 않거든요."

"두 사람의 알리바이는?"

"엇비슷합니다. 술집을 나간 세 사람이 헤어진 시각이 오후 9시. 우쓰노미야는 그대로 집에 돌아갔다고 증언했지만 혼자 살아서 증명할 사람이 없습니다. 세가와는 가족과 함께 살기는 하는데 집에 돌아가자마자 부서진 비닐하우스를 고치느라 가족과 얼굴을 마주한 건 자정이 다 되어서였다고 합니다."

다시 말해 두 사람 다 완벽한 알리바이가 있는 건 아니다.

"그러고 보니 지난달에 비슷한 사건이 일어났다고 하셨죠."

"아, 네. 지난달 그 강가에서 노숙인 남자가 동사한 사건이 있었습니다. 술을 마시고 잠들었다는데 이번 일과 매우 유사해서……. 그쪽은 죽은 이가 노숙인이라는 점도 있고 해서 그냥 사고사로 처리됐는데, 아무래도 구니키다 검시관님은 그 건과 같다고 보고 사고사로 판단한 것 같습니다."

"그 노숙인의 시신은 부검했나요?"

"아뇨. 검안으로 사고사로 결론짓고 그 뒤 조치는 없었습니다."

현장에 온 검시관이 부검할 필요가 없다고 판단하면 시신을 부검하지 않고 화장한다. 감찰의 제도가 있는 도시에서는 사정이 좀 다르지만, 감찰의가 존재하지 않는 지역에서는 검시관의 견해로 인해 범죄를 놓쳐 버리는 경우가 아예 없다고는 할 수 없다.

"미네기시 회사는 요즘 같은 불황에도 튼실한 편이었고 특별히 가족 관계에 문제가 있는 것도 아니었습니다. 바람을 피웠다는 소문도 없고요. 만약 이번 건이 살인일 경우 동기를 지닌 사람은 이 두 사람으로 좁혀집니다."

100만 엔과 50만 엔이라는 빚 액수가 살인의 동기가 될 수 있는지를 떠나서 사망자와 마지막까지 함께 있었다는 점에서 분명 용의자로 봐도 이상하지 않다. 그 정도는 범죄 수사에 문외한인 마코토도 이해할 수 있었다.

고테가와가 설명을 이으려고 할 때 미쓰자키가 불쑥 모습을 드러냈다.

"뭐야. 그새 또 와 있었나?"

뭐가 그렇게 마음에 들지 않는지 강의에서 돌아온 미쓰자키는 벌레 씹은 표정을 하고 있다. 수강생이 문제인지, 아니면 그의 인간성이 문제인지는 알 수 없다.

"또 수사에 관한 시시콜콜한 이야기들을 늘어놓고 있었겠지. 그런 얘기는 딴 데 가서 하도록 해. 신성한 상아탑 말고."

"하지만 교수님도 저희 반장님과 자주 이런 대화를 하시지 않습니까."

"그런 인간이 둘이나 있으면 이쪽 업무에 지장이 생기지. 분석 결과는 캐시 조교수에게 들었겠지? 용건이 끝났으면 얼른 사라져 주게."

"아직 전부 들은 건……."

"그렇습니다, 교수님. 아직 기관 내에서 채취한 분말에 대한 결과를 설명하지 못했어요."

그러자 미쓰자키는 책상 위에 있던 파일을 캐시에게 휙 던지고 다가왔다.

"특이하다고 하면 특이한 분말이지. 이걸로 시신의 당시 상황을 얼추 특정할 수 있지 않겠나?"

파일을 훑어보는 캐시의 표정이 점차 놀라움으로 바뀌었다. 고테가와와 마코토도 서둘러 파일을 들여다봤다.

"그러니까 왜 제가 고테가와 형사님과 같이 가야 하죠?"

"모든 게 다 경험입니다, 마코토. 보는 것은 한순간의 수치, 보지 않는 것은 평생의 수치라는 말도 있지 않습니까?"

캐시는 수상쩍은 격언을 들어가며 마코토를 위로했지만 정작 본인은 즐거워 보여서 크게 와 닿지 않았다.

"솔직히 저도 캐시 교수님만으로 충분한 것 같은데요."

핸들을 쥔 고테가와가 중얼거렸다. 마음에 들지 않는 구석이 많은 남자지만 이 말만큼은 동의할 수 있었다.

"안 됩니다, 고테가와 형사님. 법의학이 얼마나 범죄 수사에 도움이 되는지 마코토에게 가르쳐 줄 찬스입니다."

"하지만⋯⋯."

"당신은 우라와 의대 법의학 팀을 아군으로 삼고 싶습니까, 적으로 돌리고 싶습니까?"

캐시의 엄포 한마디에 고테가와는 입을 다물었다.

세 사람을 태운 차가 얼마 뒤 우라와 구 고잔 마을에 도착했다. 신흥 주택가와 오래된 촌락이 나란히 늘어선 모습은 여전히 불균형한 인상이었다.

"여긴 양극화의 산실 같은 곳이지."

고테가와가 중얼거려서 마코토는 무슨 뜻인지 물었다.

"원래는 전부 농지였다는군. 그런 곳에 베드타운화로 인한 개발 여파가 몰아닥쳤고 인구가 늘면서 신흥 주택가가 된 거지. 분양지인 만큼 새로 이주해 오는 사람은 대체로 고소득자고. 그러나 오래전부터 살던 주민은 1차 산업 종사자가 많고 소득도 낮다고 해. 저길 좀 봐. 주차된 차들도 한쪽은 최신 유행 하이브리드 차나 세단이 많은데 다른 쪽은 경차나 소형 트럭이 대부분이지?"

듣고 보니 분명 그랬다. 불균형한 인상을 받은 이유가 거기에도 있다. 건물 외관 이외의 다른 곳에서도 생활수준 격차가 드러나는 것이다.

"원래 유복한 인간들은 자각하지 못하는 법이야."

"네?"

"우리 상사가 입버릇처럼 하는 말인데, 유복한 인간은 평범하게 옷을 입고 외출하는 것만으로 자신들의 삶이 풍요롭다는 것을 무의식중에 내보이고 있대. 집, 옷, 자동차, 외식 횟수 등으로 말이지. 그런데 그런 걸 달갑게 보지 않는 이들이 많아. 같은 땅을 딛고 서 있는데 대체 왜 이런 격차가 있느냐며. 진짜 원인은 다른 곳에 있는데도 남의 떡이 커 보이는 거야. 그런 식으로 부자는 자신들도 모르는 사이에 원한을 사고 있어."

고테가와의 말이 무거운 침전물이 되어 가슴에 가라앉았다.

"아무튼 사망자 집은 저곳이야."

손가락으로 가리킨 곳에 멋들어진 3층짜리 주택이 보였다. 언뜻 보기에도 제법 돈 들인 집임을 알 수 있다. 과연 고테가와의 말대로라면 충분히 원한을 살 만큼 고급 주택이다.

오래된 마을 뒤로 돌아가자 비닐하우스 여러 동이 보였다. 세 사람은 차에서 내려 사람 그림자가 보이는 비닐하우스로 들어갔다. 발을 들이자마자 마코토는 흠칫 놀랐다. 토마토나 딸기가 주렁주렁한 광경을 상상했는데, 절반 정도에 각양각색의 꽃이 활짝 피어 있었다.

"실례합니다."

"누구시죠? 혹시 형사?"

작업복 차림의 세가와가 성가시다는 듯 돌아봤다.

그는 목에 감은 수건으로 땀을 닦으며 다가왔다. 얼굴에는 '민 폐니까 얼른 사라져'라고 뚜렷이 적혀 있다.

"죄송합니다. 일하시느라 바쁜데."

"용건이 뭡니까? 오늘 안에 비닐하우스를 다 고쳐야 해서요."

"금방 끝납니다. 세가와 씨와 우쓰노미야 씨 두 분이 미네기 시 씨와 동창이시라고요."

"네. 중학교 때까지 셋이 함께 자주 놀았습니다. 미네기시가 다른 고등학교에 간 뒤로 소원해졌지만."

"당시 미네기시 씨는 어떤 학생이었습니까? 이를테면 다른 친구들을 자주 괴롭혔다든지……."

"아뇨, 반대예요. 녀석은 저와 우쓰노미야에게 늘 치이고 다녔 어요. 몸집이 작고 힘이 약했거든요. 당시에는 종종 심부름 같은 것도 시키곤 했죠."

"그 얘기는 우쓰노미야 씨께도 들었습니다. 심부름만이 아니 라 가끔 때리거나 괴롭히기도 하셨다고요."

"……그런 적이 있었나."

"그런 미네기시 씨가 다시 돌아온 거군요. 자기 손으로 건축 회사를 일군 사장으로 말이죠."

"네, 뭐."

71

"그 뒤 세 사람은 다시 술잔을 기울이는 사이가 됐다. 어렸을 때 그런 일들이 있었는데 마음속 응어리 같은 건 없었습니까?"

"벌써 40년이나 더 된 이야기입니다. 이제는 셋 다 어엿한 성인 아닙니까. 다소 문제가 있기는 했지만, 뭐 학창 시절에는 다들 그러고 노니까요. 그리고 그쪽은 출세했지만 이쪽은 입에 풀칠하기도 힘든 처지가 됐죠. 어렸을 때 괴롭힌 상대한테 돈을 꿀 정도이니."

세가와의 입술이 자조로 일그러졌다.

"실례지만 돈의 용도가 뭐였습니까?"

"정말 실례되는 질문이군요. 이겁니다, 이거."

세가와는 비닐하우스 지붕을 가리켰다.

"염화 비닐을 폴리올레핀으로 바꿨습니다. 성능이 하늘과 땅 차이예요. 50만 엔을 빌려 교체 비용 일부에 썼어요."

"채소나 과일만이 아니라 원예도 온실 재배인가 보군요."

"영세 농가니까요. 채소와 과일만으로는 먹고살기 힘듭니다. 고급 분재 같은 건 아직 경쟁 상대가 적어서 고육지책으로 하고 있죠."

"아, 저 꽃 같은 건 특히 예쁘네요."

고테가와는 세가와의 반응은 신경 쓰지 않고 비닐하우스 안쪽을 향해 성큼성큼 걸어갔다.

그가 멈춰 선 곳에는 벚꽃을 닮은 꽃이 그루터기를 뒤덮을 기세로 피어 있었다. 꽃잎 색은 뚜렷한 청자색이다.

"이게 무슨 꽃이죠?"

"시네라리아입니다. 잎은 머위를 닮았고 그루터기를 감싸듯 피는 모습은 벚꽃과 닮았습니다. 이 안에서는 가장 비싼 분재예요. 요즘 같은 계절에는 온실에서만 자라죠. 이 부근에서 이걸 키우는 사람은 저뿐입니다."

조금 전까지 일그러져 있던 입술이 다시 의기양양하게 펴졌다.

"가까이서 봐도 되겠습니까?"

"네. 그러시죠."

"아, 그나저나 세가와 씨. 미네기시 씨와 술집에서 술을 마시고 혼자 돌아가셨다고요."

"네. 가랑비가 내리더군요. 하우스 천장에 찢어진 부분이 떠올라 곧장 달려와 수리했습니다. 그래서 정작 집에 들어간 시간은 상당히 늦어졌죠."

"술집을 나온 뒤에는 미네기시 씨를 만나지 않았습니까?"

"안 만났습니다. 전에도 증언했을 텐데요."

"정말인가요?"

"끈질기군요! 안 만났다고 몇 번을 말합니까?"

"그렇습니까? 아, 이런. 손에 꽃가루가 묻어 버렸네요."

손가락을 세우며 말하는 고테가와를 보고 마코토는 어이가 없었다. 그야말로 어설픈 연기다. 조금 전 당당하게 꽃잎 한가운데에 손가락을 찔러 넣은 참이었다.

"자, 그럼 부탁 좀 드리겠습니다."

고테가와가 돌아와 마코토가 들고 있던 가방에서 현미경을 꺼냈다. 키엔스 사의 디지털 마이크로스코프. 소형 현미경이지만 배율 변환 어댑터 렌즈를 장착하면 최대 960배까지 확대할 수 있다.

캐시가 고테가와의 손가락에서 채취한 꽃가루를 프레파라트에 넣고 위쪽 모니터를 확인했다.

"거기서 뭐 하는 겁니까?"

느닷없이 펼쳐진 상황에 세가와는 버럭 외쳤지만 고테가와와 캐시는 귀도 쫑긋하지 않았다.

"어떻습니까? 교수님."

"빙고. 정확히 일치했습니다."

"일치라뇨? 대체 뭐가!"

"미네기시 씨의 기관에 이것과 똑같은 꽃가루가 붙어 있었습니다."

그러자 순간 세가와의 안색이 변했다.

"그건 다시 말해 그날 밤 미네기시 씨가 아직 살아 있을 때 이곳 비닐하우스에 왔다는 뜻이 됩니다. 이 안에 들어와 호흡하면서 꽃가루를 들이마셨겠죠. 조금 전 본인 입으로 말씀하셨죠? 이 부근에서 시네라리아를 재배하는 건 자신뿐이라고요. 뭐 농협에서 이미 다 확인을 마쳤습니다만."

"이, 이 시네라리아가 아닐 수도 있지 않습니까."

그의 반론에 이번에는 캐시가 응수했다.

"DNA는 동물이 아닌 식물에도 있습니다. 시신에 남은 꽃가루 DNA와 이 꽃잎의 DNA를 대조하면 같은 식물인지 아닌지는 순식간에 판명됩니다."

"녀, 녀석은 사건이 일어나기 전에도 이곳에 온 적이 있다고요!"

"그 역시 소용없는 이야기입니다. 기관 표면에는 방어 임무를 맡은 점액 밑 섬모상피 세포가 항상 준비돼 있습니다. 점액 밑을 엄청난 속도로 진동해 점막에 붙은 먼지를 입 쪽으로 밀어내는 거죠. 따라서 기관 안에 꽃가루가 남아 있다는 건 사망 혹은 정신을 잃기 직전에 꽃가루를 흡입했다는 사실을 증명합니다."

고테가와는 세가와 앞으로 성큼 다가갔다.

"술집에서 나올 때 사망자는 이미 약간 취해 있었습니다. 당신은 그런 그를 이곳에 데려와 수면제 섞은 술을 먹였겠죠. 그리고 그가 의식을 잃자 그대로 강가에 방치하고 집에 돌아왔습니다. 비에 젖은 몸이 밤중에 차갑게 식어 동사로 이어진다는 것은 지난달에 일어난 노숙인 사망 사건에서 배웠을 테고요. 아닌가요?"

고테가와는 낯빛이 창백해진 세가와를 더욱 몰아붙였다.

"장소를 특정하면 더 새로운 증거가 나올 겁니다. 이곳에 있는 흙은 거의 부엽토겠죠? 사망자의 옷에서 채취한 흙 속에 부엽토가 섞여 있다면 어떨까요. 그리고 이 안에서 수면제 섞인 소주 성분이 검출될 수도 있고요."

그러자 세가와는 힘없이 자리에 풀썩 주저앉았다.

"세가와가 모든 걸 털어놨습니다."

다음 날 일찍 고테가와가 법의학 교실을 찾아와 보고했다. 교실 안에 캐시와 마코토만 있어서 그런지 마음이 편해 보였다. 아마 미쓰자키가 있었다면 용건만 마치고 돌아갔을 것이다.

"특히 캐시 교수님의 DNA 이야기가 효과적이었습니다. 저희가 조사할 때는 몰랐던 사실이라서요."

"지난달 노숙인 사건과는 연관돼 있었습니까? 형사님은 세가와가 엮여 있을 수 있다고 의심하셨던 것 같은데요."

"노숙인의 동사는 어디까지나 사고였고 자신은 참고했을 뿐이라고 진술하고 있습니다. 뭐 검안에서 사고사로 판단해 화장해 버렸으니 이제 와서 어쩔 도리가 없죠."

"수면 유도제는 어디서 구했을까요? 시판 수면제 중에 그렇게 강력한 것도 있습니까?"

"그건 말이죠. 세가와가 농장 경영 악화로 가벼운 우울증을 앓았다고 합니다. 그때 의사에게 처방받은 약이 남아 있었다고 해요."

마코토는 아직 풀리지 않은 의문을 제기했다.

"저, 여전히 이해 안 되는 게 하나 있는데요. 고작 빚 50만 엔 때문에 정말 옛 친구를 죽이려고 마음먹었을까요?"

그러자 고테가와는 문득 언짢은 표정을 지었다.

"그 50만 엔은 마중물이었어."

"마중물이라뇨?"

"세가와가 살의를 품은 건 사건 전날이었다고 해. 평소처럼 술집에서 한잔하고 돌아가는 길에 갑자기 미네기시가 빌린 돈을 갚지 않아도 된다는 이야기를 꺼냈다더군."

"좋은 일 아닌가요? 역시 한때 친했던 친구여서?"

"아니······. 어차피 얼마 되지 않는 돈이라 그냥 줄 테니, 그 대신 자신의 개가 돼 달라고 했대."

"개, 개요?"

"자기를 만나면 반드시 멍, 하고 세 번 짖고 구두 뒤축을 깨끗이 핥으라고 했대. 세가와는 그 말에 피가 거꾸로 솟은 거고."

마코토는 그만 말문이 막혔다.

어렸을 때 괴롭히던 상대에게 돈을 빌리는 상황에서 오는 자조를 넘어 상대에게 굴욕마저 당했으니 당연히 분했을 것이다. 그러나 거만하게 그런 말을 꺼낸 미네기시의 어두운 정념에 마코토는 더욱 공포를 느꼈다.

"부모한테서 물려받은 농장은 쓰러지기 일보 직전. 그런데 한때 자신의 심부름꾼은 당당히 성공해서 부를 누리는 상황. 평소 느끼는 격차만으로도 울분이 쌓인 상태에서 그런 말을 들은 거야. 도화선에 불을 지핀 건 미네기시 자신이었어."

마코토는 신흥 주택가와 오래된 촌락이 나란히 늘어선 광경을 떠올렸다. 그 모습은 빈부 격차 사회의 축소판이자 세가와의 마음 그 자체였을지 모른다.

"어쨌든 두 분의 협력 덕분입니다."

"노 프라블럼. 그리고 모든 건 미쓰자키 교수님이 꽃가루를 발견하신 덕분이죠. 마코토, 이번 일로 법의학의 유용함을 조금은 실감했습니까?"

마코토는 고개를 끄덕일 수밖에 없었다. 사법해부가 이뤄지지 않았다면 세가와의 범죄도 발각되지 않았을 것이다.

거기까지 떠올렸을 때 아직 해결하지 못한 의문이 있음을 깨달았다. 그날 채취한 신장 피질을 미쓰자키는 어디에 쓰려는 걸까.

가해자와 피해자

1

"저, 거기가 해부해 주는 곳인가요?"

"네?"

"사람을 해부하는 곳 맞죠?"

"뭐라고요?"

법의학 교실 직통 전화번호는 일반에 공개돼 있지 않다. 경찰 관계자 등이 아닌 일반인에게서 걸려 오는 전화는 대표 전화로 받아 연결해 주는 방식이다.

수화기를 든 사람은 마코토였다. 그리고 수화기 너머에서 들린 소리는 아직 발음도 서툰 여자아이 목소리였다.

"거기 가면 해부해 줘요?"

"그게 무슨……. 넌 누구니?"

"시노다 나기사라고 해요."

목소리만 들으면 아직 초등학교 저학년 정도로 보인다.

"그래, 나기사. 몇 살이니?"

"아홉 살이요."

"나기사, 여긴 법의학 교실이라는 곳이란다. 사고 같은 걸 당해 죽은 사람의 사망 원인을 조사하는 곳이야."

"네. 저도 텔레비전에서 봤어요. 경찰처럼 조사나 감식 같은 것도 하죠?"

엄밀히 따지면 사실과 다르지만 아홉 살 아이 인식에서는 그렇게 느껴질 것이다.

"그러니 해부해 주셨으면 해요. 사고로 죽은 사람이 있어요."

"그 사람이…… 네 가족이나 친구 같은 사람이니?"

"아뇨. 제가 모르는 사람이에요. 하지만 해부해 주셨으면 해요."

"모르는 사람을 왜 해부하고 싶은 건데?"

"해부해 주시지 않으면 엄마 아빠가 힘들거든요. 부탁드려요."

갈수록 태산이다. 무슨 이야기인지 도무지 종잡을 수 없다.

"마코토. 검안 요청입니까?"

캐시가 옆에서 물었지만 아홉 살 아이와 외국인이라면 대화가 더욱 안 될 것이다.

마코토는 인내심을 가지고 통화를 이어 가다가 비로소 나기사가 하고 싶은 이야기를 간신히 이해했다. 이런 이야기였다.

　나기사의 아버지가 차를 운전하다가 여성을 치어 상대 여성이 사망했다. 그러나 나기사의 아버지는 평소 답답하다는 소리를 들을 만큼 안전운전을 고집하는 사람으로, 나기사의 가족은 그런 아버지가 사람을 치어 죽였다는 사실을 도무지 믿지 못하고 있다.

　"하지만…… 사람을 친 건 사실 아니니?"

　"아빠는 그렇게 위험하게 운전하지 않아요."

　"상대가 죽었는데?"

　"치지 않았어요."

　이래서는 끝이 없다. 마코토는 곤란해하며 일단 캐시에게 통화 내용을 설명했다. 그러자 붉은 머리 조교수는 싱글벙글 웃으며 "진지하게 대응해야겠네요"라고 대답했다.

　"어린아이는 감수성이 매우 풍부합니다. 만약 여기서 마코토가 사무적으로 대하면 아이는 앞으로 법의학 교실은 물론 대학이라는 곳과 그곳에서 일하는 직원 모두에게 불신을 품을 가능성도 있습니다. 책임이 제법 막중합니다."

　"……."

　"검안 요청을 떠나 이야기를 들어주는 것만으로는 비용이 발생하지 않습니다. 마코토, 어차피 한가하잖아요?"

　결국 전화를 받은 게 운이 없었던 걸까.

　마코토는 탄식을 한 번 하고 다시 수화기를 들었다.

　"나기사. 집은 어디니?"

"미누마 구에 있는 다이키 마을인데······ 지금은 아무도 없어요. 모두 경찰서에 있어요."

"사고가 어디서 일어났니?"

"오미야에 있는 체육관 근처요."

오미야 체육관 근처면 오미야히가시 경찰서 관할이다. 교통과에 전화해 확인하자 실제로 오미야 체육관 부근 교차로에서 사람을 친 교통사고가 발생했다고 한다. 어린아이 전화 한 통에 이렇게까지 반응하는 게 과연 옳은가 싶었지만, 나기사의 말투가 더없이 진지했다는 게 마음에 걸렸다. 자기소개가 확실해서 장난 전화로도 느껴지지 않았다. 게다가 캐시가 옆에서 부채질한 게 가장 컸다.

"가해자 측에서 부검을 요청하는 건 꽤 흥미로운 케이스예요. 교통사고라고 하지만 사건성을 의심케 하는 대목이죠. 이럴 때 법의학자가 귀를 기울이지 않으면 언제 기울이겠어요."

캐시는 모국에서 검시관을 목표로 하므로 사건성이 의심되는 일에 적극적으로 움직이는 경향이 있다. 결국 나기사와 캐시 두 사람에게 떠밀린 형국이라 마코토는 자신의 자주성 결여를 한탄했다.

캐시는 당연히 함께 가기를 원했다. 관할 경찰서에서 우라와 의대 법의학 교실 이름을 대면 마코토 혼자라도 문전박대를 당하지는 않겠지만, 혼자보다는 역시 둘이 나을 거라는 논리로 설득했다. 한마디로 수사에 관여하고 싶은 것이리라.

두 사람은 오미야히가시 경찰서 교통과를 찾아가 가장 먼저 그 안에 있는 남자를 보고 화들짝 놀랐다. 현경의 고테가와가 이미 진을 치고 있었다.

"어라. 법의학 교실에서 왜 이곳에?"

"그건 이쪽이 할 말이에요. 고테가와 형사님은 수사1과 아닌가요? 왜 교통과에 계시는 거죠?"

"이봐. 과는 달라도 같은 경찰이야. 그쪽이야말로 무슨 일이지? 오미야히가시 서에서 검안을 요청했다는 이야기는 못 들었는데."

"저, 저희는……."

관계자에게 의뢰를 받았다고 하려 했지만 좀처럼 입이 떨어지지 않았다. 의뢰라고 해도 가해자의 가족인 데다 게다가 아홉 살 어린아이다. 피해자 유족의 검안 요청이면 몰라도 정당성이 있다고 할 수 없다.

그때 캐시가 끼어들었다.

"고테가와 형사님이 이곳에 있다는 건 이번 일에 뭔가 사건성이 의심된다는 뜻이겠죠?"

"그야 뭐……."

"저희는 시노다 나기사라는 소녀에게 연락을 받았습니다. 그 아이는 지금 어디 있죠?"

"아, 조금 전 대기실에 있던데……. 설마 두 분은 그 어린아이가 하는 이야기를 진지하게 받아들이시고……."

"헤이, 고테가와 형사님. 자기도 모르게 본심을 말해 버린다는 게 바로 이런 상황이군요. 형사님은 신고한 게 가해자 쪽이라는 사실보다 어린아이라는 점을 먼저 언급했습니다. 그 말은 곧 가해자 측이 피해자의 부검을 요구한다는 사실에는 의문을 품지 않는다는 의미죠."

고테가와는 입을 한일자로 다물고 침묵했다. 역시 고테가와를 상대하는 데는 캐시 쪽이 더 믿음직하다.

"아무래도 그 아이를 만나야 납득하실 것 같군요. 자, 자, 이쪽으로 오십시오. 소인이 안내해 드립죠."

고테가와의 안내를 받아 대기실로 가자 형사로 보이는 남자와 모녀가 서로 마주 보고 티격태격하고 있었다.

남자는 잔뜩 찌푸린 얼굴로 고테가와를 힐끗 봤다.

"이번에는 또 뭡니까? 고테가와 형사님. 처음 말씀드렸다시피 이번 일은 단순한 교통사고이고 현경 본부의 손을 빌릴 만한 사안이……."

"이 두 분은 우라와 의대 법의학 교실에서 오셨습니다. 그리고 이분들을 부른 게 아무래도 그쪽에 있는 여자아이 같습니다."

"아, 저예요!"

여자아이가 주눅 드는 기색도 없이 손을 번쩍 들자 옆에 앉은 어머니가 깜짝 놀랐다.

"나기사. 언제 전화를……."

"엄마 아빠 둘 다 힘들잖아. 스마트폰으로 '사이타마 해부'라고 검색하니 우라와 의대 전화번호가 나와서 걸어 봤어."

두 사람의 대화로 대략적인 상황을 파악했다. 불분명한 건 교통사고의 상세한 내용뿐이다.

"대체 이 일을 두고 왜 이리 소란인지 모르겠네요. 현경 1과에서 오지를 않나 법의학 교실에서 오지를 않나."

불만을 토로하는 이는 오미야히가시 경찰서 교통과의 다다이라는 형사였다. 대학에서 온 두 사람을 그냥 쫓아낼 수 없다는 걸 아는지 다다이는 툴툴거리면서도 사고 경위를 설명하기 시작했다.

사고가 발생한 시각은 어제 오전 9시 30분. 장소는 오미야 체육관 부근에 있는 오와다 공원 입구다. 학원 강사로 근무하는 시노다 유사쿠가 자가용을 타고 35번 도로를 북상하던 중 반대편에서 자전거를 타고 오던 구리타 마스미와 부딪혔다.

이미 현장 조사를 마치고 보고서도 대략 작성한 상황이라고 해서 마코토와 캐시는 보고서를 확인했다.

현장 조사 보고서

2013년 11월 10일

사이타마 현 경찰 오미야히가시 경찰서

사법순사 다다이 세이지

피의자 시노다 유사쿠의 자동차 운전 과실치사 피의 사건으로 본
인은 다음과 같이 현장 조사를 실시했다.

1. **조사 일시**

   2013년 11월 10일 오전 9시 40분에서 오전 11시까지

2. **조사 장소와 신체, 물건**

   장소 사이타마 시 미누마 구 오와타 마을 445-0 길가와 그 주변

   물건 자가용 보통 승용차 오미야 300세 45-6x

3. **조사 목적**

   교통사고 당시 상황을 조사하고 증거를 보전하기 위해

4. **조사 입회인(주거, 직업, 이름, 연령)**

   사이타마 시 미누마 구 다이키 마을 3번지 25-3

   학원 강사 시노다 유사쿠, 40세

5. **조사 경과**

   별지 기재

   (중략)

7. 입회인 시노다 유사쿠는 미나미나카노 방면에서 오와타 방면으로
   직진하던 중이었고 '자택에서 학원으로 향하는 출근길'이었다고
   설명하며 각각의 지점을 지목했다.

- 상대를 인지한 곳이 '아' 지점

- 당시 운전석이 '1' 지점

- 상대와 접촉한 곳이 'x' 지점

- 당시 운전석이 '2' 지점

- 멈췄을 때의 운전석이 '이' 지점

- 상대가 노면에 쓰러진 곳이 '3' 지점

8. 노면의 흔적

현장의 노면을 분석했을 때 타이어 자국이 확인됐다.

(교통사고 현장 분석도 참조)

"피의자는 주행 중 갑자기 자전거가 차도로 진입해 오는 바람에 핸들을 미처 꺾지 못했다고 주장하고 있습니다. 가드레일이 없는 구역이라 차선 진입이 가능했습니다."

다다이는 보고서를 읽는 두 사람에게 말했다.

"도로에 타이어 자국이 남아 있는 걸로 보아 과속 가능성이 있습니다. 사고가 발생한 시간대에 근처를 지난 목격자가 몇 명 나왔지만 자전거 쪽에서 먼저 부딪혔다는 말은 없었고요. 가해자가 얼마나 속도를 냈는지에 대해서는 증언이 각자 다른 상황입니다. 어젯밤 내린 비로 노면이 젖은 상태여서 타이어 자국으로 정확한 속도를 추정하기는 어렵습니다."

마코토는 가장 신경 쓰이는 점을 물었다.

"저, 피해자는……."

"젊은 여성이었습니다. 구급차가 왔을 때 이미 갈비뼈 골절과 장기 파열로 사망한 상태였다더군요."

"검안은?"

"마쳤습니다. 사망자는 차체에 충돌해 튕겨 나갔습니다. 복부에 생긴 상흔이 뚜렷해서 경찰의는 사고사로 판단했습니다."

"그럼 사법해부는 하지 않는다는 말이네요."

"사인이 명확하니까요. 굳이 부검할 필요는 없겠죠."

다다이는 자못 당연하다는 듯 대답했다. 분명 그의 이야기만 들으면 미심쩍은 사망일 가능성이 낮고 경찰의의 판단이 타당하게 느껴진다. 경찰의는 시신의 겉모습을 보고 오감으로 판단해서 사고사로 명확히 단정 내릴 수 있는 사안은 사법해부를 굳이 신청하지 않는다.

사이타마 현경뿐만 아니라 전국의 경찰은 부검에 소극적이다. 결코 현장의 사기가 낮아서는 아니다. 예산 문제라는 냉엄한 사실에 기인한다.

최근 몇 번 사법해부를 도우며 마코토도 뒤늦게 실태를 체감했다. 일본은 사법해부 비용을 검체 사례금(부검에 임하는 의사에게 주어지는 사례)으로 시신 한 구에 몇천 엔, 시신 부검 사례금(사법해부 감정서 작성료)으로 한 구에 7만 엔, 그리고 시신 부검 외부 위탁 검사료(약물 검사 등의 위탁) 등을 포함해 합계 16만 엔으로 정해 두고 있다. 그러나 실제 일본 병리 학회에서는 시신 한 구당 부검 비용을 약 25만 엔으로 산출하고 있어서 현장과의 극심한 괴리가 발생한다.

그리고 일본 전체 사법해부에 주어진 연간 예산은 기껏해야 십수 억 엔 수준이다. 단순 계산으로도 수천 구를 부검하는 게 고작이고, 경찰도 관공서인 이상 주어진 예산 안에서 일을 집행해야 하니 누가 봐도 뚜렷한 변사체가 아닌 이상 검시관도 부검에 소극적일 수밖에 없다. 사인 규명의 숭고한 사명을 돈이라는 왜소한 현실이 가로막고 있는 것이다.

그 실태를 직접 두 눈으로 접하며 허탈해하고 있자 나기사가 침묵을 깼다.

"하지만 아빠가 사람을 쳤을 리 없어요."

"나기사."

딸을 말리는 어머니의 목소리에 힘이 없다.

"아빠는 늘 제한 속도를 지켰어요. 급브레이크나 급커브도 하지 않고 버스보다 안전했어요. 그렇게 운전하는데 사고 같은 걸 냈을 리 없어요."

어머니는 더 이상 딸을 질책하지 못하고 손으로 얼굴을 감싸더니 어깨를 들썩이기 시작했다. 나기사의 말이 아마 사실일 것이다.

"아내 분께서도 남편의 과실로 보지 않으십니까?"

고테가와가 묻자 나기사의 어머니 시노다 마키는 고개를 숙인 채 입을 열었다.

"네……. 저도 남편이 그랬다는 게 믿기지 않아요. 본인 말로도 눈앞에 자전거가 뛰어들어서 서둘러 브레이크를 밟았고, 그 뒤 그쪽에서 멈춰 선 차에 부딪혔다고…….."

"멈춰 선 차에 왜 부딪히겠습니까?"

다다이는 머리를 긁적이며 지적했다. 단순 교통사고로 처리하고 싶어 하는 심정이 노골적으로 드러났다.

"피해자인 구리타 마스미 씨는 얼마 전 약혼해서 행복의 절정기였습니다. 자살할 동기 같은 건 티끌만큼도 없습니다."

"조금만 더 조사해 주실 수 없나요?"

"이 이상 뭘 더 조사하라는 말입니까. 현장 상황, 목격자 증언, 시신의 겉모습 등이 모두 사고사를 암시하는데."

"하지만 이대로라면 남편은 살인범으로……."

"어쩔 수 없죠. 사람을 죽인 건 사실이니까요. 위험 운전은 적용되지 않더라도 최소 자동차 운전 과실치사죄는 피할 수 없을 겁니다."

"……꽤 무거운 죄목 아닌가요."

"7년 이하 징역이나 금고 또는 백만 엔 이하의 벌금. 다만 이건 형사만의 이야기입니다."

"형사만이라면……."

"피해자 쪽에서 민사로 배상금을 청구하면 그 정도로 그치지 않겠죠. 유족들도 꽤나 실의에 빠진 것 같으니까요."

실의, 낙담의 정도가 시간이 경과하면서 배상금 액수로 바뀌

는 구조다. 결혼을 앞둔 젊은 여성이라면 부모의 슬픔은 더욱
클 것이다.

"그렇게 되면 저희는⋯⋯."

마키는 안절부절못했다. 그런 어머니를 올려다보는 나기사
는 당장에라도 울음을 터뜨릴 것 같았다. 이 모녀를 더 이상 이
곳에 둬서는 안 된다. 마코토가 그렇게 판단한 순간 바로 옆에
있던 고테가와가 먼저 움직였다.

"다다이 형사님. 죄송하지만 잠깐 자리를 비켜 주시겠습니까?"

"왜죠?"

"아이가 무서워합니다."

마코토는 하마터면 웃음을 터뜨릴 뻔했다. 다소 실례로 보이
는 퉁명스러운 말투가 고테가와에게는 잘 어울린다. 또 재빨리
나기사를 배려하는 모습이 의외이기도 했다.

다다이는 할 말이 더 있어 보였지만 고테가와와 나기사를 번
갈아 보더니 콧방귀를 뀌고 자리에서 일어섰다.

"자, 그럼."

고테가와는 마키와 나기사 앞으로 가서 두 사람을 응시했다.
처음 두 사람을 볼 때보다 왠지 눈빛이 부드러워진 느낌이다.

"다시 한 번 말씀드리죠. 저는 현경 본부 소속에 교통과가 아
니라 이곳과는 전혀 이해관계가 없습니다. 덧붙이자면 수사 협
력 의뢰도 받지 않았으니 마음 편히 대답해 주셨으면 합니다."

"네⋯⋯."

"이럴 때 남을 배려하는 성격이 못 돼서 단도직입적으로 묻겠습니다. 지금 마키 씨께서 두려운 건 남편이 죗값을 받는 상황입니까? 아니면 배상금 액수입니까?"

마키는 잠시 대답을 망설이다가 고테가와의 눈치를 보며 조심스레 입을 열었다.

"솔직히…… 돈 문제도 없다고는 할 수 없겠네요."

"그렇겠죠."

"남편은 학원 강사로 일하는데…… 세간에서는 어떻게 보는지 모르겠지만, 학원 강사라고 해봐야 텔레비전 같은 데 자주 나오는 카리스마 강사 같은 사람이 아니면 수입이 공립학교 교직원과 비슷한 수준입니다. 아니, 공무원의 복리후생이나 급여 체계를 고려하면 더 열악하다고 해야겠죠. 요즘은 아이를 낳지 않는 추세라 학생 수도 점점 줄고 있다고 들었고요."

마코토도 들어 본 적 있는 이야기였다. 아이를 낳지 않는 사회적 분위기 때문에 타격을 입는 곳은 학교만이 아니다. 한때 입시 붐으로 몸집을 키운 사교육 시장도 그 영향을 받아 교실 일부를 폐쇄하거나 강사를 줄일 수밖에 없다고 한다.

"전에는 학생 수가 많고 일도 더 편했다고 해요. 그리고 그 무렵에 집을 사서…… 아직 갚아야 할 대출금이 남아 있답니다."

일본에는 아이가 태어나면 자기 집을 마련하는 사람이 많다. 시노다 씨 집이 그 사례에 포함된다면 나기사의 나이로 짐작할 때 아직 상당한 액수의 대출금이 남아 있을 것이다.

"조금 전 형사님께서는 집행유예가 붙을지 몰라도 징역 3년이라고 하셨어요. 저는 파트타임으로 일하는데, 3년이나 남편이 없다면 먹고살 수 없을 거예요. 게다가 만약 민사 재판까지 간다면 돈이 더 들겠죠? 유족 분들께는 진심으로 면목 없지만 저희에게 그런 돈은 없습니다. 집도 아직 대출금이 남아 있어 쉽게는 팔리지 않을 테고……."

뒤로 갈수록 마키의 목소리가 작아졌다.

마코토는 왠지 처량한 기분이 들었다. 모든 사고는 피해자가 발생한 시점에 가해자 측도 불행에 휘말린다. 책임을 오롯이 돈으로 환산할 수 있을 때는 그래도 나은 편이다. 더 까다로운 건 원한과 증오가 생기는 상황이다. 감정은 돈으로 환산할 수 없다. 그리고 아무리 시간이 흘러도 응어리는 남는다. 시노다 씨가 배상금을 전액 낸다고 해도 양쪽의 상처가 완전히 아물 수는 없는 것이다.

"하지만 돈보다 더 큰 문제가 있답니다."

마키는 고개를 번쩍 들었다.

"제 남편은 절대 사람을 칠 만한 운전을 하지 않았어요. 처음 조수석에 타는 사람은 누구든 깜짝 놀랄 정도였죠. 학원 선생님들도 남편의 운전을 두고 '돌다리도 두드려 보고 건넌다'고 말할 정도였으니…… 뭔가 착오가 있는 게 분명해요."

"하지만 누구든 집중력이 흐트러질 때는 있습니다."

"제 남편만큼은 그렇지 않아요. 그이가 난폭 운전을 했을 리는 절대 없어요."

"……혹시 뭔가 특별한 사정이라도 있었습니까?"

"실은 남편에게는 나이 차가 나는 여동생이 있었어요. 살아 있었으면……. 네, 이번에 돌아가신 마스미 씨와 비슷한 나이였 겠죠."

"무슨 일이라도?"

"그 여동생이 10년쯤 전에 음주운전 차에 치여 사망했어요. 남편이 운전에 신중에 신중을 거듭하게 된 것도 그 무렵부터였 고요."

고테가와는 순간 말문이 턱 막혔다.

분명 안전운전을 할 수밖에 없는 이유라고 생각했다.

"사정은 잘 알겠습니다. 그러니까 마키 씨께서는 피해자가 고의로 차에 부딪혔다고 생각하시는군요."

"자살이었을 거예요. 돌아가신 분께는 죄송스럽지만……."

"부검하면 밝혀낼 수 있으리라 보십니까?"

"불치병에 걸린 상태였다든지, 뭔가 나올 거라고 믿어요. 부 디 꼭 조사해 주셨으면 해요."

남편이 교통사고를 냈다는 사실을 받아들일 수 없어서 억지 논리를 갖다 붙이고 있다. 백번 양보해 피해자가 자살을 계획했 더라도 사법해부로 밝히는 것은 불가능에 가깝다.

마키의 의심은 근거가 희박하다. 다만 엄마의 절박한 모습을 차마 지켜보고 있을 수 없어 나기사가 법의학 교실에 도움을 요 청했을 것이다. 엄마 옆에 꼭 붙어 있는 나기사의 모습을 보고 있으면 이제 와서 부탁을 거절할 수도 없다.

모녀에게 위로의 말을 건네고 방을 나가자 캐시가 입을 쭉 내밀었다.

"말해 봐야 소용없지만 이런 문제는 결국 사법해부 횟수와 설비, 의사 수를 늘리지 않으면 사라지지 않아요."

마코토는 문득 묻고 싶어졌다.

"저, 이런 평범한 교통사고 같은 건들도 전부 포함해야 한다는 의미인가요?"

"오브 코스^of course. 자연사, 사고사 등 모든 죽음의 사인은 규명돼야 합니다. 부검이 어렵다면 최소한 영상 진단이라도 해야 합니다. 그러면 저 모녀 같은 케이스도 줄겠죠."

"하지만 외관만으로도 충분히 판단할 수 있을 때는 생략을 해도……."

캐시의 주장은 틀릴 게 없지만 예산과 설비가 너무도 부족한 현 상황을 잘 아는 마코토는 소극적이 될 수밖에 없었다.

"아뇨. 아무리 단순한 케이스라도 부검해서 데이터로 만들어야 합니다. 그건 미래의 범죄 수사에도 반드시 유익한 정보가 될 겁니다."

"단순한 사고 같은 것도요?"

"단순해도 데이터로서는 소중합니다. 미국의 '보디 팜'이라는 연구 시설에서는 시신을 활용한 부패 실험과 총상 실험 등이 자연스럽게 이뤄지고 있죠."

"총상 실험이요?"

"여러가지 다양한 구경의 총을 어떤 각도와 거리에서 쏘면 어떤 모양의 총상이 생기는지 전부 데이터화해서 실제 범죄 수사에 활용합니다. 부검이란 그 정도로 의미 있는 거예요."

들으면 들을수록 그 나라와 일본 사이의 차이가 느껴진다. 머리로는 캐시의 주장이 합리적이라고 이해하면서도 감정이 따라잡지 못했다. 미국에서는 사망 이후 현실에 남겨진 몸이 재료로 취급되고 그런 생각이 상식처럼 퍼져 있다. 일본에서도 카데바가 해부 실습에 쓰이지만 그래도 작업 전과 후에는 반드시 마땅한 경의를 표한다. 호흡을 멈추고 숨을 쉬지 않아도 '인간'으로 대우하는 문화가 있기 때문이다.

옆에 서 있던 고테가와가 말을 보탰다.

"캐시 교수님. 그 논리를 조금만 더 가공해 설득력 있게 만들 수는 없을까요? 음, 그러니까 조금 더 완곡하게 에둘러서…….."

"와이why?"

"피해자 유족을 설득할 방법이 있지 않을까 싶어서요."

뜻밖의 제안에 캐시는 푸른 눈을 둥글게 떴다. 놀란 건 마코토도 마찬가지였다.

"저 모녀의 의뢰를 받아들이겠다는 말입니까?"

"시간이 별로 없습니다."

고테가와의 말투에서 초조함이 느껴졌다.

"형사님은 이번 일에 집착하고 있습니까?"

"아뇨. 집착 같은 건 아니고요."

고테가와는 고개를 절레절레 저었다.

"사건이 쌓이는 걸 싫어하는 이곳 서장이 서둘러 시신 검안 조서를 작성케 할 겁니다. 조서가 완성되는 대로 유족은 시신을 화장할 거고요. 그렇게 되면 더는……."

고테가와는 혼잣말을 중얼거리더니 등을 돌렸다.

"어디 가십니까? 고테가와 형사님."

"유족 집에 갑니다."

그러자 당연한 것처럼 캐시가 그 뒤를 따랐다.

마코토는 혼자만 남아 있을 수 없어 또다시 두 사람에게 떠밀리는 형태로 동행하게 되었다.

2

"이제 와서 마스미의 몸에 또 칼을 대겠다고요?"

피해자의 어머니 구리타 요코는 불쾌감을 고스란히 드러내며 소리쳤다. 현관에 선 세 사람은 대꾸도 못 하고 가만히 있을 수밖에 없었다.

"안 그래도 사고로 상처투성이가 된 몸에 왜 또……."

"어머님. 부검하면 단순한 장기 파열을 넘어 어느 기관이 어떻게 파열됐는지 알 수 있습니다."

캐시의 말을 듣고 옆에서 마코토는 소리 죽여 탄식했다. 틀린 말은 아니지만 감정이 전혀 담기지 않았다. 이래서는 오히려 역효과다.

"그런 건 알고 싶지 않습니다. 알아낸다고 마스미가 살아 돌아오는 것도 아니잖아요?"

"오우, 이미 돌아가셨으니 당연합니다. 해부해서 죽은 사람을 살린다면 그건 법의학이 아니라 요술입니다."

마코토는 무심코 머리를 감싸 쥐고 싶어졌다. 시신에는 한없이 신중하고 애정을 가득 담아 접근하는 캐시가 왜 살아 있는 인간을 상대로는 이리도 무심한 걸까. 이런 모습은 미쓰자키를 꼭 닮았다.

"그러나 부검하면 따님의 사망은 소중한 데이터로 이 세상에 남을 수 있습니다."

"돌아가세요!"

요코가 다시 소리쳤다. 그때 복도 안쪽에서 초로의 남성이 모습을 드러냈다.

"여보, 그만. 목소리 좀 낮춰."

"하지만……."

피해자의 아버지 구리타 슈헤이인 듯했다.

"이유를 막론하고 현관문 앞에서 이러는 건 이웃들한테 민폐야. 일단 안으로 들어와 주십시오."

세 사람은 그 말을 듣고 거실로 들어가 부부와 마주 보고 앉았다. 마코토는 정면에 앉은 슈헤이의 얼굴을 똑바로 쳐다볼 수 없었다. 부인을 말리는 모습을 보며 자제심이 강한 남자라고 생각했는데 터무니없는 오판이었다. 슈헤이도 마찬가지로 극심한 충격에 잔뜩 찌든 모습이었다. 요코는 그것을 목소리로 표현했지만 슈헤이는 얼굴로 표현했다.

액자에는 딸을 가운데에 둔 가족사진이 담겨 있다. 구리타 마스미는 외동딸이었다.

"여러분은……."

슈헤이가 조용히 입을 열었다. 겉으로 보이는 나이보다 열 살은 늙어 보이는 목소리였다.

"마스미를 부검하고 싶다고 하시는데 이유가 뭡니까? 조금 전 언뜻 듣기로는 어떤 장기가 어떻게 파열됐는지를 상세히 조사해서 데이터로 남긴다고요?"

"예스. 원래 모든 인간의 사인은 명확하게 밝혀져야 합니다."

"마스미는 이미 죽었다. 하지만 아직 데이터로서 가치는 있다. 그런 의미입니까?"

더 이상 캐시에게 맡길 수는 없다.

마코토는 재빨리 끼어들었다.

"아뇨. 데이터 운운하기 전에 따님이 왜 사망했는지 경위를 밝혀야……."

"경위를 밝히지 않으면 어떻게 된다는 겁니까? 마스미는 그 시노다라는 남자가 운전하는 차에 치여 장기가 파열돼 사망했습니다. 그 이상의 진실이 또 있습니까?"

"하지만 그건 현장에서 경찰의가 외부 소견만으로 판단한 겁니다."

"장기가 파열됐든 두개골이 함몰됐든 딸이 남의 차에 치여 죽었다는 사실은 변함없습니다. 다행히 얼굴에는 외상이 별로 없다는 게 작은 위안이지요. 부모로서 말하긴 그렇지만 이목구비가 뚜렷하고 예쁜 딸이었습니다. 마지막까지 예쁜 얼굴 그대로 보내 주고 싶습니다."

"하지만……."

"혹시 그 시노다라는 남자에게 부탁받아서 온 거 아닙니까? 그날 사고는 마스미의 자살이었다. 그러니 부검해서 그걸 밝혀 달라."

슈헤이는 마코토를 힐끗 봤다. 모든 것을 포기한 듯한 어두운 눈빛이었다.

"미리 말씀드리지만 우리 딸에게 자살할 동기 같은 건 없었습니다. 전에 앓던 병도 다 나았고 내년 봄에는 결혼을 앞두고 있었죠. 상대는 성실한 데다 품행도 올바른 청년이었습니다. 딸은 신부수업이라면서 엄마한테 요리도 열심히 배웠죠. 하루하루가 즐거워 보였습니다. 그런 딸이 스스로 목숨을 끊을 이유가 대체 뭐가 있겠습니까?"

마코토는 딱히 대답할 말이 없었다.

"자살이라고요? 가서 농담도 적당히 하라고 전해 주십쇼. 과실치사에서 벗어나려는 일방적 주장일 뿐입니다. 처음 그 얘기를 들었을 때는 속이 부글부글 끓었지만 참았습니다. 자신이 저지른 일을 참회하기는커녕 마스미 탓으로 돌리려 하다니. 적반하장도 유분수죠."

슈헤이는 언성을 높이지 않고 담담하게 말을 이었다. 그 모습에서 꾹 누른 분노의 깊이가 엿보였다.

이번에는 고테가와가 대답했다.

"목격 증언에 따르면 가해자가 꼭 차를 과속했다고는 볼 수 없습니다."

"경찰은 피해자보다 가해자의 인권을 존중한다는 말이 사실이었군요. 그렇게까지 해서 시노다라는 남자를 감싸고도는 겁니까?"

"그런 건……."

"됐습니다. 현장에서 딸을 본 경찰의는 차에 충돌해서 사망한 교통사고사가 틀림없다고 판단했습니다. 저희는 화장 허가증이 나오기만을 기다렸다가 마스미를 조용히 저 세상으로 보내 줄 겁니다."

"잠깐만 기다려 주십시오. 그러면 제대로 된 사인이……."

"이미 다 들었습니다. 의심이 가는 죽음이 아닐 경우 부검하려면 친족의 동의가 필요하다던데요."

"네."

"그리고 그 비용은 전액 유족 부담이라는 이야기도요."

"……네."

"부검 시설로 옮기는 운반비까지 전부 유족 부담으로……."

"……맞습니다."

"저희더러 그런 제안에 응하라는 말입니까? 가해자에게 도움이 되는 증거를 찾기 위해 피해자 유족이 적지 않은 비용을 부담해 가며 소중한 가족의 몸에 또 칼을 대라고요?"

그 말에는 고테가와도 반론할 수 없었다.

"또 하나. 솔직히 말해 딸이 두 번이나 살해당하게 내버려 둘수는 없습니다."

"두 번이나?"

"처음에는 차에 치여 살해당하고 두 번째로 부검대 위에서 메스로 살해당하고……. 딸의 몸에 더 이상 상처를 내고 싶지 않습니다."

슈헤이의 목소리가 점차 비통해졌다. 그리고 그가 침묵할 때를 기다린 듯 이번에는 아내 요코가 입을 열었다.

"마스미가 교통사고를 당했다는 소식을 듣고 부랴부랴 현장으로 달려갔어요. 시신이 우리 딸이라는 것을 확인했는데, 증거 보존을 위해 딸의 몸에 손을 대지 말라더군요. 마스미는 옷이 전부 벗겨져 있었고 알몸이었어요. 이렇게 추운 날…… 딸 옆을 지켜 주고 싶었는데…… 조금이라도 따뜻하게 해 주고 싶었는데…… 저희는 딸에게서 떨어질 수밖에 없었어요."

말 중간 중간에 오열이 섞이기 시작한다.

"간신히 딸을 다시 만난 곳은 영안실이었어요. 여전히 알몸 상태 그대로더군요. 그래서 가슴부터 배에 걸친 상처가 뚜렷이 보였죠. 참담했어요. 얼굴은 파랗게 질려 있고 머리카락에는 흙이 그대로 달라붙어 있었어요. 피부색이 변했고 몸 형태도……. 그 하얗던 아이가, 뽀얀 피부가 자랑이었는데……."

다음 말이 이어지지 않았다. 옆에서 슈헤이가 참지 못하고 말을 이었다.

"이미 오래전 이야기지만 아내의 사촌 여동생이 묻지 마 살인마의 손에 목숨을 잃은 적이 있습니다."

세 사람은 어안이 벙벙한 얼굴로 슈헤이에게 시선을 돌렸다.

"그때는 당연히 처제의 시신을 부검했습니다. 모든 과정이 끝날 때까지 부모는 자식 몸 한 번 만져 보지 못하고 실의에 빠진 나날을 보냈죠. 간신히 만나게 된 날 시신 안치소는 쓰레기장 바로 옆에 있었고, 은색 트레이 위에 눕혀진 몸에는 더러운 거적자리가 덮여 있었습니다. 부검을 끝냈으니 볼일 다 봤다는 듯이 그야말로 쓰레기 비슷한 취급을 받은 모양입니다. 저와 아내는 그 얘기를 듣고 부검이라는 게 얼마나 무자비한 행위인지 깨달았습니다."

그 역시 마코토가 최근 알게 된 사실이었다. 일본 경찰서는 하나같이 규모가 작아 시신 안치소 공간도 충분히 확보하지 못한 곳이 많다. 유족이 대기하는 장소는 더욱 열악하다. 사법해부 횟수가 적은 탓도 있지만 피해자 유족을 고려하지 않은 예산

책정이 가장 큰 요인이라 할 수 있다.

"이제 충분히 아시겠죠. 저희는 더 이상 딸에게 상처를 입히고 싶지 않습니다. 하물며 그런 과정을 위한 비용마저 저희더러 지불하라니, 상상만으로도 불쾌합니다."

더는 어찌할 도리가 없다. 고테가와는 침묵에 잠겼고 캐시 역시 입을 열지 못했다. 마코토는 별생각 없이 따라온 것을 맹렬히 후회하고 있었다. 유족의 비통한 심정이 절절히 전해졌다. 지금껏 법의학 교실에 유족이 찾아온 적이 없어서 생각지 못했지만, 시신에는 당연히 친족이 존재한다. 뿌예진 안구, 빛을 잃은 피부 속에는 유족들의 비통함이 감춰져 있는 것이다.

"돌아가 주십시오."

슈헤이는 세 사람에게 더는 눈길도 주지 않았다.

"제가 아직 이성이 있을 때 돌아가시는 게 좋을 겁니다."

결국 보기 좋게 구리타 씨 집에서 쫓겨난 세 사람은 차 안에서 망연해 있었다.

"문화 차이인지도 모릅니다."

캐시가 혼잣말을 중얼거렸다. 옆에 있는 마코토는 그 냉정한 말이 왠지 거슬렸다.

"문화 차이요? 미국인은 가족의 죽음을 슬퍼하지 않나요?"

"마코토, 내가 말하는 차이란 해부를 대하는 사고방식을 뜻합니다. 전에 책에서 읽었는데 일본에는 『해체신서』(일본 에도 시대의

번역 의학서) 전에는 시신을 해부하는 시스템이 없었다더군요."

"네."

"해부는 고사하고 죄인의 시신을 전시하는 것이 형벌의 하나이기도 했죠. 맞습니까?"

이른바 책형, 효수라고 불리는 것이다. 이미 오래전에 없어진 형벌이지만 실제로 있었던 일들이니 수긍할 수밖에 없다.

"그에 반해 유럽과 미국에서는 오래전부터 해부가 시스템으로 존재했습니다. 또 육체와 영혼을 별개로 생각하는 경향이 있어서 영혼이 빠져나간 육체에 칼을 대는 행위에 그다지 거부감이 없습니다. 이 나라의 부검률이 낮은 이유는 예산 문제 외에도 그런 식의 센티멘털리즘이 크게 작용해서인지도 모릅니다."

그러고 보니 반강제로 행정해부를 실시하는 감찰의 제도는 종전 후 연합군 최고 사령부의 지시로 도입됐다. 캐시의 말을 빌리자면 부검이라는 제도는 미국의 합리주의가 일본인의 센티멘털리즘을 몰아낸 산물이라고 할 수도 있다.

"물론 교수님 주장에 일리가 있지만, 지금 저희 눈앞에 놓인 문제는 그런 센티멘털한 일본인 부부를 어떻게 설득할지예요."

제아무리 캐시가 합리적 사고를 설파해도 구리타 부부에게는 역효과만 일으킬 것이다. 캐시도 그 사실을 아는지 왠지 울적한 얼굴로 입을 다물었다.

"그건 그렇고 고테가와 형사님은 왜 부검에 매달리는 건가요?"

마코토는 그가 진심으로 시노다 일가를 두둔하는 것처럼은 보이지 않아서 물어봤다.

"가해자의 주장은 보통 근거 없는 자기변호일 때가 많지만……
그래도 좀 마음에 걸려서."

마코토는 내심 놀랐다. 평소 단순명쾌한 모습만 보이는 것치
고 대답이 모호했다.

"미심쩍은 부분이라도 있나요?"

"구리타 마스미는 차도에서 차에 치였어. 시노다의 차가 보
도에 진입한 게 아니야."

"네."

"물론 시노다는 제한 속도를 지켰다고 증언하지만, 실제로는
과속 때문에 전방에서 오는 자전거를 피하지 못했을 수도 있어."

"네, 그렇죠."

"하지만 말이지. 가령 눈앞에서 차가 돌진해 온다면 자전거에
탄 사람은 보통 회피 행동을 취하지 않나? 브레이크를 밟거나 보
도 쪽으로 방향을 꺾는다든지 해서. 하지만 현장에는 자전거 운전
자가 회피 행동을 취한 흔적이 없었어. 그 점이 영 마음에 걸려."

"차가 워낙 빠른 속도로 돌진해 오는 바람에 미처 피하지 못
했을 수도 있죠."

"그래. 그럴 가능성이 높지."

그럼에도 그는 납득하지 못하는 듯했다.

"저, 구리타 부부는 더 이상 딸의 몸에 상처를 내기 싫다고
했죠?"

"그래."

"그럼 AI를 부탁해 보는 건 어떨까요. AI라면 시신에 칼을 대지 않고도 사인을 규명할 수 있어요."

AI는 사후 화상 진단^{Autopsy Imaging}을 뜻한다. 사망 후 CT(컴퓨터 단층 촬영)나 MRI(자기 공명 영상) 등으로 지병 상태를 파악하고 사인을 규명하는 데 쓰인다. 일본의 설비 보급률은 국제 평균치의 6배 이상이라 보기 드문 것은 아니다.

"이곳 근처에는 지바 대학 의학부 부속 병원에 AI 센터가 있어요. 비용도 부검보다 훨씬 쌀 테고요."

"굿 아이디어라고 하고 싶지만 AI는 보험 적용이 되지 않아서 경찰과 유족이 실비를 부담해야 해. 또 여러 사람 앞에 시신을 보여야 한다는 점도 같아서 그 부부의 동의를 얻기 쉽지 않을 거야. 게다가 아무리 지바 대학에 화상 진단을 의뢰하더라도 언젠가는 정보가 새게 돼."

"……새면 안 되나요?"

"우리가 무단으로 화상 진단을 의뢰했다는 게 알려지면 오미야히가시 경찰서에서 가만히 있을까? 그리고 애초에……."

고테가와는 문득 뭔가 깨달았는지 입을 다물었다.

"그리고 애초에?"

"아무것도 아니야. 아무튼 좋지 않아."

아무것도 아닐 리 없다. 마코토는 그보다는 자신이 더 거짓말에 능숙하리라고 생각했다.

107

법의학 교실로 돌아가자 미쓰자키가 와 있었다.

"늦었군."

미쓰자키가 언짢은 표정으로 말했지만 고테가와는 기죽지 않았다. 무뚝뚝함에 이미 익숙해진 것이리라.

"유족에게 부검 허가는 받아 왔나?"

마코토는 미쓰자키의 말에 흠칫 놀랐다. 현경 수사1과 고테가와 형사가 관할 경찰서 교통사고 건에 끼어든 데는 아무래도 미쓰자키 교수도 엮여 있는 모양이다.

"실패했습니다."

"뭐에 실패했다는 거지?"

"딸의 몸에 더는 상처를 내기 싫고 비용을 그쪽이 부담하는 것도 도무지 받아들일 수 없다고 하더군요."

"그래서 꽁무니를 뺐나."

"뭐, 그런 셈이죠."

"그러니 자네는 평생 가도 애송이라는 소리를 듣는 거야. 자네 상사의 고집을 절반만이라도 배우지 그러나?"

"그런 경찰이 한 명 더 생기면 교수님은 좋으시겠습니까?"

"흥. 짜증나긴 하겠지만 무능한 어중이떠중이들이 설치는 것보다야 낫겠지. 그건 그렇고 사망자 기록은 챙겨 왔나?"

"네. 무능한 어중이떠중이도 그 정도는 할 수 있으니까요."

고테가와는 들고 온 가방에서 A4 크기 파일을 꺼냈다. 오미야히가시 경찰서와 협조하는 낌새는 없었으니 정식 절차를 밟은 자료는 아닐 것이다. 미쓰자키는 아랑곳하지 않고 단숨에 파일을 펼쳤다. 마코토는 그제야 이해가 갔다. 고테가와는 미쓰자키의 지시로 평범한 교통사고에 고개를 들이민 것이다. 그렇다면 그는 왜 그런 지시를 내렸을까. 잠시 머리를 굴려 봤지만 조금도 감이 잡히지 않았다.

"뭐야, 경찰의가 고다였나? 그런 녀석에게 검시를 맡기다니 오미야히가시도 어지간히 일손이 부족한가 보군. 현장 조사 보고서 사본에 시신 검안 조서 사본이라니 한심하군. 큰소리 뻥뻥 치더니 갖고 온 게 고작 이건가?"

"좀 봐주십쇼, 교수님. 고작 이거라고 하시지만 몰래 복사하느라 얼마나 힘들었는데요."

미쓰자키는 고테가와의 항의는 들을 마음도 없는지 줄곧 파일만 내려다보고 있다. 그리고 어느 페이지에서 손이 뚝 멈췄다.

"이건 정확한 건가?"

그는 한 곳을 가리키며 고테가와에게 물었다.

"병력 기록. 이곳에 오류는 없겠지."

"없을 겁니다. 오미야히가시 서가 입수한 최신 정보에다 치료 시설 기록도 전부 대조해 봤습니다."

"그렇군."

미쓰자키는 파일을 닫고 고테가와를 향해 말했다.

"그렇다면 무슨 일이 있어도 부검해야겠어."

3
—

"그럼 얼른 다시 피해자 가족을 설득해야겠네요. 아, 제가 집까지 운전해 드리겠습니다."

"지금 무슨 소리를 하는 건가?"

"네?"

"피해자의 사인을 규명한다는 지극히 타당한 명제를 들어 피해자 유족을 설득하는 건 경찰의 책무 아닌가?"

"제 책무라고 하기에는…… 관할은 오미야히가시 서라……."

"뭐라고? 이봐, 애송이. 자네는 발밑에 시신이 굴러다녀도 담당이 아니라며 모른 척할 건가? 공무원으로서 지극히 무책임한 데다 경찰관을 할 자격도 없는 비열한 인간이로군."

면전에서 호된 말을 듣고 고테가와는 입을 반쯤 벌렸다.

"내 말에 반론해 보도록. 하지만 공무원으로서 합당한 논리를 들어 말해야 할 거야. 안 그러면 귀도 쫑긋 안 할 테니."

"저, 저도 제가 맡은 사건으로 바쁩니다."

"그거 힘들겠군. 하긴 자네처럼 분별없는 애송이는 바쁘게 뛰어다니기라도 해야지. 사람이 놀고만 있으면 못된 짓을 배운다는 말도 있으니."

"……너무하십니다."

"그래 봐야 자네 상사만 하겠나? 다른 곳에서 검안 요청이

물밀듯 들어올 때도 이곳 사정은 아랑곳하지 않고 억지로 시신을 밀어 넣는 인간이야. 그 고집에 비하면 내 억지 같은 건 억지 축에도 못 끼지."

자신의 지시가 억지라는 것 자체는 아는 모양이었다.

마코토는 고테가와가 조금 가여웠지만 둘 사이에 끼어 봐야 좋은 꼴을 보지 못할 게 뻔해서 입을 다물었다. 캐시는 싱글벙글 웃으며 두 사람의 대화를 관전하고 있다.

"평소에도 상사한테 억지를 듣고 있으니 이번에는 교수님 억지를 들어 달라는 말씀입니까?"

"자네 혹시 귀가 안 좋나? 아니면 그 나이에 벌써 치매기라도? 억지 축에 못 낀다고 한 말 못 들었나?"

"알겠습니다, 알겠습니다."

고테가와는 두 손바닥을 앞으로 내밀며 요란하게 한숨을 내쉬었다. 백기 투항을 의미하는 몸짓이다.

"어떻게든 설득해 보겠습니다."

"뭔가 단단히 착각하고 있군. 해보겠다 정도로는 안 돼. 해야지."

미쓰자키는 마지막 엄포를 내뱉고 교실을 나갔다.

"……거 참."

고테가와가 원망 섞인 눈길로 미쓰자키의 뒷모습을 지켜보다가 또 한 번 크게 탄식했다.

"난 저 나잇대 사람들한테 전생에 원수라도 진 모양이야."

"저, 고테가와 형사님이 구리타 씨 유족을 다시 찾아가는 건가요?"

"아무래도 그래야 할 것 같아. 교수님이 내게 교섭력을 원하는 눈치이기도 하고."

"교섭력요?"

"전에 상사에게도 같은 말을 들은 적이 있어. 젊으니까 멋모르고 들이대는 건 좋은데 조금 더 교섭력을 갈고닦아야 한다고. 하지만 난 그렇게 생각하지 않아. 세간에서는 보통 이런 무리한 난제를 해결하는 걸 두고 교섭이라고 하지 않아."

그러자 캐시가 옆에서 한마디 했다.

"고테가와 형사님. 조금 전 교수님의 말씀은 호의적인 어드바이스입니다."

"어드바이스요?"

"인간은 고난을 겪으며 비로소 성장한다는 말도 있잖습니까?"

"캐시 교수님은 대체 어디서 그런 말들을 배워 오시는 겁니까? 사람이 곤경에 빠졌는데 도와주시진 못할망정……."

"가는 정이 있어야 오는 정이 있다란 말도 있지요?"

"……지금 같은 상황에 어울리는 말은 아닌 듯한데요."

내키지 않는 일을 해야 하니 툴툴거릴 수밖에 없다. 불만을 들어주는 데는 딱히 수고가 드는 것도 아니어서 마코토가 동정하듯 고개를 끄덕이자 고테가와가 눈을 흘겼다.

"지금 동정하는 건가? 아니면 고소하다고 비웃나?"

"물론 동정이죠."

"좋아. 마음을 굳혔어."

"무슨 마음요?"

"피해자 집까지 동행. 그쪽도 나랑 같이 가 줘야겠어."

"네?"

이런 상황을 두고 아닌 밤중에 홍두깨라고 해야 할 것이다. 갑작스러운 요청에 마코토는 한 박자 늦게 반응했다.

"제가 왜?"

"관할이 다르고 별다른 직책도 없는 수사1과 평형사 혼자 설득하는 것보다 실제 부검을 담당하는 집도의가 같이 가는 쪽이 설득력 있겠지. 그렇다면 캐시 교수님과 그쪽 중 한 명인데, 캐시 교수님이 분위기 파악을 잘 못한다는 게 이미 만천하에 드러났잖아? 그럼 소거법으로 그쪽만 남게 되지."

"오, 그거 아쉽군요."

캐시는 그렇게 말하면서도 하나도 아쉬워 보이지 않았다.

"교섭이란 건 입으로 하는 파이팅이니 외국인인 제가 불리한 건 부정할 수 없습니다. 자, 마코토. 잘 다녀와요."

"다녀오라뇨. 이건 좀……."

마코토는 자기도 모르게 뒷걸음질 치다가 고테가와에게 팔을 붙들렸다.

"지금껏 잘도 위에서 내려다보면서 동정했지? 수지를 맞추려면 그쪽이 따라와 줘야 해."

"그게 대체 무슨 논리예요."

"미쓰자키 교수님 밑으로 들어간 이상 이 정도 모험은 감수해야 하지 않겠어?"

결국 마코토는 거의 납치당하듯 비노출 경찰차 조수석에 올라탔다.

"경찰 부를 거예요!"

"오, 그거 재밌는 농담이네."

고테가와는 마코토의 항의를 한 귀로 흘려듣고 차를 출발시켰다. 그야말로 억지로 끌려가는 셈이지만 여기까지 온 이상 저항해 봐야 소용없다. 마코토는 잠시 고민하다가 하는 수 없이 안전띠를 맸다. 일본 속담에 독을 먹을 거면 접시까지 먹으라는 말이 있다. 평범한 사람이라면 그렇겠지만 의료 분야에 종사하는 이라면 우선 독의 성분을 파악해야 할 것이다.

"……알겠어요. 갈게요."

"듣던 중 반가운 소리군. 그쪽이 동행해 줘서 영광이야."

"저기, 그쪽이라는 말 좀 안 쓸 수 없어요? 저한테도 제대로 된 이름이 있다고요."

"호칭을 뭐라고 부를까?"

"스스로 떠올리세요."

"교수나 조교수는 아니겠지."

"일단 의사 면허는 취득한 상태예요."

"그럼 마코토 선생."

114

"……조금 더 존경의 뜻을 담을 수 없나요?"

"선생이면 교수나 마찬가지잖아. 존경의 뜻이 충분하다고."

오미야히가시 경찰서에서 시노다 모녀를 배려하는 모습을 보며 고테가와를 조금 다시 보게 됐지만 아무래도 착각이었던 모양이다. 이 남자의 머리에 섬세함 같은 개념은 눈곱만큼도 없다.

"그럼 동행자로서 정보 공유를 요청하겠어요."

"정보?"

"조금 전 교수님께 보여 드린 구리타 마스미 씨 기록이요. 병력이 있다고 하셨는데 병명이 뭐죠?"

"작년 봄에 패혈증을 일으킨 기록이 있어."

패혈증. 체내에 감염된 곳으로부터 혈액 속에 병원체가 침투해 발열 및 혈압 저하를 부른다. 영향이 장기에 이르면 호흡곤란이나 신부전 같은 다발성 장기 부전을 유발한다.

"항생 물질을 계속 투여해 완치됐고 작년에 퇴원했다더군."

"발견이 빨랐나 봐요."

"시설이 좋았던 거 아닐까? 치료를 받은 곳이 우라와 의대였거든."

터무니없는 말은 아니다. 사이타마 현 내에서 우라와 의대는 최고의 인재와 설비를 자랑한다. 굳이 이곳을 찾아 입원했다고 해도 이상하지 않다.

"미리 말해 두는데 구리타 마스미 건으로 움직이고 있다는 거 비밀이야."

"미쓰자키 교수님이 이번 건을 지시하셨죠?"

"노 코멘트."

"왜죠?"

"누설 금지라고 하셔서……."

고테가와는 깜짝 놀란 표정으로 말을 잇다가 말았다. 역시 이 남자는 이야기하다가 무심코 진실을 말할 때가 많아 보인다. 분명 밑바탕은 단순한 성격일 것이다.

고테가와가 마코토를 흘겨봤다.

"미쓰자키 교수님 앞에서는 작아지시는 것 같아요."

"그 교수 앞에서 작아지지 않을 사람이 우라와 의대에 몇 명이나 있을 것 같아?"

쓰쿠바 교수 정도 말고는 떠오르지 않았다. 경력과 나이를 떠나 평상시 언동이 안하무인에 가까운 탓에 다른 교수들도 웬만해서는 그를 피한다.

"혹시 교수님께 약점이라도 잡혔어요?"

"약점이라기보다 빚이라고 해야겠지. 교수님께는 지금껏 이런저런 조언을 포함해 검안서에는 쓰지 못하는 정보들까지 얻고 있거든."

"시신 검안서에 쓰지 못하는 건……."

"시신 검안서 같은 곳에는 오로지 밝혀진 사실만 쓸 수 있어. 하지만 교수님은 독자적인 판단과 추측도 알려 주시지. 특정할 만한 흉기, 검안서에 적힌 것보다 범위를 좁힌 사망 추정 시각,

예상되는 범인상 등."

캐시가 평소 말하는 미국의 검시관과 다름없다.

"물론 그저 추론에 불과하니 정식 문서에 기재할 수는 없어. 하지만 그런 조언이 지금껏 수사에 도움이 된 적이 한두 번이 아니야. 그래서 우리 반장님은 반드시 교수님 견해를 들으려고 하지."

"불규칙이 규칙이 된 꼴 아닌가요?"

"예를 들어 지난번 사건 때 나도 부검에 동석했잖아? 시신을 앞에 두고 이런저런 핵심 사항을 지적해 주시는데, 눈앞에서 시신을 오감으로 느끼면서 설명을 들으면 머릿속에 더 잘 들어와. 그리고 그런 경험이 쌓이다 보면 현장에서도 엄청나게 도움이 되지. 쓸데없는 교본 같은 걸 읽는 것보다 훨씬 효과적이야."

"진심으로 그런 경험을 앞으로도 이어 가고 싶은가요?"

그렇게 묻자 고테가와는 미간에 주름을 만들었다.

"솔직히 매번 늘 힘들기는 해. 만성 식욕 부진에 시달리고 있고."

반응하지는 않았지만 마코토도 그 의견에 동감이었다. 부검과 법의학 지식이 자연스레 몸에 밸 테지만, 그 특유의 이취 또한 몸과 마음에 밴다. 실제로 그날 부검 후 목욕을 두 번, 머리는 세 번 감고서야 간신히 냄새가 가실 정도였다.

"그건 그렇고, 교수님은 대체 무슨 생각을 하고 계실까요. 이런 비밀 지시를 내리신 데는……. 고테가와 형사님, 혹시 알고 계시면 알려 주세요."

"나도 몰라."

대답이 워낙 자연스러워 거짓말로는 들리지 않았다. 만약 이것이 연기라면 대단한 연기자라고 할 수 있을 것이다.

"나도 교수님께 진의를 여쭸지만 알려 주지 않으셨어. 끈질기게 캐물으니 앞으로 현경에서 오는 검안 요청을 다른 곳에 돌리겠다는 협박까지⋯⋯."

감찰의 제도와 달리 법의학 교실에서 하는 사법해부는 굳이 말하자면 봉사 활동이다. 대부분 주도권이 학교 쪽에 있고 바쁜 일정을 이유로 거절해도 요청한 쪽에서 불만을 토로할 수는 없다. 검안 요청 횟수에 비해 집도할 수 있는 의사와 설비 모두 부족한 데다 항상 예산이 모자라기 때문에 심지어 의사에게 주어지는 사례금마저 깎을 때가 있다. 아무리 사인 규명이 민주 경찰의 의무라고 해도 공짜로 부검해 달라는 상황에서는 자연스레 상하 관계가 생길 수밖에 없다.

"우리 반장님은 미쓰자키 교수님의 부검을 전폭적으로 신뢰해. 바꿔 말하면 다른 교수의 집도로는 만족하지 못한다는 뜻이기도 하지. 아무튼 뭐, 교수님께는 완벽하게 약점이 잡혀 있다고 할 수밖에 없겠네."

어느덧 차가 피해자 유족의 집 앞에 도착했다. 마코토는 점차 긴장했다. 지난 방문에서 피해자 부모에게 냉담을 넘어 마치 딸의 원수라도 되는 양 취급받았다. 자연스레 어깨가 움츠러들 수밖에 없다.

현관에 아직 상중을 나타내는 표시도 없는데 주변 공기가 무겁게 가라앉아 있다. 고테가와는 그 안을 태연하게 걸어갔다. 경찰관이니 당연하다고도 할 수 있지만 대단한 직업의식인 것만은 확실했다.

"또 당신들입니까."

현관에 나온 이는 아버지인 슈헤이였다. 그는 언짢은 표정을 감추지 못했다. 고테가와와 마코토를 집 안에 들이려고도 하지 않았다.

"오늘은 또 뭡니까? 오미야히가시 경찰서에서 조서 작성을 마쳤으니 딸의 시신을 거둬 가라는 연락을 받았습니다. 이제 나가 봐야 합니다."

이미 사망 진단서를 작성했다는 뜻이다. 그 진단서에 사망 신고서를 첨부해 구청에 제출하면 화장 허가증이 발행된다.

이제 여유라고는 거의 없다. 고테가와는 망설임 없이 슈헤이 앞으로 한 발짝 다가갔다.

"조금만 기다려 주시겠습니까?"

"기다리라고요?"

"사망 신고서는 사망 후 일주일 안에 제출하면 됩니다. 그러니 아직……."

"일주일이나 딸의 시신을 그대로 내버려 두라고요? 그 어둡고 쓸쓸한 영안실에 말입니까?"

"그리 오랜 기간은 아닙니다. 하루만 시간을 더 주시면……."

"하루로 뭐가 바뀐다는 겁니까? 당신도 형사이니 잘 알겠죠. 그 하루 동안 마스미의 몸은 더 부패합니다. 피부색이 변하고 냄새도 나겠죠. 장의사가 할 일도 그만큼 더 늘어나고요. 당신은 대수롭지 않게 말하지만 딸의 몸을 되도록 깨끗한 상태로 화장해 주고 싶은 부모 마음을 한 번이라도 헤아려 봤습니까?"

고테가와는 대답하지 못했다. 아마 부모의 마음이라는 말에 말문이 막혔을 것이다.

"열심히 뛰고 있다는 건 인정하겠습니다. 사인 규명이 중요하다는 것도 잘 알겠고요. 하지만 우리 가족과는 상관없는 이야깁니다. 전 아버지로서 딸에게 해 줄 수 있는 마지막 일을 해 주고 싶을 뿐입니다."

슈헤이는 지친 모습으로 문턱에 주저앉았다.

"두 분 다 아직 젊군요. 아직 서른이 안 되지 않았습니까? 독신인가요?"

고테가와와 마코토가 고개를 끄덕이자 슈헤이는 눈살을 살짝 찌푸렸다.

"결혼을 안 해 봤으니 당연히 아이 가진 부모 마음도 이해 못하겠죠. 하물며 하나 있던 딸아이를 먼저 저 세상에 보내야 하는 부모의 심정 같은 건……."

그 순간 마코토의 뇌리에 자신의 아버지 얼굴이 떠올랐다. 말수가 적고 어디에나 있을 법한 평범한 아버지지만 딸이 죽으면 눈앞의 슈헤이처럼 평정심을 잃을지를 상상해 봤다.

"전······ 이렇다 할 재능이 없는 데다 남들 이상의 엄청난 꿈이나 야망을 품어 본 적도 없습니다. 평범한 회사에 취직해 제게 어울린다고 생각하는 여자를 만나 가정을 꾸렸죠. 이제는 정년도 가까워져서 여생을 연금으로 적적하게 살아가야 할 평범한 남자입니다. 하지만 이런 저에게도 기대랄까, 희망 같은 건 있었습니다. 바로 자식이죠. 자식에게는 내가 지니지 못한 가능성이 있다. 부모는 상상도 하지 못할 미래가 있다. 걸음마를 하는 갓난아이 때부터 초등학교, 중학교, 고등학교까지 졸업식을 앞둘 때마다 가슴이 두근거렸어요. 마스미가 대체 누구와 결혼하고 어떤 아이를 낳아 어떤 가정을 꾸릴까. 그걸 떠올리는 것만으로 생활에 활기가 생겼죠. 딸의 성장만이 제 삶의 유일한 즐거움이었습니다. 그걸 도중에 강제로 빼앗겨 버린 마음을 이해할 수 있습니까?"

"적어도 마스미 씨가 행복했다는 것만은 잘 알겠습니다. 부모의 마음 같은 건 끝까지 이해 못하겠지만요."

"뭐라고요?"

"제 부모님은 집안일에 소홀했고 슈헤이 씨처럼 자식을 끔찍이 아끼거나 하는 분들이 아니었습니다. 가정불화가 심해서 오랜 세월 부모님과 셋이 식탁에 앉은 기억조차 없습니다. 그래서 부모의 마음 같은 건 잘 알지 못합니다. 죄송하게도."

그러자 슈헤이는 한 방 맞은 것처럼 고테가와를 물끄러미 올려다봤다.

121

"그래도 어린 자식의 마음은 간신히 이해합니다. 이런 일을 하며 먹고사는 만큼 피해자의 원통함도 잘 알고요."

"죽은 이의 원통함을 안다고요? 살아 있는 당신이 어떻게 그런 걸 압니까?"

"죽은 이의 표정에도 드러나지만, 그전에 피해자의 집 안에 들어가 보면 그 사람이 앞으로 하려던 것, 기대하던 것들이 형태로 남아 있습니다. 자격증 참고서, 좋아하던 이의 사진, 친한 친구에게서 온 문자 등……. 하나같이 피해자의 절규와 호소가 담겨 있죠. 물론 저는 아직 경험이 부족하지만, 요즘 들어 간신히 죽은 이의 목소리를 조금은 들을 수 있게 됐습니다. 그런 걸 남긴 사람은 죽었어도 바로 저 세상에 못 가지 않을까요."

"무슨 말을 하고 싶은 겁니까?"

"마스미 씨께도 분명 뭔가 미련이 남아 있지 않을까요?"

"당연하죠. 행복한 결혼 생활을 눈앞에 두고 있었으니. 미련이 남지 않았을 리 없죠."

"그리고 또 하나. 마스미 씨는 자신이 죽음에 이르게 된 경위를 밝혀 주기를 바랄 겁니다."

고테가와는 슈헤이의 얼굴을 똑바로 바라보며 말했다.

"슈헤이 씨께서는 이미 죽은 마당에 달라질 게 없다고 하시지만, 그건 어디까지나 유족의 감정에 불과하지 않을까요? 세상을 떠난 본인은 자신이 왜 죽음이 이르렀는지를 똑똑히 알고 싶을 겁니다."

"아는 척하지 마십시오."

"꼭 죽음까지 가지 않더라도, 슈헤이 씨도 몸에 갑자기 이상이 생기면 원인을 알고 싶지 않습니까? 치료 여하를 떠나 이상이 생긴 원인을 밝히고 싶은 마음이 들지 않습니까?"

마코토는 고테가와를 또 다시 보게 됐다. 설득과는 어울리지 않는 무뚝뚝한 말투지만 진지함이 묻어난다. 틀에 박힌 말도 아니다. 새삼 참 희한한 남자라고 생각했다. 투박하기는 해도 타인을 배려할 줄 알고 경박해 보이지만 또 진지한 면이 있다. 사람을 완전히 깔보는 것처럼 보이면서도 다음 순간 연장자에게 경의를 표하는 것을 잊지 않는다. 꼭 하나의 몸에 두 개의 인격이 존재하는 듯한 모양새다.

슈헤이는 언짢은 표정으로 고테가와의 얼굴을 살폈다.

"그래서 결론이 뭡니까? 결국 마스미를 부검해야 한다는 이야기라면 거절하겠습니다. 전에도 말했지만 딸의 몸에 더 이상 상처를 내고 싶지 않습니다. 사인을 밝힌다는 목적만으로 비용을 지불할 마음도 없고요."

"혹시 AI라고 아십니까?"

순간 마코토는 귀를 의심했다.

"AI?"

"사후 화상 진단이라고, CT나 MRI 같은 의료 장비를 이용해 부검하지 않고 몸속 상태를 조사하는 방법입니다. 이 기술을 이용하면 마스미 씨 몸에 따로 상처를 내지 않고도 이상을 찾아낼 수 있습니다."

"CT 스캔 같은 건 엄청나게 비싸다고 들었는데……."

"그 정도는 저희 수사 비용으로 어떻게든 해 보겠습니다. 다만 사인이 장기 파열처럼 명백한 사고사가 아닐 경우에는 다시 사법해부를 하게 됩니다만."

"잠깐만요. 고테가와 형사님."

당황한 마코토가 끼어들려고 했지만 고테가와는 손으로 제지했다.

"지바 현에 AI 센터가 있습니다. 아마 그곳까지 한 시간이면 갈 겁니다. 그렇죠? 선생님."

"아, 네."

고테가와가 불현듯 마코토에게 물었다. AI 센터가 지바에 있는 건 사실이라 마코토는 고개를 끄덕일 수밖에 없었다.

"그러니 시신 화장은 그 뒤로 미뤄 주실 수 없겠습니까?"

슈헤이는 팔짱을 끼고 잠시 고민하다가 이윽고 노려보듯 고테가와를 올려다봤다.

"몸에 칼을 대지 않는 게 확실합니까?"

"사인에 특이점만 발견되지 않는다면."

"알겠습니다. 당신 말을 믿어 보죠."

"네. 그럼 저희는 곧장 오미야히가시 경찰서로 가겠습니다. 앞으로의 절차를 저희에게 맡겼다는 걸 미리 전해 주시기를 부탁드립니다."

"그러죠."

고테가와는 고개를 꾸벅 숙여 인사하고 처음 왔을 때처럼 마코토의 팔을 붙잡고 현관을 나섰다. 차를 출발하기 전 마코토는 작은 항의의 표시로 고테가와를 째려봤지만 그는 아랑곳하지 않고 가속 페달을 밟았다.

"AI는 쓰지 않기로 한 거 아닌가요?"

대답이 없다.

"또 수사 비용이 나온다는 건 저도 처음 듣는 얘기예요. 방침을 전환하는 거라면 미리 말씀해 주세요."

"전환하지 않아."

"네?"

"오미야히가시에서 시신을 넘겨받으면 곧장 법의학 교실로 갈 거야."

"그럼 AI란 건……."

"부검해서 이상을 발견하면 돼. 그럼 화상 진단을 했든 안 했든 상관이 없어져."

"말도 안 돼요! 그럼 슈헤이 씨 앞에서 거짓말을 늘어놓았다는 말인가요? 만약 부검해도 이상이 나오지 않는다면 어쩔 생각이세요?"

그러자 고테가와는 잠시 침묵하다가 한탄하듯 말했다.

"그건…… 생각하지 않았어."

마코토는 놀란 마음에 입을 다물지 못했다.

"미쓰자키 교수님 지시는 어떻게든 시신을 우라와 의대까지 가져오라는 거야."

"그것만 성공하면 그다음은 어떻게 되든 상관없다는 말인가요? 뭔가 문제가 발생하면 교수님이 대신 책임져 줄 거라 생각하세요?"

마코토가 몰아붙이자 고테가와는 원망 섞인 눈빛으로 그녀를 힐끗 봤다.

"너무 뭐라고 하지 말아 줘. 그 부친을 설득하려면 그 방법밖에 없었어."

이런 사람을 한순간 좋게 평가한 자신이 바보였다. 마코토는 머리를 쥐어뜯고 싶어졌다.

"고테가와 형사님. 진지하게 묻는 거니 진지하게 대답해 주세요. 만약 부검해서 아무 이상이 나오지 않는다면 어떻게 책임지실 건가요? 아무리 시신이라고 해도 유족의 동의 없이 메스를 갖다 대면 사체 손괴죄에 해당한다고요."

고테가와는 핸들을 쥔 채 입을 한일자로 다물고 정면만 바라봤다.

"슈헤이 씨를 속인 형사님뿐 아니라 유족의 동의 없이 부검을 집도한 미쓰자키 교수님도 공범 취급을 받을 거예요. 성격이 조금 거칠기는 해도 캐시 교수님이 말씀하셨듯 해외에서 높은 평가를 듣는 분이에요. 만약 형사 사건으로 고소라도 당하면 그런 경력에 빨간 줄이 그어져요. 형사님은 그래도 괜찮다는 건가요? 아니면 설마 다 알면서 그런 짓을 벌이신 거예요?"

가만히 대답을 기다리고 있자 이윽고 고테가와가 입을 열었다.

"마코토 선생, 난 말이지."

"네?"

"우리 상사가 말하기를, 늘 앞만 보고 달리는 스타일이라 매사에 신중함이 부족하다고 해. 신중함이 부족하니 타인을 잘못 볼 때가 많고 자주 오판을 범하지. 자주 오판하다 보면 이성을 잃고 시야도 좁아지게 마련이야. 머릿속만 놓고 보면 형사 일에 맞지 않는 인간이야."

고테가와는 꼭 다른 사람 일처럼 담담하게 말했다. 듣고 보니 무릎을 탁 치고 싶은 이야기이고 왠지 잘 들어맞는 것 같았다. 그러나 그런 말을 곧이곧대로 냉정하게 받아들이는 고테가와의 자세도 흥미로웠다.

"그래서인가. 믿어도 좋은 사람이라고 판단하면 끝까지 믿어 버리는 버릇이 있어. 나한테 미쓰자키 교수님은 정확히 그런 사람이야."

"네. 그래서요?"

"법의학 교실에서 구리타 마스미의 기록을 훑어본 교수님은 무슨 일이 있어도 시신을 부검하고 싶다고 하셨어. 교수님이 그렇게 말씀하신 데는 분명 그만한 이유가 있을 거야."

"……고작 그 한마디로 교수님을 믿어 버리신 건가요."

"이 정도면 충분하지 않나? 다른 사람을 믿을 이유로."

고테가와는 별생각 없이 말하는 듯했다.

그러나 마코토의 가슴에는 비수처럼 꽂혔다.

4

두 사람이 구리타 마스미의 시신을 넘겨받기 위해 오미야히가시 경찰서에 도착하자 사건을 담당하는 다다이가 이것저것 꼬치꼬치 캐물었다. 사전에 피해자 아버지에게 연락을 받아서 어쩔 수 없이 넘겨주기는 하지만 그래도 왠지 찜찜해하는 듯했다. 의심을 사는 마당에 오래 있을 필요는 없다. 고테가와와 마코토는 다다이에게 대충 얼버무리고 시신 운반용 원박스카에 시신을 옮겨 싣고 우라와 의대로 직행했다.

피해자 유족과 오미야히가시 경찰서를 속인다는 사실에 뒤가 켕겼지만 그보다 궁지에 몰린 듯한 긴박감이 더 크게 느껴졌다.

자기도 모르는 사이에 공범이 된 마코토는 안절부절못했다. 자동차 조수석에서 백미러에 비치는 뒤쪽을 끊임없이 확인했다.

"마코토 선생. 아까부터 뭘 그렇게 보는 거야?"

"누가 쫓아오는 게 아닌가 해서요."

"경찰 차량을 쫓아올 녀석이 있겠어? 그리 걱정되나?"

"당연하죠."

"그럼 사이렌을 켜고 달려 볼까. 그럼 정말로 쫓아올 녀석은 없을 거야."

"지금 장난하세요? 형사님은 양심의 가책 같은 게 느껴지지 않나 봐요."

"느껴지지 않는다고는 할 수 없겠지. 하지만 그렇다고 여기서 차를 세울 수는 없잖아."

시야가 좁은 데다 늘 앞만 보고 달리는 스타일. 이 남자는 분명 형사 일에 맞지 않을지도 모른다.

초조해하는 사이에 시신 운반차가 우라와 의대에 도착했다. 캐시에게 미리 연락해 놓아서 마스미의 시신은 곧장 법의학 교실로 옮겨졌다.

마코토 일행이 법의학 교실에 발을 들이는 순간, 침입자가 나타났다.

"혹시 현경 본부의 고테가와 형사가 여기 있습니까?"

남자는 정중한 말씨로 물었지만 얼굴에 냉정한 기운이 감돌았다. 교실에서 부검 준비를 기다리던 고테가와가 한 손을 들었다.

"접니다만."

"오미야 체육관 부근 교통사고 피해자의 검시를 맡았던 고다라고 하네."

이 사람이 바로 미쓰자키가 깔봤던 그 고다 경찰의인가. 짧은 머리에 갸름한 얼굴, 사시 기운이 약간 있는 눈과 얄팍한 입술에서 예민한 성격이 엿보였다.

"유족에게 가야 할 시신이 법의학 교실로 온 이유가 뭐지? 대답하게."

마코토는 순간 심장이 멎는 줄 알았다.

들켜 버린 걸까.

겁먹은 표정이 눈에 띄었는지 고다는 마코토 쪽으로 다가갔다.

"시신을 가져갈 때 동석했다는 의대 관계자가 그쪽인가? 대체 왜 이런 일이 일어난 거지?"

마코토가 우물쭈물하고 있자 앞에 그림자가 불쑥 나타났다.

고테가와였다.

"이분은 상관없습니다."

"그럼 자네가 대답하게. 화장을 앞둔 시신이 왜 여기 있는 건가?"

"교통사고로 검찰에 보내기 전 다시 한 번 확인해 두는 게 좋을 것 같아서요."

"사고는 오미야히가시 경찰서 관할에서 일어났어. 왜 본부가 나서는 거지?"

"말 그대로 본부니까요. 딱히 개입해서 안 될 일은 없겠죠."

"단순한 사고사로 만족할 수 없다는 뜻인가?"

고다는 고테가와 앞으로 한 발짝 다가갔다.

"아니면 내 검시가 불만인가?"

"아뇨, 그런 건."

"검시를 마친 시신을 법의학 교실로 가져온 의도가 대체 뭐지? 나에 대한 불신? 뭔가에 대한 앙갚음? 아니면 그냥 한번 가져와 본 건가?"

"그럴 리 있겠습니까. 같은 본부 소속이지만 전 고다 경찰의님을 이번에 처음 뵙고, 대부분 미쓰자키 교수님과⋯⋯."

고테가와가 말하다 말고 황급히 입을 닫았지만 고다의 표정은 더욱 굳어졌다.

"미쓰자키 교수만큼 유명하지 않아서 미안하네. 그러니 정식 문서를 통해 내 이름을 알릴 수밖에 없겠군."

"네?"

"자네 상사에게 직접 항의하겠네. 소속 부서가 어디지?"

"수사1과입니다."

"수사1과? 교통부가 아니었나? 그럼 상사가 누구지?"

"와타세 경부님입니다."

이름을 듣자마자 고다의 몸이 굳었다.

"수사1과의 와타세⋯⋯. 이게 와타세 경부 지시라는 건가?"

고다의 목소리에서 약간의 긴장감이 느껴졌다.

"와타세 경부가 내 검시 보고에 의문을 품었다고? 그의 검거율이 높다는 걸 모르는 건 아닌데, 아무리 그래도 이건 경찰의를 우습게 보는 처사야. 그에게 직접 항의하겠네."

"아, 아뇨. 경부님은 이번 건을 전혀 모르십니다."

"뭐?"

"경부님은커녕 현경 본부도 관여하지 않았습니다."

"그럼 자네의 독자 행동이라는 말인가?"

고테가와는 잠시 말문을 닫았지만 이윽고 마음을 굳힌 듯 입을 열었다.

설마 혼자 모든 책임을 뒤집어쓸 작정일까. 마코토가 끼어들어서 말려야 할지 고민하고 있을 때 문이 열리는 소리가 들렸다.

"이런 애송이가 독자 행동 따위를 벌일 주변머리가 있겠나? 앞뒤 재지 않고 내달리는 버릇은 있지만."

고다 뒤에서 말을 건 사람은 미쓰자키였다.

"미쓰자키 교수님."

"미안하네, 고다 군. 시신 반입을 지시한 건 나일세."

"어, 어째서 교수님이 그런 지시를……. 오미야히가시 서에서 검안 요청이 있었습니까? 아니면 유족 쪽에서 개별적으로 부검 의뢰라도……."

"그런 건 없네."

미쓰자키가 너무도 태연하게 대답하자 고다는 어안이 벙벙한 모습이었다.

"……교수님. 제가 작성한 시신 검안 조서를 보셨습니까?"

"봤지."

"오미야히가시 서 교통과가 이번 건을 사고로 판단했다는 것은……."

"알고 있네."

"그런데 왜."

"굳이 내 입으로 말해야겠나?"

"알려 주십시오!"

"그래, 그렇게 하지. 자네 검시에는 부족한 점이 너무 많아."

순식간에 고다의 안색이 변했다. 간신히 유지하던 평정심을 잃어버린 듯했다.

"모욕적인 말씀입니다."

"뭘 또 모욕까지. 이건 모욕 같은 게 아니야. 단순한 견해차지. 원래 검시와 부검, 겉으로 판단하는 일과 해부해서 배 속까지 확인하는 일에는 하늘과 땅만큼의 차이가 있게 마련이니."

"시신에는 차량과 충돌 후 1차 손상으로 생긴 대퇴부 표피 박리와 2차 손상으로 인한 복부 피하출혈이 뚜렷했습니다."

어떤 차종이든 차량 앞에는 범퍼가 달려 있다. 사람이 부딪히면 가장 먼저 범퍼로 인한 손상이 발생한다.

"그 뒤 길바닥에 충돌하고 구르면서 생긴 3차 손상도 보였습니다. 오른쪽 팔꿈치와 후두부 표피가 찰과상으로 벗겨져 있었습니다."

"다른 소견은?"

"복부 팽만. 이는 장기 파열을 나타내는 증상입니다. 가해자 증언에서도 피해자는 차 정면에 충돌했다고 합니다. 이번 건은 교통사고의 특징을 모두 갖추고 있어 따로 부검할 필요가 없습니다."

"즉사한 상태였나?"

"사고 발생 직후 서둘러 차에서 내려 피해자를 살핀 가해자가 맥박 정지 상태였다고 증언했습니다. 3분 뒤 달려온 구급대원도 그 자리에서 사망을 확인했고요."

고다는 거침없이 말했다. 지금껏 쌓아 올린 경력과 자존심을 지키려고 필사적인 것처럼 보인다. 태연한 얼굴로 이야기를 듣는 미쓰자키와는 자못 상반된 모습이었다.

"고다 군. 자네는 지금껏 시신을 몇 구나 검시했나?"

"200구가 조금 못 될 겁니다. 그건 왜……."

"200구 미만이라."

"교수님 경력과 비교하시면 곤란합니다. 교수님은 살아 있는 전설 같은 존재시니까요."

"비교하지 않아. 다만 어중간한 숫자군."

"어중간요?"

"법의학자나 경찰이나 갓 직함을 달았을 때는 긴장해서 놓치는 게 많기는 해도 신경을 곤두세워서 시신에 집중하지. 하지만 익숙해지면 지식과 경험이 쌓이는 대신 주의력이 산만해져. 그러면서 경험으로 부족한 주의력을 채울 수 있다며 자신만만해하지. 아주 큰 잘못이야."

"구체적으로 뭐가 잘못입니까?"

"살아 있는 인간에게 각자 개성이 있는 것처럼 시신에도 개성이 있다는 걸 간과하지. 자."

미쓰자키는 고다를 향해 의류를 집어 던졌다.

펼쳐 보니 부검복이었다.

"갈아입게."

"제가 말입니까?"

"여기서 아무리 가타부타해 봐야 어차피 납득 못할 게 뻔해. 그럼 직접 보는 게 빠르지."

고다는 또다시 아연실색했다. 그럴 만했다. 실수를 지적받은 데다 눈앞에서 직접 그것을 보여 주겠다는 엄포를 들었으니.

"교, 교수님은 저를 얼마나 더 모욕해야 직성이 풀리시겠습니까."

"몇 번 말해야 알아듣겠나? 이건 모욕이 아니야. 엄연한 강의지. 혹시 내게 배울 게 없다고 하려는 건가? 아까 말한 경험 면에서 보자면 나는 자네가 모친 모유를 먹던 시절부터 시신을 해체해 왔어. 게다가 경찰의 직함을 달고 나서는 좀처럼 다른 이의 집도를 볼 기회도 없잖나?"

경험을 들고 나오면 고다가 받아칠 말은 없다. 그가 울분을 참지 못하며 우두커니 서 있자 미쓰자키가 툭 내뱉었다.

"모든 건 생각하기 나름이야. 부검해서 만약 자네 견해가 옳다는 게 밝혀지면 그때야말로 이 늙은이를 맘껏 욕해도 되지 않겠나?"

고다의 참여로 부검실에는 미쓰자키, 캐시, 마코토를 포함한 네 사람이 들어갔다. 홀로 남은 고테가와는 미쓰자키의 지시로 부검실 앞에서 감시를 맡았다. 부려 먹히니 화가 날 법도 할 텐데 고테가와는 부검실에 들어가지 않아서 오히려 안도하는 것 같기도 했다.

마지막까지 항의하던 고다는 부검실 안에서는 침묵을 지켰다. 아니, 단순한 침묵이 아니다. 부검대에 놓인 마스미의 시신. 거기서부터 발산되는 죽음의 냄새로 입을 다물 수밖에 없는 것이다. 미쓰자키는 가장 늦게 들어왔다. 그 모습을 본 고다가 놀란 얼굴로 길을 터 줬다. 부검 가운을 입은 미쓰자키는 역시 평소와 다른 사람이었다. 당당한 걸음걸이와 잽싼 몸놀림이 스무 살은 젊어 보인다.

"그럼 부검을 시작한다. 시신은 20대 여성. 살짝 비만한 체형. 몸 표면에 몇 군데 찰과상과 타박상 있음. 복부가 부풀어 있음. 사인으로 추정되는 장기 파열을 확인하기 위해 우선 복부 절개부터 시작한다."

미쓰자키는 메스로 시신을 Y자 절개한 다음 일 초의 주저 없이 흉부를 열었다.

"늑골 가위."

솜씨 좋게 갈비뼈를 연이어 절제하자 이윽고 장기가 드러났다. 거기까지 채 1분도 걸리지 않았다. 고다는 휘둥그레진 눈으로 그의 손가락 움직임을 지켜보고 있다.

"갈비뼈 네 대가 부러지고 간과 비장에 외상 보임. 피부에 자동차 보닛 흔적이 보인다는 점에서 강한 충격을 받아 생긴 것으로 추정됨."

복부 안에는 검게 변색한 피가 고여 있었다. 장기 외상으로 흘러나온 것이리라. 장기 파열 소견으로 이어진 복부 팽만은 이 출혈이 원인이었다.

"외관은 장기 파열로 인한 사망을 나타냄. 그러나 의문점도 있음."

미쓰자키는 복부 안에 고인 피 웅덩이를 가리켰다.

"보통 장기 파열로 즉사하는 사례에서는 더 많은 출혈량을 보이지. 물론 개인차는 있지만 기관의 손상 정도에 비해서는 적은 인상이야."

"하지만 교수님, 복부가 부풀어 오를 정도의 출혈입니다."

고다가 초조한 듯 말을 보탰다.

"이거야말로 개인차 아닙니까? 이 정도 복부 내 출혈로 죽음에 이를 가능성도 충분합니다."

"가능성으로는 부족하네."

"네?"

"가능성만으로 결론 내리면 시신이 편히 눈 감을 수 있겠나?"

"하지만 복부 팽만은 사실입니다."

"자료에서 산출한 검체의 BMI (체질량 지수)는 25로 비만도는 2. 그러나 팔다리에 붙은 살을 보면 비만은 주로 복부에 집중해 있다는 걸 알 수 있네. 다시 말해 복부 팽만은 체형 요인도 포함된다는 소리야. 흔히 말하는 유아 체형이지. 캐시 조교수, 개두開頭

137

로 옮기게."

캐시와 마코토는 서둘러 절개 도구를 준비했다.

"개두요? 뇌는 왜……."

"입 다물고 보고 있게. 이 늙은이가 잘못된 곳을 캐는지는 금방 알 수 있을 테니."

보통 개두술은 우선 머리털을 제거한 다음 이뤄진다. 그러나 미쓰자키는 곧장 두피에 메스를 갖다 댔다. 흔들림 없는 일직선이 귀 뒤에서 이마를 횡단한다. 자로 잰 듯한 직선이 아름다울 정도다. 고다는 홀린 것처럼 절개선을 바라봤다. 캐시가 절개한 피부를 두피 클립으로 고정하자 두개골이 완전히 드러났다. 반들반들한 두개골 정점부터 세 갈래 길이 나 있다.

"천공한다. 스트라이커."

"네."

캐시가 미쓰자키에게 건넨 것은 전동 톱이었다. 미쓰자키는 톱날 끝을 두개골에 대고 스위치를 눌렀다. 위잉, 하고 바람을 가르는 듯한 소리를 내며 톱날이 두개골에 선을 그었다. 여전히 거침없는 움직임에 마코토는 저도 모르게 숨을 멈췄다. 이 작업은 원래 실력 있는 뇌 전문의도 5분에서 10분은 걸리는데 미쓰자키는 고작 3분 만에 해냈다.

고다는 몸을 앞으로 쭉 뻗고 의식을 지켜보고 있다. 흡사 명공의 솜씨를 관찰하는 제자의 눈빛 같았다. 마코토는 부검 경험이 적은 탓인지 복부 절개 때보다 훨씬 긴장했다. 논리와 감정, 사

고와 기억을 관장하는 부위인 뇌는 인격과 지능 그 자체다. 두개
골을 여는 것은 인간의 정신 내부를 엿보는 행위라 할 수 있다.

피부, 장기, 근육, 지방, 혈관. 인체의 많은 부위는 대부분 규명
됐지만 뇌는 아직 미지의 영역을 포함하고 있다. 수많은 의학자의
도전을 허용하지 않은 신의 영역이다. 그 신의 영역에 지금 미쓰
자키의 메스가 들어가려고 한다. 그리고 마침내 두개골을 절단한
미쓰자키는 그 끝을 쥐고 골막을 제거했다. 솜씨가 좋아서 골막을
제거할 때도 소리가 나지 않았다. 그러자 뇌 전체를 감싼 경막이
드러났다. 경막은 이름 그대로 튼튼한 막인데 이를 절단해야 뇌에
도달할 수 있다. 뇌는 극히 부드러운 조직이라 200mmH2O 남짓
압력만으로도 파괴된다. 그러면 부검을 한 의미가 없다.

그러나 미쓰자키의 손가락은 정밀기계처럼 정확하게 경막을 열
어 갔다. 너무 세지도 약하지도 않게 두개골 위를 가른다. 피가 흘
러나오지 않는 것은 경막 아래에는 메스가 닿지 않는다는 증거다.
그리고 경막을 열자 거미막과 연막에 덮인 뇌 표면이 드러났다.

미쓰자키의 손이 멈췄다.

"이것 보게."

캐시와 마코토, 고다의 시선이 그 지점에 집중됐다.

고다가 "아아……." 하고 신음했다.

두개골 안에 피가 고여 있었다.

"보다시피 뇌 자체에 손상은 없어. 그런데도 이렇게 대량의
출혈이 생긴 이유가 뭘까? 고다 군."

"······지주막하출혈입니까."

"그렇겠지. 그래서 부검 전에 뇌척수액을 미리 채취해 뒀네."

요추 천자는 요추 추간공에서 척주관에 천자 침을 꽂아 뇌척수액을 채취하는 방법이다. 뇌척수액 안에 혈액이 섞여 있으면 지주막하출혈을 일으켰다는 증거다.

마코토는 그제야 미쓰자키가 AI를 왜 활용하려고 하지 않았는지 이해했다. 가벼운 지주막하출혈일 때는 며칠이 지나면 출혈한 혈액이 흡수돼 버려 CT에도 찍히지 않을 수 있다.

"하지만 지주막하출혈만이 직접 원인은 아니야."

미쓰자키는 그렇게 말하며 신중하게 연막을 벗겼다. 다음으로 나타난 뇌동맥에서 일부가 괴사해 출혈을 일으키고 있다. 뇌경색을 일으키면 혈전으로 막힌 부위가 서서히 괴사한다. 서너 시간만 지나면 그곳에 대량의 혈액이 흘러들어 괴사한 부위가 피를 내뿜는 것이다.

"피해자는 직진하는 차 범퍼에 치여 장기가 파열됐지만, 그 시점이 뇌에서 출혈이 일어난 뒤일 가능성도 부정할 수 없어. 장기 손상 정도에 비교해 출혈량이 많지 않았던 것도 가능성을 뒷받침하지."

고다는 꾸중을 듣는 학생처럼 잔뜩 위축돼 있다.

"차에 충돌하기 직전 피해자는 이미 의식을 잃은 상태였다. 그리고 그대로 차도로 진입했다. 그렇다면 이건 사고사가 아니야. 병사지."

그렇게 선언한 뒤 미쓰자키는 캐시와 마코토를 돌아봤다.

"그럼 복부와 두개골을 봉합한다."

그러자 고다가 고개를 번쩍 들었다.

"교수님…… 죄송하지만 검안서 작성은 제게 맡겨 주시겠습니까?"

"거절하겠네. 내가 한 부검은 스스로 보고한다. 다른 사람에게 뒤를 맡기는 취미는 없어."

일언지하에 거절당하자 고다는 그야말로 시들어 버린 꽃처럼 고개를 툭 떨궜다.

"……그럼 제게 감정 의뢰를 받았다고만이라도 해 주십시오. 그러면 부검 비용은 오미야히가시 서에서 나올 겁니다."

"아, 그건 좋군. 그럼 그렇게 하지."

그 뒤 미쓰자키가 봉합을 마칠 때까지 고다는 부검실에서 나가지 않았다. 어깨를 축 늘어뜨린 채 미쓰자키의 손가락만 주시했다.

마코토는 고다를 보며 맡은 임무에 성실한 사람이라고 생각했다. 창피를 당하고 실력 부족이 드러나도 나중을 위한 학습 기회를 놓치지 않는 사람은 반드시 앞으로 나아갈 수 있다. 한 번 멈춰 선다고 해도 곧 다시 올바른 길을 목표로 할 수 있다.

"부검 종료."

봉합을 마치자 미쓰자키는 피곤한 기색도 없이 부검대에서 등을 돌렸다. 그리고 고다 앞으로 갔다.

"지금까지 검시한 게 200구에 못 미친다고 했나?"

"거기까지만 해 주십쇼, 교수님. 지금으로도 충분히 창피합니다."

"앞으로 100구."

"네?"

"앞으로 100구만 더 하면 이런 실수는 없을 거야."

미쓰자키는 그렇게 말하고 고다의 어깨를 툭 두드렸다.

"기죽지 말게. 이 늙은이도 젊었을 때는 매일 매일이 실수였어. 다 상대가 불평불만을 할 수 없는 죽은 자였으니 가능한 일이었지."

짓궂은 한마디지만 악의는 느껴지지 않았다.

고다는 감개무량한 듯 깊숙이 고개를 숙였다.

"정말 고맙습니다!"

나기사가 감사 인사를 했지만 마코토는 자신이 직접 시노다 유사쿠를 궁지에서 구한 건 아니어서 손사래를 칠 수밖에 없었다.

오미야히가시 경찰서 교통과에서는 다다이가 떨떠름한 얼굴로 그 모습을 지켜보고 있다.

시노다 유사쿠의 용의는 그대로 자동차 운전 과실치사였지만 부검 결과를 바탕으로 불기소 처분을 받았다. 만약 기소해도 상대 쪽에서 돌진한 시점에 의식이 없었다면 재판에서 받아들여지지지 않을 가능성이 있다. 유사쿠를 구금한 오미야히가시 경찰서로서는 체면이 깎였다.

"승소할 전망이 반반이니 기소하지 못한 겁니다."

고테가와가 그렇게 전하자 나기사 옆에 있던 마키가 연신 고개를 숙였다.

"정말 이 은혜를 어떻게 갚아야 할지……."

"아, 피해자 유족들께 고마워하십시오. 사후이기는 해도 사법해부를 승낙해 주셨으니."

마코토 일행이 AI가 아닌 부검에 착수했다는 소식을 들은 순간 슈헤이는 격노했다. 충분히 그럴 만하다. 고테가와와 마코토를 믿고 승낙했는데 되돌아온 딸의 몸에 봉합 흔적이 생겼으니. 그러나 그도 고테가와의 설명을 듣고 비로소 마음을 가라앉혔다. 차에 부딪히기 전 딸이 이미 의식을 잃은 상태였다는 이야기가 작은 위안이 된 듯했다. 그리고 잘못된 판단으로 시노다 유사쿠에게 죄를 덮어씌우지 않게 돼 다행이라고도 했다.

마코토는 한때 미쓰자키의 전횡과 고테가와의 폭주로 일이 잘못될까 걱정했지만 결과는 다행히 좋게 끝났다. 마코토 자신에게도 작은 변화가 생겼다. 지금껏 마코토는 법의학을 죽은 자를 위한 학문, 캐시의 표현을 빌리면 범죄 수사에 이바지하는 학문이라고 생각했다. 따라서 캐시가 아무리 「히포크라테스 선서」를 들며 설득해도 순순히 받아들일 수 없었다.

그러나 실상은 달랐다. 법의학은 살아 있는 이도 구할 수 있다. 시노다 가족, 구리타 부부, 그리고 마스미 본인까지. 만약 미쓰자키가 부검에 착수하지 않았다면 그들은 범하지도 않은 죄와 갈 곳 잃은 원망으로 고통받았을 게 분명하다. 그때 불현 듯 의문이 떠올랐다.

"고테가와 형사님."

"어?"

"근데 미쓰자키 교수님은 애초에 이 사건에 왜 관여하신 건가요? 오미야히가시 경찰서에 형사님이 간 것도 교수님 지시였죠?"

"아…… 뭐 그렇지."

대답이 왠지 어정쩡했다.

"이유가 뭐죠?"

"나도 교수님 생각을 정확히 모르겠어."

고테가와는 곤란해하는 표정으로 둘러댔다.

"병사든 사고사든 살인이든 상관없다. 관할 안에서 병력이 있는 사망자가 나오면 반드시 알려 달라고만 하셨거든."

"병력이 있는 시신…… 대체 무슨 이유로."

"나도 여쭤봤지. 바로 대답하시더군."

"뭐라고요?"

"자네는 몰라도 된다고."

감찰의와 법의학자

1
—

11월 30일, 도쿄 오타 구 헤이와지마 경정장.

이날은 일본 토터컵 첫째 날이지만 입장객이 별로 없어 관람석 절반이 빈자리였다. 최근 여성 손님을 끌어모아 입장객을 늘린 경마에 비하면 초라하지만, 그래도 일부 열성 팬 덕분에 경정장 안에는 조용한 긴장감이 감돌았다.

헤이와지마 경정장은 헤이와지마 섬과 오모리 해안 사이의 운하에서 해수를 끌어다 써서 물에서 짠 내가 난다. 도쿄 만에서 파도가 직접 들어오지는 않지만 빌딩이 주위를 둘러싼 탓에 강풍이 부는 날에는 빌딩 바람이 더해져 수면이 거칠어진다. 그러나 오늘은 바람이 없어 물결이 아주 잔잔했다.

발주 신호가 울리면 배 여섯 척이 정비소를 벗어나 대기 항주에 들어간다. 그와 동시에 규칙에 따라 코스 경쟁을 시작한다. 신인은 바깥쪽 코스를 선택하는 게 불문율이다. 그리고 바깥쪽 코스에서 찌르기가 특기인 선수는 거리를 벌리려고 일부러 출발선에서 멀어지기도 한다.

플라잉 스타트 방식을 채용한 경정에서는 출발 10초쯤 전부터 모든 배가 출발선을 향해 속도를 높이다가 스탠드 쪽 중앙 수면에 설치된 시계가 0에서 1초를 가리키는 사이 출발선을 통과하는 게 규칙이다.

배는 나무로 만들어졌다. 아래쪽에 스텝이라고 불리는 턱이 있어 선체가 물에 잘 뜬다. 배의 속도를 높이기 위한 장치이고 선수들도 전체 무게를 낮추기 위해 늘 체중 감량에 힘쓴다. 경기용 보트는 '최대한 가볍게, 최대한 빠르게'가 모토다. 따라서 보호 장비인 헬멧에는 안전성이 요구된다. 여섯 명의 선수는 각자 보트 깃발과 같은 색 헬멧을 쓴다. 전에는 하프 타입이었는데 지금은 머리 전체를 가리는 대신 시야를 확보할 목적으로 얼굴 부분이 넓게 뚫려 있다. 가벼우면서도 튼튼하다. 다만 오토바이용 헬멧처럼 금이 살짝이라도 가면 단숨에 안전성을 잃는다.

이윽고 보트 여섯 척이 출발선을 마주하고 각자 코스를 정했다.

"……6코스에는 6호정 야마모토 겐고. 지금까지는 전부 3쌍승을 확보, 두 번의 출주로 7점. 4대 2로 갈렸습니다. 5레이스 위치 1번, 2번, 3번, 4번, 5번, 6번입니다."

그리고 여섯 척의 배가 일제히 출발선을 지났다.

"출발했습니다. 선두는 바깥쪽 5코스의 5호정 다마무라 가쓰히로. 첫 바퀴 1마크를 향해 좁혀 가는 5호정의 다마무라. 안쪽에서 버티는 1호정 가사하라 나오야. 그러나 5호정 다마무라 가쓰히로 전속력으로 휘감습니다. 바깥쪽을 돌아 6호정 야마모토 겐고, 안쪽에서는 3호정, 4호정이 선회하지만 선두는 휘감기를 성공한 5호정의 다마무라 가쓰히로, 2위부터는 1호정 가사하라 나오야, 3호정 가네요시 소, 2호정, 6호정. 인코스 3호정 가네요시 소, 아웃코스는 6호정 야마모토 겐고, 정중앙을 지나 2호정 마야마 신지. 2마크에서 크게 선회. 스타트는 정상."

출발선에서 150미터 떨어진 수면 위에는 적색과 백색으로 형광 칠을 한 두 개의 턴 마크가 떠 있다. 각 선수는 턴 마크 중심에 가까운 위치를 차지하기 위해 앞서거니 뒤서거니를 반복한다.

경정 중 보트의 속도는 시속 80킬로미터 이상에 달한다. 가벼운 선체로 질주하는 배는 비포장 도로를 덤프카로 질주하는 듯한 충격을 받는다. 선수는 그 충격과 좌우 시야가 가려진 공포와 싸우며 배를 조종한다.

"3호정이 달립니다. 밖을 돌아 1호정, 2호정 동시에 다투며 선회."

그때였다.

경정장 안에 있는 모두가 눈을 크게 떴다.

검은 깃발의 2호정이 바깥쪽에서 코스를 크게 벗어나 마치 빨려드는 것처럼 방파제 쪽으로 향한 것이다.

"2호정! 위험합니다! 위험합니다! 충돌, 충돌입니다! 마야마 신지 선수를 태운 2호정이 펜스에 충돌했습니다!"

방파제에 충돌하는 순간 검은 유니폼을 입은 선수가 배에서 튕겨 나와 머리부터 콘크리트에 부닥쳤다. 동시에 보트 끝부분이 충격음을 내며 부서졌다. 선수는 그대로 물에 떨어졌다. 관람석에서 비명이 터지고 장내는 순식간에 아수라장이 됐다.

"사고가 발생했습니다! 사고가 발생했습니다! 2호정이 대파, 2호정 대파했습니다!"

수면 위로 떠오른 선수는 미동도 하지 않았다.

잠시 후 그의 머리 주변이 피로 붉게 물들기 시작했다.

*

"실례합니다……. 어라?"

법의학 교실로 들어온 고테가와는 마코토와 캐시를 보고 의아해했다.

"미쓰자키 교수님은?"

캐시가 정리되지 않은 붉은 머리카락을 만지작거리며 이미 익숙한 듯 대답했다.

"교수님은 아직 강의 중입니다. 15분 있으면 끝날 겁니다."

148

"15분요?"

"수강생 질이 떨어지면 5분 더 늘어날 수도 있고요."

"그건 좀 너무하네요. 저더러 지금 당장 오라고 한 게 교수님인데."

"당장 오셨으니 오케이 아닙니까? 그 사실만으로 교수님에게 꾸중 들을 일은 없습니다."

사정을 모르는 사람이 들으면 이게 무슨 소리인가 싶을 것이다. 이곳 법의학 교실의 터줏대감은 천상천하 유아독존이 흰색 가운을 두른 듯한 인물로, 무릇 자신이 내린 지시는 모든 인간이 따라야 한다고 믿는 경향이 있다.

"……그럼 여기서 계속 기다리라는 건가요? 저도 바쁜데……."

"그렇게 하는 게 클레버clever하다고 생각합니다."

마코토는 한숨을 푹 내쉬는 고테가와가 조금 안쓰러워졌다.

"고테가와 형사님, 오늘은 또 무슨 일로 오신 건가요?"

"늘 그렇듯 병력 있는 사망자가 나와서 보고하려고. 이번에는 기관지염. 관할 밖이기는 한데."

관할 안에서 병력 있는 사망자가 나오면 모두 보고하라. 고테가와는 2주 전쯤 미쓰자키에게 그런 지시를 받았다고 털어놓았다.

"관할 밖이요?"

"주소는 가와구치 시야. 근데 사고가 일어난 곳이 도쿄라서."

"어떤 사고인가요?"

"혹시 어제 뉴스에서 못 봤나? 헤이와지마 경정장 충돌 사고."

본 기억이 있다. 마코토는 뉴스에서 본 영상을 머릿속에 떠올렸다.

마코토가 본 것은 편집이 끝난 영상이지만, 문제의 경기는 TV로 생중계된 탓에 선수가 콘크리트 방파제에 충돌하는 순간을 수많은 시청자가 목격했다고 한다. 거기에 TV 카메라맨의 습성이 화를 키웠다. 턴 마크를 돌며 코스를 이탈한 2호정에 초점을 맞췄고, 충돌하는 순간에는 무려 확대까지 해 버린 것이다.

마야마 신지 선수의 몸은 배에서 튕겨 나가 그대로 콘크리트 벽에 꽂혔다. 그 뒤 기이하게 몸이 꺾인 상태로 보트 파편과 함께 수면에 떨어졌다고 한다. 방송 시간이 하필이면 식사 시간대여서 사고 영상을 보고 구토했다는 시청자가 속출했다. 사고 순간을 찍는 것 자체가 드문 일이니 역사적인 해프닝 영상이라 할 수 있지만, 물론 재방송이 가능한 영상은 아니다. 하지만 인터넷상에는 이미 사고 장면을 편집해 업로드한 이들이 나타났고 영상을 클릭하는 사람들도 끊이지 않았다.

"저도 뉴스로 봤습니다."

캐시가 호기심을 드러내며 말했다. 이 외국인 조교수는 시신에 관련된 화제라면 흥분하는 경향이 있다.

"그야말로 산산조각 났더군요."

"네. 저도 이번에 처음 알았는데 경정 보트가 나무로 만들어진대요. 무게는 75킬로그램 남짓. 모터는 400cc 직렬 2기통, 최대

출력은 매분 6,600회전으로 32마력. 그런 게 시속 80킬로미터로 콘크리트에 충돌했으니 그야말로 산산조각 날 수밖에 없죠."

"아뇨. 제가 말하는 건 보트가 아니라 타고 있던 선수입니다. 그 각도로 부딪혔으니 사인은 뇌좌상 아닐까요?"

고테가와는 우웃, 하며 신음하고 잠시 몸이 굳었다.

"왜 그러십니까? 고테가와 형사님."

"아뇨…… 조교수님 말씀이 맞습니다. 말씀대로 뇌좌상으로 즉사했다고 합니다. 구급차가 현장에 도착했을 때는 이미 사망한 상태였다더군요."

"경기 중에 그런 사고가 자주 일어납니까?"

"이번처럼 사망까지 이르지는 않아도 보트끼리 접촉 사고는 평소에도 잦다고 합니다. 뒤따라오던 보트가 앞 보트를 추월할 때 선수가 다치는 경우도 있다고 들었고요. 유니폼을 입었다고는 해도 온몸을 드러낸 상태로 옥신각신을 반복하니 다치는 것도 어쩔 수 없죠."

"사고가 아닐 가능성은 없습니까? 이를테면 보트에 위법 장치 같은 게 달려 있었다든지."

"현재 관할인 오모리 경찰서에서 수사 중입니다만, 아시다시피 보트 상태가 그 모양이라서요. 물밑에 가라앉은 파편을 회수하는 데도 시간이 꽤 걸릴 듯합니다. 근데 모터 부분에 뭔가를 설치한 흔적 같은 건 없다고 하네요. 경기용 보트는 모터가 밖에 달려 있는데, 모든 경기장에 상비된 동일 규격품입니다. 밖에서 가져올 만한 건 아니고, 정비를 소홀히 한 징후도 없었습니다."

다시 말해 보트 자체에는 아무 문제가 없었다는 뜻이다.

"그리고 사망한 마야마 신지에게는 살해당할 원인이나 자살할 이유 같은 것도 없었다고 합니다."

오기 전에 대략 조사를 마쳤는지 고테가와는 설명에 막힘이 없었다.

마코토는 흥미를 느꼈다.

"고테가와 형사님. 그럼 그 사망자는 다른 사람의 원한을 사거나 삶에 별다른 고민 같은 것도 없이 순조롭게 잘 살던 사람이었다는 말인가요?"

"아니. 일단 다른 사람들이 시기할 만큼 풍족한 수입이 있었던 게 아니고, 또 자살을 택할 정도로 궁핍한 삶을 살았던 것도 아니라는 의미야."

"수입의 많고 적음이 사람이 죽을 이유인가요?"

"물론 치정 같은 문제도 얽힐 수 있지만 역시 가장 많은 건 돈이지. 세상 모든 트러블에는 대체로 돈이 얽혀 있어. 또 애증 같은 것도 대부분 돈으로 해결할 수 있는 반면 되레 돈 때문에 더 격해지기도 하고……."

그야말로 속물적인 대답이지만 사람이 하루 스물네 시간 흉악범을 쫓다 보면 이렇게 될 수도 있겠다고 생각했다.

"이건 경정을 잘 아는 선배한테 들은 이야긴데, 스포츠 선수는 보통 돈을 많이 번다는 이미지가 있지?"

TV에 자주 얼굴을 비치는 스포츠 선수는 대체로 풍족해 보이고, 몸 관리나 컨디션 유지에도 돈을 많이 쓸 것이다. 마코토는 순순히 고개를 끄덕였다.

"근데 그중에서 경정처럼 관영 도박에 종사하는 스포츠 선수는 특히 수입이 많다고 해. 적게는 연 1천만 엔에서 많게는 1억 엔까지 있고 평균 연봉은 1천 7백만 엔이라는군. 성적에 따른 은퇴 제도도 없으니 선수 수명도 긴 편이야. 물론 아무나 할 수 있는 직업은 아니지만 뭐 평범한 샐러리맨보다는 조건이 훨씬 좋다고 할 수 있지. 그리고 경정 선수들에게는 각자 등급이 있다고 해. 이번에 사망한 마야마 신지는 위에서 세 번째인 B1 등급이었는데, 그래도 연봉 2천만 엔이 넘었다더군. 아무튼 그래서 그가 업계 안에서 원한을 살 정도로 높은 위치는 아니었고 또 자살해야 할 만큼 가난했던 것도 아니라는 거지."

연봉 2천만 엔이라는 말에 마코토는 무심코 자신의 처지와 비교했다. 고테가와는 "들으면 들을수록 부러워지지? 근데 아직 더 있어" 하며 다시 운을 뗐다.

"경정 선수에게는 시합 상금 외에도 수입이 있는데, 우선 시합 순위랑 상관없이 일률적으로 출주 수당이 나온다고 해. 또 일정 기간 선수 생활을 하면 퇴직금과 연금이 나오는데, 그 액수도 우리 같은 지방 공무원 처지에서 보면 어마어마한 숫자라는군."

상금으로 돈을 버는 스포츠 선수는 그야말로 한 줌에 지나지 않고 매일 이어지는 가혹한 훈련 등을 떠올리면 비교할 건 아니지만, 그래도 사는 세계가 다르다는 걸 실감할 수밖에 없었다.

"근데 승부의 세계이니 순위 싸움이나 상금을 누가 더 많이 탔네 못 탔네 따위로 갈등이 생기는 일도 있지 않을까요?"

"뭐 그런 종류의 시기 질투가 전혀 없다고는 할 수 없겠지만 아무튼 현시점에 겉에 드러난 건 없어. 관할 경찰서도 그쪽을 일 순위로 조사하고 있을 거야."

그러나 사고 발생 뒤 하루가 지났는데도 아직 원한 관계에 있는 사람이 수사 선상에 오르지 않았다는 건 그쪽에서 뭔가 건질 가능성은 거의 없다는 뜻이다.

"혹시 부부 관계가 좋지 않았다든지……."

"서른여덟 살로 올해 결혼 6년 차. 그는 열 살 차이 나는 아내와 올해 다섯 살인 아들을 평소에 끔찍이 아꼈다고 해. 물론 바람을 피웠다는 얘기 같은 것도 없었어. 오모리 서에서 남편 시신과 대면한 아내의 모습은 비교적 *꿋꿋한* 편이었지만 그래도 슬픔이 느껴지는 건 매한가지였다는군."

"그렇다면 고테가와 형사님. 그는 평소 금전 트러블과 인간관계 트러블이 없었으며 영상으로도 사고사로 판단할 수밖에 없다는 뜻이군요."

"네."

"시신은 이미 부검했습니까?"

"도쿄에서 발생한 사고라서요. 도쿄 감찰의무원 의사가 부검했습니다."

도쿄 도에는 감찰의 제도가 있어서 범죄 가능성이 없는 시신이라도 사인이 불명확하면 검안 또는 부검을 실시한다. 예산은 모두 나라에서 나오는데 연간 약 11억 엔이다. 상근과 비상근 직원을 합쳐도 아직 인원이 부족하다는 소리가 나오지만, 그래도 예산 면에서는 지방에 비해 자못 여유로운 편이다. 한정된 예산으로 부검 비용을 각출하는 지방 경찰 처지에서는 부러운 이야기일 것이다.

"사건성이 없는 데다 감찰의가 부검까지 마친 안건인데 교수님이 흥미를 보이신 건가요?"

마코토가 소박한 의문을 입에 담자 고테가와는 느닷없이 언짢아하며 대답했다.

"나한테 묻지 말고 교수님께 직접 물어봐. 나도 다 알지는 못해."

탐탁지 않으면서도 지시에 순순히 따르는 건 미쓰자키가 워낙 제멋대로여서일까. 아니면 고분고분한 고테가와의 성격 때문일까.

그때 법의학 교실 문을 열고 당사자가 모습을 드러냈다.

"많이 들어 본 목소리다 싶었는데 역시 자네였군. 신성한 교실에서 시끄럽게 떠들다니, 대체 여기가 어디라고 생각하는 건가?"

미쓰자키는 고테가와에게 눈을 흘기며 말했다.

155

고테가와 입장에서는 주인의 지시에 따라 사냥감을 물어왔는데 칭찬은커녕 욕을 얻어먹는 상황일 것이다. 그야말로 억울한 마음을 금할 길 없겠지만 그는 입술을 앞으로 쭉 내밀고 참았다.

"떠들어서 죄송합니다, 교수님. 이 두 분이 워낙 꼬치꼬치 캐물으셔서 저도 모르게 그만."

"비꼬는 것도 빈정대는 것도 수준 이하군. 자네 같은 애송이가 그러기에는 아직 20년은 일러."

미쓰자키는 대꾸조차 성가시다는 듯 몸을 휙 돌렸다.

"교수님, 저도 다른 사건들 때문에 바쁩니다."

"그 변명은 죽을 때까지 할 건가? 내가 가르치는 칠푼이들도 좀 더 그럴싸한 변명을 떠올려 오던데, 자네는 그들보다 못하나?"

반박하려다가도 이렇게까지 심한 말을 들으면 더 되받을 말도 없는지 고테가와는 포기한 듯 어깨를 축 늘어뜨렸다. 마코토는 이미 여러 번 비슷한 광경을 접했지만 역시 조금 안쓰러워졌다.

"행정해부는 끝났겠지?"

"네. 어제 이미 끝냈다고 합니다."

"부탁한 건?"

"……가져왔습니다, 수사 자료. 아직 초동 단계라 별건 없습니다만."

그렇게 말하고 고테가와는 미쓰자키에게 서류 다발을 건넸다. 미쓰자키는 고맙다는 말 한마디 없이 곧장 책상 위에 서류

156

를 펼치기 시작했다.

"뭐야. 그냥 하는 말인 줄 알았더니 정말로 별거 없군."

"변사체라고 해도 사고 원인과 발생 당시 상황이 워낙 명백해서요. 수사할 내용도 당연히 살인 사건 같은 것보다 적습니다."

"경찰들은 꼭 그런 핑계로 중요한 범죄 사건을 놓치지. 과거에 사고로 처리될 뻔한 사건이 얼마나 많았나? 드러난 게 몇 건이라면 실제로는 그보다 수십, 수백 배가 사건화되지 못한 채 어둠에 묻혀 버렸다는 말이 돼."

미쓰자키는 서류를 훑어보며 나직이 말을 이었다. 저 입에서 과연 타인을 칭찬하거나 존중하는 말이 나온 적이 있을지 의문이 든다.

고테가와는 반응 없는 노교수를 바라보며 사고 발생 상황을 줄줄이 설명했다. 옆에서 보기에 전혀 듣고 있는 것처럼 보이지 않지만 실제로는 한 마디도 놓치지 않고 있을 것이다. 눈과 귀를 따로따로 쓰는 능력은 휴대용 음향기기를 들으며 게임을 즐기는 젊은이들에게도 절대 뒤지지 않아 보인다.

"아무튼 마야마 선수에게는 살해당할 이유가 없고 상황이 상황인 만큼 오모리 서에서는 사건성이 없다고 판단해 최대한 빠른 해결을……."

"관할 형사가 뭘 어떻게 판단하는지는 관심 없어. 사건인지 사고인지도 내 알 바 아니고."

미쓰자키는 딱 잘라 말했다. 고테가와는 평소처럼 한숨을 푹

157

내쉴 뿐이지만, 만약 이 자리에 관할 담당자가 있었다면 그는 어떤 표정을 지었을까.

"흠. 현장이 헤이와지마 섬이니 감찰의가 움직이나 보군."

"예산과 인재가 풍부한 경시청이 부러울 따름입니다."

"풍부? 잠꼬대 같은 소리군. 그곳 역시 돈도 사람도 부족해."

"하지만 교수님."

"도쿄 안에서 하루에 나오는 변사체가 몇 구나 될 것 같나? 작년 검안 건수가 대략 1만 4천 구. 그중 부검하는 건 고작 2천 3백 구로 전체의 20퍼센트에도 못 미쳐. 그 숫자가 대체 어디가 풍부하다는 거지? 그리고 인재라고? 과연 그런 게 존재할까? 머릿수는 많을지 몰라도 그중 정말로 도움이 되는 의사가 몇이나 있을 것 같나?"

그는 실컷 투덜거리고는 시신 검안 조서와 부검 보고서 복사본을 책상 위로 던졌다.

마코토는 감찰의가 작성한 부검 보고서를 처음 봤다. 캐시도 즉시 등 뒤에서 들여다봤다. 감찰의 겐모치 다쓰미라는 이름이 낯설었다.

"필적이 매우 아방가르드하군요."

캐시가 느긋하게 말했다.

"아마 다른 용지였다면 라틴어로도 보일 겁니다."

마코토도 동감이었다. 희한하게도 의사가 쓰는 진단서나 보고서에는 악필이 많다. 처음에는 환자가 봤을 때 알아보기 어렵

게 할 의도인가 싶었지만 아무래도 그렇지는 않은 듯했다. 공공
기관에 제출하는 서류도 알아보기 힘든 글씨체가 많았다.

겐모치의 글씨는 그중에서도 유독 악필이었다. 글자만 보면
도무지 지성인 대접을 받는 의사가 쓴 것 같지 않다. 그냥 읽지
말아 달라는 듯한 의미로도 읽힌다.

"글자만 엉망인 게 아니야. 내용도 엉터리지."

미쓰자키의 말에 마코토는 보고서 내용을 훑어봤다. 그러나
내용에서 부족하거나 오류처럼 느껴지는 부분은 없다. 사고 상
황과 비교해도 오로지 사실만이 단순명쾌하게 적혀 있다.

"교수님. 여기서 어느 부분이 엉터리라는 건가요?"

그러나 미쓰자키는 마코토의 질문을 무시하고 고테가와 쪽
을 돌아봤다.

"시신은 지금 어딨지?"

"어제 밤늦게 부검을 마쳤으니 지금쯤 유족에게 넘기지 않았
을까요?"

"검안하고 오도록."

"네?"

"시신 검안 조서 내용이 정말 맞는지 확인하고 오란 말이네."

"가, 갑자기 그렇게 말씀하셔도……."

"갑자기 떠올랐으니 갑자기 말하지. 잘못됐나?"

"제, 제가 검시관 흉내를 낼 수는 없는 노릇 아닙니까."

"누가 자네보고 검안하랬나? 저기 법의학에 발을 담그고 있

는 사람이 둘이나 있잖나."

그 말에 캐시는 곧바로 얼굴에 희색이 감돌았고 반대로 마코토는 무기력해졌다. 또 평소대로의 전개다.

마코토는 일단 물었다.

"시신의 뭘 검안하라는 말인가요? 설마 유족 앞에서 배를 가르라는 말씀은 아니겠죠?"

"굳이 배를 가를 필요도 없을 거야. 이상한 부분을 발견하면 바로 유족에게 사법해부를 요청하게."

"교수님, 적어도 이유나 근거 정도는 알려 주십쇼. 꼴은 이럴망정 저도 형사입니다."

"자네는 그 나이에 벌써 꼴이 그래서야 되겠나?"

"그냥 은유적인 표현 아닙니까. 아무튼 뚜렷한 이유도 없는데 관할이 다르고 하물며 감찰의가 부검을 마친 시신을 다시 검안하고 오라는 건 불합리한 걸 넘어 월권 행위 아닙니까?"

"그럼 다시 똑바로 말하겠네. 보고서만 보면 이 겐모치인지 뭔지 하는 작자는 실로 꼴통이야. 똑같이 부검 일에 종사하는 사람으로서 분노를 뛰어넘어 한심할 정도야. 이 감찰의가 발 담근 수사는 정확성을 잃고 터무니없는 방향으로 흐를 가능성이 매우 높네."

그러더니 그는 고테가와를 노려봤다.

"관할이고 아니고를 떠나 그런 가능성을 내포한 사안을 자네는 그냥 내버려 둘 셈인가? 그렇게 직업윤리 의식이 희박한 녀석을 나더러 앞으로도 도우라고? 턱도 없는 소리."

고테가와에게 항변할 권한은 없었다.

2

마야마 신지의 집으로 향하는 차 안에서 뒷좌석에 앉은 캐시
는 시종일관 표정이 밝았다. 시신을 다시 검안하라는 지시를 떠
올리며 끙끙대는 마코토와는 정반대였다.

고테가와가 백미러로 그 모습을 지켜보다가 신기해하며 입
을 열었다.

"캐시 교수님은 뭐가 그리 즐거우십니까?"

"당연히 즐겁지요. 미쓰자키 교수님의 개인적인 지시로 움직
이니까요."

마코토는 무슨 말인지 이해할 수 없었다.

"그게 즐거울 일인가요?"

"조직의 지시가 아닌 보스의 지시로 움직이는 쪽이 행동 원
리가 더 명쾌하지 않습니까?"

"그건 상사가 인간적으로 존경할 수 있는 동시에 판단에 오
류가 없을 경우에 한하죠."

"지금껏 교수님 판단이 틀렸던 적이 있습니까? 마코토, 적어

도 당신이 법의학 교실에 온 뒤로는 없지 않았나요?"

"……완고하고 다른 사람의 의견을 들으려고 하지 않으시잖
아요."

"원래 보스라는 존재는 좀 어그레시브 aggressive 해야 베스트입니
다."

마코토가 관찰한 결과 캐시의 언어 감각은 늘 미묘하게 어긋
나는 부분이 있어 전부 동의할 수는 없다. 미쓰자키 교수가 '좀
어그레시브'하다면 서양에서 말하는 훌리건들은 '좀 불량스러
운 팬'이 돼 버린다.

"교수님 지시는 항상 일관됩니다. 그리고 확고한 신념에 기
반하죠. 따라서 저는 주저 없이 지시에 따를 수 있습니다. 그러
나 이것이 예컨대 조직이라면 어떨까요, 고테가와 형사님."

"네."

"당신이 속한 조직은 결코 오류를 범하지 않는 조직입니까?"

백미러에 비친 고테가와의 얼굴에 당황하는 기색이 느껴졌다.

"……솔직히 조직 단위의 부정이나 억울한 사람에게 죄를 덮
어씌운 무죄 사건이 나오기도 했으니 오류를 범하지 않는다고
단언할 수는 없겠네요. 하지만 그건 상사도 매한가지 아닌가
요? 저는 모르지만 과거에 잘못된 선택을 했을 수도 있고 또 미
래에 오류를 범할지도 모르죠."

"그렇다면 당신 상사는 미스를 범하면 방치하고 은폐하는 타
입입니까?"

"아뇨……. 그건 아닌 것 같습니다."

고테가와는 쓴웃음을 지었다.

"오히려 빌어먹을! 틀렸잖아! 하고 소리를 빽빽 지르며 온 힘을 다해 고치는 타입이죠."

"그러나 대다수 조직은 좀처럼 자신들의 실수를 인정하지 않고 자신이 아닌 다른 쪽으로 책임을 전가하려고 합니다. 따라서 저는 조직의 지시에 따르는 일에 늘 공포를 느낍니다. 만약 지시 자체가 틀렸다면 누가 책임을 질 것인가, 또 오류로 일어나는 손해를 누가 배상할 것인가가 조금도 가늠되지 않으니까요. 저는 그 점에 한해 교수님 지시는 늘 안심하고 따릅니다. 그분은 사리사욕을 채우는 타입도 아닙니다."

왜 미쓰자키에게 이토록 전폭적인 신뢰를 보내는 걸까. 마코토는 왠지 이상하게 느껴졌다.

"어떻게 사리사욕을 채우지 않는다고 단언할 수 있죠? 인간은 모두 이기적인 면이 있지 않나요?"

"교수님 밑에서 일한 지 2년이 지났지만, 물론 교수님께도 이기적인 부분은 존재합니다. 다만 그것은 아카데믹한 일에 한정되죠. 그분은 늘 진실만을 요구합니다. 태생적으로 거짓이나 속임수를 받아들이지 못하시는 겁니다. 따라서 교수님은 직함만 내밀며 스펙을 거들먹거리는 인간이나 악의로 잠재 능력을 사칭하는 인간을 그냥 보고 넘기지 못합니다."

캐시는 철두철미하게 논리적인 사고 회로를 지녔다. 그러므로 시신이라는 것에 별다른 정서나 공포를 느끼지 못한다. 그 논리성이 미쓰자키의 신념에 호응하는 것이다.

"내가 컬럼비아 의대를 떠나 일본에 막 유학 왔을 때 일입니다. 생면부지의 외국인이 업계 최고 유명인을 만나러 가는 자리이니 나는 컬럼비아 의대 교수님의 소개장을 미리 준비했습니다. 그러나 미쓰자키 교수님은 소개장을 거들떠보지도 않고 그저 구두로만 내 적성을 확인하고 채용을 결정했습니다. 이런저런 고생을 하며 간신히 받아 온 소개장은 그대로 쓰레기통으로 직행했지만 손해 본 기분은 전혀 없었습니다."

"정말로 교수님을 신뢰하는군요."

"마코토는 어떻습니까?"

"네?"

"마코토는 미쓰자키 교수님을 신뢰하지 않습니까?"

마코토는 잠시 생각하고서 대답했다.

"신뢰할 수 있을 것 같아요."

법의학 교실에 온 지 얼마 안 됐을 때는 그저 비뚤어지고 편협한 인간이라고만 생각했다. 그러나 가까이서 그의 법의학 지식과 됨됨이를 지켜보면서 평가가 크게 변화하는 중이다. 하지만 자신과 미쓰자키 사이에 있는 가치관의 차이가 한 발짝 더 나아가지 못하게 접근을 막고 있다.

"그나저나 캐시 조교수님, 미쓰자키 교수님은 조금 전 그 시신 검안 조서에서 대체 어디가 마음에 들지 않은 걸까요?"

마코토는 고테가와의 질문에 귀를 기울였다. 자신도 궁금하던 부분이었다. 비록 미쓰자키는 마코토의 질문에 대답하지 않았지만 등 뒤에서 조서를 엿보던 캐시는 뭔가 의미심장한 표정을 짓고 있었다.

"평소에 교수님이 작성한 시신 검안 조서를 많이 봐서인지 모르겠지만, 그 조서는 굉장히 치프cheap한 인상이었습니다."

"치프요?"

"치밀하지 못하다고 할까요. 원래 채워야 할 부분을 비워 둔 게 눈에 띄었습니다. 반드시 적어야 하는 건 아니지만 빠져 있어서 치프한 인상을 주는 것만은 확실합니다."

그러고 보니 알아보기 힘든 글자는 둘째 치고 내용 자체가 적은 게 마코토도 신경 쓰였다. 사인이 단순해서 적은 것만은 아니다. 다시 말해 원래라면 채워져 있어야 할 부분의 공백이 눈에 띄었다.

"구체적으로는 제1호 양식, 곧 검안 소견란에서 위화감이 느껴집니다. 만약 교수님이 작성하셨다면 거기에 전신 소견과 특별히 이상이 있는 부위에 대해 자세히 설명한 뒤 그 이유를 바탕으로 아래의 부검 필요 여부를 적으셨을 겁니다."

"하지만 사인은 뇌좌상이잖아요. 그럼 이상이 있을 만한 부위는 머리뿐 아닌가요?"

"잘 생각해 보세요. 사망자는 시속 80킬로미터로 질주하는 보트에서 튕겨 나가 머리부터 콘크리트에 충돌했습니다. 물론 머리 부분에 가장 심한 손상을 입겠지만 다른 부위에는 전혀 손상이 없을까요? 튕겨 나간 시점에 매우 큰 원심력이 더해졌을 겁니다. 충돌할 때의 충격은 각 부위에 골고루 전달됩니다. 표피는 물론 다른 장기 같은 곳에도 영향을 끼쳤다고 생각하는 게 당연하지 않을까요?"

"그렇다면 한마디로 감찰의가 일을 대충 처리했다는 말씀이신가요?"

"기재해야 할 내용을 일부러 기재하지 않았거나, 아니면 발견하지 못했거나 둘 중 하나겠지요. 어쨌든 모든 답은 시신에 있습니다. 그러므로 교수님이 검안을 지시하신 겁니다."

마야마 신지의 집은 미나미우라와의 엔쇼 신사 근처에 있었다. 이곳은 신사를 중심으로 주변에 아파트가 늘어서 있어 정적과 북적거림이 혼재된 모습이다.

그러나 마야마의 집을 지배하는 것은 오로지 죽음의 정적뿐이었다. 고테가와가 현관 앞에 서서 용건을 전하자 마야마 신지의 아내 구미는 수상쩍어하는 낯빛이었다. 구미 옆에는 아들 게이타가 엄마 다리 뒤에 숨어 방문자를 힐끔거렸다.

"왜 사이타마 현경 형사님이…… 그것도 의사 선생님까지 모시고요."

"의사는 맞습니다만 이분들은 우라와 의대 법의학 교실에서 오셨습니다."

"법의학 교실? 왜 그런 곳에서?"

"자세한 건 안에서 말씀드려도 되겠습니까?"

고테가와가 몸을 앞으로 내밀자 구미는 체념한 듯 세 사람을 안에 들였다.

"지난번처럼 민감한 이야기가 나오면 캐시 교수님은 뒤로 빠져 주세요."

고테가와는 나직이 주의를 줬다. 캐시는 별로 기분 나빠하는 기색도 없이 "예서 yes, sir"라고 대답했다.

구미가 세 사람을 데리고 들어가는 동안에도 게이타는 어머니의 치맛자락 옆을 떠나지 않았다.

"아빠의 사고 소식을 들은 뒤부터 계속 이런답니다. 꼭 갓난 아이로 다시 돌아간 것처럼……."

마코토는 아이를 데리고 다른 방에 가 있을까 싶어 게이타에게 손을 뻗었지만 낌새를 알아챈 아이는 곧장 엄마 뒤로 숨어 버렸다.

거실로 들어가자 가운데에 흰색 나무관이 자리 잡고 있었다.

"부인. 괜찮다면 아드님은 잠깐 다른 방에 보내 주시겠어요? 사고에 관한 이야기라."

고테가와가 제안하자 구미는 말없이 고개를 끄덕이고 아들을 다른 방에 데려갔다.

거실에 마코토 일행 세 사람만 남았다. 멍하니 앉아 있자 하얀 나무관에서 왠지 기이한 압력이 느껴지는 듯했다.

저 안에 머리 부분이 일그러진 시신이 누워 있다. 그렇게 생각하자 위화감이 한층 더했다. 시신 같은 건 지금껏 많이 봐서 익숙할 만한데 생활공간 안에 시신이 놓인 광경은 역시 이질적이었다.

법의학에 종사하는 자로서 아직 미숙한 탓이리라. 캐시를 봐도 아무렇지 않아 보이고, 만약 지금 이 자리에 미쓰자키가 있다면 태연한 얼굴로 관 뚜껑을 열었을 것이다. 미쓰자키와 캐시에게는 시신이 있는 풍경이 이미 일상화돼 있다.

문득 고개를 드니 벽에 달린 코르크 게시판이 눈에 들어왔다. 가족사진이 여러 장 붙어 있었다. 게이타를 가운데에 두고 화목해 보이는 가족의 모습이 담겨 있다.

잠시 뒤 구미가 돌아왔다.

"죄송합니다. 애가 혼자 있기 싫어해서…….'"

구미는 고개를 숙이고 바닥에 시선을 떨궜다. 의기소침이라는 표현은 이럴 때 쓰는 말이리라. 생기가 조금도 느껴지지 않고 금방이라도 바닥에 풀썩 주저앉을 것만 같다.

"아드님이 아버지를 잘 따랐던 모양입니다."

고테가와가 말을 걸자 구미는 기어들어가는 목소리로 네, 하고 대답했다.

"아들에게 남편은 영웅이나 마찬가지였습니다. 주말에 시합 중계를 할 때는 텔레비전 앞에서 누구보다 열심히 응원했죠."

그 말을 듣고 마코토는 순간 소름이 돋았다.

게이타는 혹시 사고가 일어난 날 시합도 텔레비전으로 봤을까. 만약 그렇다면 아버지가 사고로 사망하는 순간을 실시간으로 목격했다는 말이 된다.

"그날은 저도 텔레비전 앞에 앉아 있었는데…… 너무도 순식간에 일어난 일이라 텔레비전을 끄거나 게이타의 눈을 가리지도 못했습니다……. 네, 아들은 그 장면을 두 눈으로 똑똑히 보고 말았죠. 그날 이후 감정 기복이란 게 거의 사라지고 제 옆에서 한시도 떨어지려 하지 않아요. 남편 장례식이 끝나는 대로 의사에게 데려가 볼 생각입니다."

마코토는 가장 먼저 PTSD(외상 후 스트레스 장해)를 떠올렸다. 아직 다섯 살 어린아이다. 아버지의 몸이 방파제에 부딪히는 광경을 보고 평정심을 유지할 리 없다.

"경정 선수가 평소에 집 안에서 어떻게 지내는지 아시나요?"

"아뇨."

"시합 기간에는 부정행위를 막는다는 명목으로 정말로 필요할 때를 제외하고는 경정장에서 한 발짝도 나오지 못합니다. 전화를 포함해 외부와의 접촉이 금지되죠. 그래서 시합이 없는 기간에만 집에 돌아오는데, 그동안에도 체력을 떨어뜨리면 안 되고 체중도 그대로 유지해야 해서…… 남편이 집에서 편히 쉬는 모습을 지금껏 한 번도 본 적이 없어요."

"체중을 유지한다면 혹시 절식을 합니까?"

"비슷합니다. 단백질 파우더나 샐러드 같은 저열량 음식만…….

그러면서 동시에 체력을 떨어뜨리면 안 되니 항상 메뉴가 달랐습니다. 옆에서 보고 있기가 참 안쓰러웠죠. 자신은 절식하면서도 아들과 저한테는 항상 맛있는 음식을 권했거든요. 연습 사이사이에는 헬스장에 가서 몸을 열심히 만들었고, 때때로 다음 시합 개최지로 나가 모터 정비도 했습니다."

"선수가 모터 정비를 한다고요?"

"경정장에 있는 모터를 추첨으로 나눠 주거든요. 엔진에 따라 성능이 달라서 분해해 부품을 교환하거나 기어 맞물림을 조정하곤 했습니다. 물론 시운전도 게을리 하지 않았어요. 휴일다운 휴일이 없는 삶이었습니다."

연봉 2천만 엔. 마코토는 자신과 비교하며 화려한 직업이라고 상상한 게 조금 부끄러워졌다. 높은 연봉을 받는 건 그들이 선택된 인간이라서가 아니다. 그에 비례하는 고생과 노력의 결과물이다.

"나이를 어느 정도 먹으면 아무리 헬스장에 다니며 열심히 운동해도 자연히 나잇살이 붙게 됩니다. 남편은 서른다섯을 지나고부터 그랬죠. 아무리 식사를 제한해도 체중이 떨어지지 않는대요. 경정 선수에게는 비만이 최대의 적이라 남편은 억지로 체중을 떨어뜨리려고 사우나에도 다녔습니다. 그러면서 밥도 제대로 못 먹었고요. 초췌한 얼굴에다 비틀거리는 다리로 헬스장과 사우나를 왕복하고……. 복싱 선수가 절식하는 이야기가 잘 알려져 있는데 경정 선수도 비슷합니다."

이야기를 들을수록 나이라는 적에 겁먹으면서도 싸움을 멈추지 않는 프로 스포츠 선수의 모습이 떠올랐다.

"남편은 B1 선수지만 A클래스 승급을 목표로 했어요. A클래스가 되면 더 큰 대회에 출장할 수 있고 한 달에 일하는 날도 많아지거든요. 경정 선수가 수명이 길다고는 하지만 그래도 서른여덟이나 되면 힘들게 마련입니다. 그러나 남편은 자신이 열심히 뛰는 모습을 아들이 본다며 필사적이었어요. 나에게는 보트밖에 없다, 보트를 타고 있을 때만 사는 보람을 느낄 수 있다. 그런 말을 입버릇처럼 했죠. 그런데 그런 사소한 조작 실수로 코스를 이탈했다는 게……."

구미는 손으로 얼굴을 감쌌다.

"저는 남편이 그런 실수를 범했으리라 생각하지 않습니다. 뭔가 착오가 있는 게 분명해요!"

세 사람 앞에서 흐트러진 모습을 보이지 않으려고 필사적으로 참는 듯했지만 이제는 한계에 도달했을 것이다. 구미는 체면이고 뭐고 없이 울음을 터뜨렸다.

무심코 마코토가 그녀에게 다가가려고 했지만 고테가와가 손으로 제지했다. 그러고는 내버려 두라고 눈짓으로 신호를 보낸다. 울 수 있을 만큼 울어서 마음을 가라앉히는 게 낫다고 여기는 걸까. 마코토는 그의 지시에 따르기로 했다.

구미는 계속해서 오열했다. 잠시 뒤 안쪽 방에서 게이타가 달려오더니 어머니 등에 찰싹 달라붙었다.

"엄마, 엄마."

지켜보고 있기 힘든 광경이었다. 마코토는 꾹 참으며 구미가 울음을 그치기를 기다렸다. 얼마 뒤 구미의 울음소리가 잦아들었다.

"죄송합니다⋯⋯. 아이 앞에서는 절대 울지 않겠다고 다짐했는데⋯⋯."

"아뇨. 아닙니다."

"하지만 정말로 받아들이기 힘드네요. 남편은 20년 가까이 보트를 운전한 베테랑이에요. 초보 같은 그런 조작 실수를 범했을 리 없습니다. 부디 보트를, 엔진을 조사해 주세요. 누군가 뭔가 손을 댄 흔적이 나올 거예요."

고테가와는 대답을 망설였다. 그럴 만도 하다. 조사한다고 해봐야 증거는 모두 오모리 경찰서가 쥐고 있다. 사이타마 현경 본부 관할에서 일어난 사건이면 몰라도 경시청 관할 안에서는 어쩔 도리가 없다.

"누군가가 보트에 뭔가를 설치했다. 혹시 그런 짓을 할 만한 인물로 짚이는 사람이 있습니까?"

"아뇨⋯⋯. 없습니다."

몸을 앞으로 내밀며 물은 고테가와는 눈에 띄게 낙담한 표정을 지었다.

"남편은 시합 결과에 불만이 있어도 시합 상대를 나쁘게 말하는 사람이 아니었어요. 몇 번인가 동료 분들을 만날 기회도 있었는데 모두와 잘 지내는 것 같았어요."

"실례지만 혹시 남편 분의 생명 보험은?"

그러자 구미는 고개를 들어 고테가와를 노려봤다.

"사망 보험금 수취인은 저로 돼 있습니다. 설마 저를 의심하시는 건가요?"

"형식상의 질문입니다. 수취인이 가족이 아닌 사례도 있어서요."

"늘 위험이 따르는 일이니 남편이 어느 날 먼저 제게 말하더군요. 자기가 죽으면 5천만 엔이라는 보험금이 나올 거라고요. 하지만 보험을 계약한 건 게이타가 막 태어났을 무렵이에요."

5년 전에 계약을 체결했다는 뜻이다. 보험금 액수도 상식선 안이다. 그 사실만으로 남편 살해 동기로 삼는 건 너무 섣부른 판단이다.

마코토는 나름대로 추리해 봤다. 만약 구미의 말처럼 누군가가 보트에 어떤 장치를 설치했다면 보트 본체와 엔진을 경정장에서 들고 나갈 수는 없으니 범인은 관계자로 한정된다. 거기까지 떠올리고 화들짝 놀랐다. 고테가와, 캐시와 함께 움직이면서부터 자신도 모르게 범인을 찾게 된다. 고테가와는 형사니까 범인을 찾는 것이 일이다. 캐시도 모국에서 검시관을 목표로 하니 수사에 흥미를 느끼는 게 당연하다. 하지만 나는 의사를 목표로 하는 사람이다. 아마추어 탐정처럼 범인 수사에 고개를 들이민다고 해서 무슨 이익이 있을까.

마코토가 왠지 모를 어색한 기분에 잠겨 있자 고테가와 때문에 속이 상한 구미가 불만을 털어놓기 시작했다.

"경찰이라는 분들은 정말 조금도 유족을 배려해 주지 않네요."

그 말에 고테가와는 한숨으로 답했다.

"사고가 일어난 시각이 오후 1시 반. 하지만 오모리 경찰서 쪽에서 연락을 받은 건 저녁 6시가 넘어서였습니다. 마야마 신지 본인이 맞는지 확인해 달라더군요. 영안실이라고 하나요? 어두침침한 방으로 데려가 남편과 대면시켰어요. 사고 직후의 모습 그대로요."

그날의 광경이 떠올랐는지 구미는 또다시 오열을 참는 듯 입술을 깨물었다.

"……아들을 다른 사람에게 맡겨 두고 와서 천만다행이었죠. 아무리 아버지라고 해도 그런 몰골을 마주쳤다면 평생 마음에 상처로 남을 거예요. 형사님의 대응은 지극히 사무적이었습니다. 서류를 몇 장 적게 하고 시신 인수와 장례에 대한 설명을 해 주는데 서류는 어디어디서 받아라, 신청은 구청에서 하라는 식으로 틀에 박힌 대응만 하시더군요."

경찰에게 시신 처리 업무는 단순 반복 업무다. 특히 경시청 관할이라면 행려병사자나 급병인 등을 포함해 하루에 여러 구의 시신을 처리하게 된다. 단순 반복 업무가 되면 유족을 일일이 배려하기도 어려워진다.

"가장 심했던 건 오늘 아침 부검을 마쳤다며 시신을 보내 왔을 때였어요. 경찰서에서 시신을 마주했을 때는 아직 수사 중이니 어쩔 수 없다는 사정이 있었지만, 돌려보낼 때는 적어도 시신을 어느 정도 복원해서 보내 줘야 하지 않나요? 시신은 사고 당시 모습 그대로 돌아왔습니다."

구미는 코를 훌쩍였다.

"피를 대충 닦고 머리 부분에 붕대만 얼기설기 감았더군요. 엄청난 충격으로 벽에 부딪혔으니 머리 전체가 일그러져 있었어요. 생전 모습이 아주 희미하게 남아 있는 정도였습니다. 돈을 내라면 낼 테니 적어도 알아볼 수 있는 정도로는 복원해 줬으면 했는데……."

시신 복원, 곧 임바밍 embalming 은 미국에서는 자리 잡았지만 일본에서는 아직 일반적이지 않다. 이곳 사이타마 현과 홋카이도에서는 시신 복원이 세금으로 이뤄지는데 대상은 사법해부를 받은 시신에 한정된다. 또 복원이라고 해도 시신을 닦거나 염하는 수준에 그쳐 미국처럼 생전 모습에 가깝게 복원해 주지는 않는다. 만약 유족이 편안히 죽음을 맞이한 얼굴을 원한다면 장의사를 따로 수배하는 수밖에 없다.

이제부터가 본론이다. 고테가와는 몸을 앞으로 쑥 내밀었다.

"마야마 구미 씨. 실은 오늘 그 문제로 상담하려고 왔습니다. 저희가 다시 한 번 시신을 확인하고자 합니다."

"네?"

"오모리 경찰서는 이번 일을 사고로 결론 낸 듯하지만 저는 그렇게 생각하지 않습니다. 그래서 법의학 교실에서 선생님 두 분을 모시고 온 겁니다."

역시 말은 타이밍이 중요하다. 남편의 사고사를 받아들이지 못하는 구미에게 재수사를 권하면 거부할 이유가 없다. 구미는 예상대로 고테가와의 부탁을 순순히 받아들였다. 힘없이 일어서서 관 앞까지 길을 터 줬다.

"이제는 선생님들께서 나설 차례입니다."

고테가와의 말에 마코토와 캐시는 고무장갑을 끼고 관 앞으로 다가갔다. 뚜껑을 열자마자 방부제 냄새와 그보다 더 강렬한 부패취가 코를 찔렀다. 마코토와 캐시는 합장하고 시신 검안을 시작했다.

구미의 말처럼 시신은 머리 부분에 붕대가 감겨 있었다. 두 사람은 시신에 상처가 나지 않도록 섬세하게 주의를 기울이며 붕대를 풀었다. 잠시 후 드러난 머리는 참혹했다. 정수리 부분이 완전히 파손돼 원형을 거의 잃었다. 두피에는 응고된 피가 덕지덕지 묻어 있고 그 틈새로 찢긴 상처가 보였다. 크게 벌어진 상처에서는 뇌수가 흘러나왔고 안에는 모양이 변형된 뇌가 보였다. 뇌좌상이라는 표현만으로는 부족한, 그야말로 두개골 일부가 박살 난 상태였다.

유심히 관찰하면서 마코토는 묘한 사실을 눈치챘다. 머리에 절개한 흔적이나 봉합 흔적이 없었다. 이럴 수가. 황급히 파손

176

부위부터 뒤통수까지 다시 한 번 훑어봤지만 역시 그런 흔적은 보이지 않았다.

캐시와 얼굴을 마주 봤다. 그녀 역시 미심쩍어하는 표정으로 고개를 좌우로 흔들었다. 등 뒤에서 엿보던 고테가와도 비슷한 반응을 보였다. 마코토는 자기도 모르게 구미 쪽을 돌아봤다.

"남편 분 시신이 확실하죠?"

"네. 확실해요."

순간 머릿속에서 의구심이 피어올랐다.

"마코토. 이제 복부를 확인해 봅시다."

구미의 허락을 받아 두 사람은 시신에서 옷을 벗겼다. 드러난 상반신에는 무수한 찰과상과 타박상이 보였지만 출혈까지는 이르지 않았다. 의문이 더욱 깊어졌다. 상반신에도 메스를 댄 흔적이 없었다.

마코토는 의심과 불신감으로 머릿속이 혼란스러워졌다. 부검을 했는데 봉합 흔적이 남아 있지 않다니. 어지간히 솜씨가 뛰어난 집도의라고 해도 시신에는 자가 치유 능력이 없으니 상처 부위가 스스로 아물 리는 없다. 그리고 오모리 경찰서가 시신을 잘못 인수했을 리도 없다.

감찰의는 부검을 하지 않았다. 고테가와와 캐시도 똑같은 결론에 도달했을 것이다. 두 사람의 표정에는 경악과 회의가 엿보였다. 설마 이런 일이……. 동요 속에서 가장 먼저 움직인 사람은 고테가와였다.

"구미 씨, 남편 분의 시신을 저희에게 인도해 주시겠습니까?"

"네?"

"우라와 의대 법의학 교실에서 다시 한 번 조사해 보고자 합니다."

"하지만……."

"오모리 서의 수사로는 만족하지 못하셨죠? 이대로 가만히 있으면 남편 분 사망은 사고사로 처리되고 맙니다. 그래도 괜찮으시겠습니까?"

구미는 잠시 주저하는 모습을 보였지만 고테가와의 말에 거의 떠밀리듯 시신 인도를 허락했다.

"그리고 부탁이 하나 더 있습니다. 만약 오모리 서에서 연락이 와도 오늘 일은 언급하지 말아 주셨으면 합니다."

"그럴 수는 있지만…… 혹시 뭔가 곤란한 일이라도 있는 건가요?"

"아뇨. 곤란한 건 그쪽이겠죠."

잠시 뒤 고테가와의 수배로 시신 운반 차량이 도착했다. 마코토 일행은 마야마 신지의 시신을 관에서 꺼내 운반차에 옮겨 실었다.

"관은 그대로 남겨둘 테니 만약 관계자가 오면 안에 시신이 들어 있는 척해 주십시오."

고테가와는 구미에게 그렇게 전하고 운반차에 올라탔다.

법의학 교실로 향하는 시신 운반차 안에서 세 사람은 하나같이 인상을 찌푸리고 있었다. 미쓰자키가 내민 카드는 지금껏 모조리 에이스였다. 그러나 이번에 뽑은 카드는 에이스를 뛰어넘어 조커에 필적한다. 이번 상대는 무려 도쿄 감찰의무원이다.

3

"정말 해도 해도 너무하네."

고테가와가 허공에 대고 중얼거렸다.

"부검하지도 않았는데 부검 보고서를 작성하다니. 대체 뭐하자는 거지?"

고테가와가 이토록 분노하는 모습을 보기는 처음이라 마코토는 흥미진진하게 그의 옆얼굴을 바라봤다.

"뭐, 뭐야. 왜 그래."

"좀 신선해서요. 고테가와 형사님도 그렇게 화를 내시네요."

"당연히 화를 낼 때는 내지. 대체 평소에 날 어떻게 본 거야?"

"음, 항상 뭔가 나사가 하나 빠진 느낌이라 경찰 내부 부정 같은 것에도 크게 반응하지 않을 것 같았거든요."

"이봐."

그러자 뒷좌석에 앉은 캐시가 끼어들었다.

"두 분, 애정 싸움은 그 정도로."

"애정 싸움이라뇨!"

둘이 동시에 부정하는 바람에 캐시는 조금 겸연쩍어했다.

"쏘리. 그런데 고테가와 형사님이 분노하는 건 당연하다고 생각합니다. 이건 직무 유기나 다름없어요."

마코토는 조금 전 조사한 마야마의 시신을 떠올렸다. 몸에는 찰과상과 타박상이 눈에 띄었지만 메스를 댄 흔적은 전혀 없었다.

"하지만 어째서 부검하지도 않은 시신의 보고서 따위를 썼을까요?"

"아마 가장 단순한 이유겠지."

"가장 단순한 이유?"

"귀찮아서."

"그게 무슨……."

"전에도 들어 본 적 있어. 감찰의무원에는 상근 직원들만 있는 게 아니야. 개중에는 개업의가 도급을 받는 경우도 있지. 개업의 입장에서는 본업이 바빠지면 이쪽 일은 부담이 될 수 있어. 게다가 이번 사안은 한눈에 봐도 사인이 뻔하잖아. 펜스에 충돌해 두개골 함몰. 심지어 머리에서 뇌수가 흘러나왔고. 딱히 부검할 것까지는 없다고 판단한 거야."

"……고작 그런 이유로요?"

"원래 화가 치미는 이야기들은 대개 그런 이유야. 그러니까 화가 치미는 거지."

문득 미쓰자키의 말이 떠올랐다.

―인재라고? 과연 그런 게 존재할까? 머릿수는 많을지 몰라도 그중 정말로 도움이 되는 의사가 몇이나 있을 것 같나?

―이 겐모치인지 뭔지 하는 작자는 실로 꼴통이야. 똑같이 부검 일에 종사하는 사람으로서 분노를 뛰어넘어 한심할 정도야.

미쓰자키는 부검 보고서를 딱 한 번 보고 그의 적절하지 못한 일처리를 꿰뚫어 본 걸까. 그렇다면 역시 그 노교수의 경험과 지식은 대단하다고 할 수 있다.

"하지만 이제 저희 법의학 교실에서 부검하면 그 겐모치라는 감찰의는 발붙일 곳이 없어지겠어요."

"발붙일 곳은 고사하고 이건 배임 행위야. 지금껏 어디서 어떤 길을 밟아 왔는지 몰라도 이번 한 건으로 지금껏 그가 쌓은 모든 신뢰가 무너질걸."

"우라와 의대는 대번에 원망을 살 테고요."

"그런 걸 보고 바로 적반하장이라고 하지. 신경 안 써도 돼."

"형사님은 신경 안 쓰셔도 되겠지만 당사자가 되면 그럴 수만도 없어요."

정당하든 정당하지 않든 원망을 사서 기분 좋을 일은 없다. 게다가 상대는 감찰의다. 곧 부검의라는 큰 틀에서 보면 동업자인 셈이다. 얼핏 보기에 의학계는 넓어 보이지만 좁다. 법의학회라는 세계에 한정하면 더욱 그렇다. 좁은 세계이니 언제 어디서 마주칠지 모른다. 같은 세계에 사는 주민을 모욕하면 언제 어디서 반격을 당할지…….

거기까지 떠올리고 마코토는 흠칫 놀랐다. 언제부터일까. 나 자신을 법의학 세계의 주민이라고 생각하기 시작한 건. 바로 얼마 전까지만 해도 자신은 줄곧 임상의라고 생각하고 있었는데.

"미쓰자키 교수님이 충분히 버럭버럭하실 만해."

고테가와는 마코토의 동요를 알아채지 못하고 말을 이었다.

"겐모치 감찰의를 한심하게 여긴 것도 당연하지."

"무슨 뜻인가요?"

"생각해 봐. 교수님은 살아 있는 인간과 죽은 자를 똑같이 대하잖아."

그보다는 죽은 자 쪽을 더 다루기 쉽다는 게 지론이지만 말이다.

"다시 말해 미쓰자키 교수님의 사고방식에서 보면 겐모치 감찰의가 저지른 짓은 수술이 필요한 환자를 그대로 내버려 둔 거나 마찬가지야. 그러니 그토록 화를 내셨겠지."

그렇다. 그 노교수라면 그런 식으로 생각했어도 이상하지 않다. 마코토는 고테가와의 통찰력을 조금 다시 봤다.

"고테가와 형사님. 미쓰자키 교수님을 잘 아시네요."

"알고 지낸 지도 오래됐으니까."

"그런데 교수님은 왜 형사님께 항상 화를 내시는 걸까요?"

"몰라."

"형사님께 화를 내는 게 교수님께는 일종의 레크리에이션이라 그렇죠."

"저는 교수님 장난감일까요?"

"그리고 마코토, 겐모치 감찰의 처분 문제는 신경 쓰지 않아도 됩니다."

"왜죠? 그 감찰의가 저지른 짓은 완전한 배임 행위이고 그 책임은 아주…….'

"곧 알게 될 겁니다. 지금은 그보다 더 시급한 문제가 있습니다."

"부검인가요?"

"아뇨. 조금 전부터 여러 번 시도했는데, 미쓰자키 교수님과 연락이 닿지 않습니다."

"네?"

마코토가 깜짝 놀라 돌아보자 캐시는 자신의 휴대 전화를 흔들어 보였다.

"계속해서 통화권 이탈로 나옵니다."

"그, 그럼…….'

"법의학 교실에 도착해도 얼마간 미쓰자키 교수님을 기다려야 합니다. 또 교수님께는 아직 부검이 필요하다는 것을 설명하지 않았으니 저와 마코토가 대신할 수도 없습니다."

"그거 곤란하군요."

고테가와는 미간에 주름을 만들었다.

"무슨 문제라도 있습니까? 고테가와 형사님."

"아뇨. 별일은 없겠지만, 만에 하나 부검 전에 오모리 서에서 연락이 오면 일이 좀 성가셔질 수 있어서요."

"왜죠?"

"왜냐뇨……. 캐시 교수님, 제 입으로 말하기는 좀 그렇긴 한데, 경찰들은 원래 전통적으로 자기 관할을 남이 침범하는 걸 질색합니다. 헤이와지마 섬에서 일어난 사건에 사이타마 현경 소속인 제가 고개를 들이민 것으로도 모자라 심지어 시신을 법의학 교실로 가져갔다는 소식이 전해지면 곧장 경시청 쪽에서 가만있지 않을 겁니다."

"고테가와 형사님은 그게 두렵습니까?"

"이래 봬도 저도 공무원입니다."

"뜻밖이군요. 저는 고테가와 형사님을 아웃로outlaw한 수사원이라고 생각했습니다. 늘 소문으로만 듣는 형사님의 상사도 매우 그레이트한 아웃로 아닌가요?"

"그런 분과 도매금 취급하지 말아 주십시오. 그건 그렇고, 미쓰자키 교수님도 참 너무하네요. 우리한테 온갖 성가신 일을 떠맡기고 정작 자신은 홀연히 사라지시다니."

"그런 건 어쩔 수 없는 일이지요."

캐시는 고테가와를 놀리는 것처럼 말했다.

"고테가와 형사님이 상상하는 것 이상으로 교수님은 학계의 중요 인물이니까요. 원래 중요 인물일수록 바쁜 법입니다."

"그럼 저도 중요 인물입니다."

"그런가요. 제 눈에 형사님은 그저 사방팔방 뛰어다니기만 하는 분으로 보입니다만."

우라와 의대에 도착한 마코토 일행은 서둘러 시신 운반차에서 마야마 신지의 시신을 내린 뒤 법의학 교실로 운반했다. 그동안 캐시는 계속 미쓰자키에게 연락을 취했지만 닿지 않았다.

"부재중이라고만 뜨네요."

"학교 안에만 계신다면 금방 뛰어오실 수 있을 텐데."

"스케줄을 확인했지만 특별한 건 없었습니다."

"그렇다면 교수님은……."

"아마 학교 밖으로 나가신 게 아닐까 싶습니다. 누군가를 만나고 계시지 않을까요? 다른 사람과 대화를 나눌 때 교수님은 전화를 받지 않으십니다."

"어르신 참 대단하십니다."

고테가와가 빈정대듯 말했다. 시신을 가져와도 집도의가 없으면 어쩔 도리가 없다. 세 사람이 할 수 있는 일이라고는 그저 미쓰자키를 기다리는 것뿐이다. 상황이 이렇게 된 이상 마코토는 조금 전부터 머릿속에 있던 의문을 풀어 보기로 했다.

"고테가와 형사님. 감찰의가 마야마 씨를 부검하지 않았다는 걸 깨닫자마자 아내 분께 재조사를 요청하셨죠?"

"그래. 안 했으면 해야 하니까."

185

고테가와는 극히 당연하다는 듯 대답했다.

"단순히 그런 이유에서였나요? 마야마 씨의 죽음에 뭔가 의심 섞인 추론이나 가설 같은 게 있으니 부검을 요청하신 거 아니에요? 사고사가 아니라는 가설……."

"그야 가설 정도는 있지. 다만 그것 역시 부검해야만 알 수 있어서."

"어떤 가설이죠?"

"마야마 신지는 20년 가까이 경정 선수로 활약했어. 그런데도 시합 중에 코스를 이탈하는 건 드문 일이라 할 수 있지. 그렇다면 그 순간 그의 육체나 정신 쪽에 평소와 다른 뭔가가 작용하고 있지 않았을까를 떠올리는 게 당연하지 않을까?"

"평소와 다른 뭔가라……. 이를테면?"

"지금 바로 떠오르는 건 수면제 또는 진정 계열의 마약이야. 아편이나 헤로인 같은."

"시합 전에 그런 걸 흡입했다는 말인가요?"

"조금 있으면 위험한 레이스에 참가할 선수가 제 손으로 그런 짓을 했을 리는 없다고 봐. 그렇다면 제삼자에 의한 살인이지. 살인을 시합 중 일어난 사고로 가장한 거야. 다만……."

"다만?"

"동기가 약하다는 문제가 있어. 그날은 일본 토터컵 첫째 날이었는데 1위 상금이 20만 엔이었어. 고작 20만 엔 때문에 다른 사람을 살해할까? 그리고 경정이니 당연히 돈내기가 엮여 있지만 마야마는 우승 후보도 아니었으니 도박 문제로 인한 살인일 가능성도 낮아."

난처하다는 듯 머리를 긁적이는 고테가와를 보고 마코토는 어이가 없어졌다.

"지금 그런 빈약한 근거로 부검을 맡기신 건가요? 전 조금 더 탄탄한 추리를 바탕으로 큰소리치신 줄 알았는데."

"저기 말이지, 마코토 선생. 겨우 이런 재료들로 사건의 전모를 추리하라는 것 자체가 무리야. 또 이건 애초에 미쓰자키 교수님이 관할에서 나온 병력 있는 시신을 전부 알려 달라고 하는 바람에 일어난 일이라고. 그렇게 말하는 마코토 선생은 그런 사정도 모르나?"

"제가 알 바 아니죠! 그리고 그건 제가 법의학 교실에 오기 전 일이잖아요."

"그럼 그전부터 이곳에 있던 사람이라면······."

고테가와는 캐시에게 시선을 돌렸지만 그녀는 모른 척하며 어깨를 으쓱였다.

"쏘리. 저도 모릅니다."

그리고 약 한 시간쯤 지났을 때였다. 법의학 교실 문이 열리더니 남자 두 명이 모습을 드러냈다. 짧은 스포츠머리와 긴 머리. 두 사람 다 표정이 험악해서 달갑게 이곳을 찾은 건 아님을 알 수 있다.

누군지 묻기도 전에 스포츠머리 남자가 먼저 경찰 수첩을 꺼내 보였다.

"오모리 경찰서 형사과의 호리우치입니다. 이쪽은 감찰의 겐모치 선생님이시고요."

호리우치가 소개한 긴 머리 남성은 고개도 한 번 까닥이지 않았다.

이 사람이 바로 부검 보고서에 이름을 올린 겐모치인가. 마코토는 눈앞의 남자를 유심히 관찰했다. 말쑥한 생김새지만 인상이 그리 좋지 않은 건 눈빛 탓이다. 처음 대면하는데도 상대를 깔보는 듯한 기운이 가득 담겨 있다. 물론 자신의 부정을 폭로하려는 사람들에게 싹싹하게 굴기는 힘들 것이다.

"사이타마 현경의 고테가와 형사님이 누굽니까?"

그러자 고테가와가 네, 하고 마지못해 손을 들었다.

"바로 조금 전 사망자의 집에 다녀온 참입니다."

"왜죠? 시신을 유족에게 인계하면 할 일 다 끝난 거 아닌가요? 그쪽에서 이번 건을 사고로 처리했다고 들었는데요."

"저희가 맡고 있던 로커에 있던 소지품들을 돌려주러 갔습니다. 간 김에 예의상 시신 앞에서 합장을 한 번 하고 가려 했는데…… 옆에 있던 아내 분이 묘하게 안절부절못하시더군요."

그 말에 마코토는 속으로 탄식했다. 경찰 앞에서 계속해서 시치미를 뗄 수는 없었을 것이다.

"아시다시피 저희는 사람의 거짓말을 꿰뚫어 보는 걸로 먹고 살지 않습니까. 관이 비었다는 걸 바로 눈치 챘죠. 그래서 부인을 추궁하니 사이타마 현경의 그쪽 이름을 대더군요. 자, 고테가와 형사님. 이게 대관절 무슨 상황인지 설명해 주시겠습니까?"

호리우치는 고테가와 앞으로 한 발짝 나아갔다. 말투도 그렇지만 행동까지 완전히 싸움을 거는 모양새다.

"다른 관할에서 일어난 사고인데 고개를 들이밀고, 하물며 시신을 다른 지역에 있는 의대까지 옮긴 이유가 대체 뭡니까? 사이타마 현경 관할에서 이번 일과 관련한 다른 사건이라도 일어났습니까? 아니, 설령 그렇더라도 오모리 쪽에 한마디 상의도 없이 이러는 건 규칙 위반 아닌가요?"

말만 들으면 야쿠자나 다름없다. 아까 고테가와가 설명했던 경찰의 관할 의식이라는 것도 그야말로 야쿠자와 비슷한 것 아닐까. 그러나 이런 말로 겁먹을 고테가와가 아니었다.

"오모리 서에서 화를 내는 건 이해가 갑니다. 근데 항의하러 오시는데 왜 감찰의를 동행한 겁니까?"

"그야 물론 나한테도 항의할 권리가 있어서지."

겐모치는 당연하다는 듯 툭 내뱉었다.

"도쿄 감찰의무원이 부검한 시신을 다시 지역 의대 법의학 교실로 옮긴다. 그런 행위가 무엇을 의미하는지 알고 있나? 이건 노골적으로 감찰의무원을 능멸하는 행위야."

겐모치는 서서히 시선을 고테가와에게서 마코토와 캐시 쪽으로 옮겼다.

"누구 지시인지 모르겠지만 이런 식으로 뒤를 캐서 뭘 하려는 건가?"

189

"부, 부검 허가는 사망자의 아내 분께 확실히 받았습니다."

무심코 마코토가 대답했지만 겐모치는 들은 척도 하지 않았다.

"유족의 승낙을 받았든 안 받았든 이런 행위가 감찰의무원에 대한 폭거라는 사실에는 변함없네. 우라와 의대는 감찰의무원의 직무 영역을 침범하려는 건가? 이번 일을 지시한 이가 대체 누구지?"

겐모치의 추궁에 마코토는 할 말을 잃었다. 시신을 검안하라고 지시한 사람은 미쓰자키지만 그가 부검까지 언급한 것은 아니다. 부검을 결정한 건 이곳에 있는 세 사람이다. 거기까지 떠올리자 순간 등골이 오싹해졌다. 현장에서 즉흥적으로 내린 판단이 아무도 모르는 사이에 우라와 의대와 도쿄 감찰의무원의 대립 구조를 만들어 버렸다. 게다가 당사자 세 사람에게는 아무 결정 권한도 없다. 이대로 일이 어긋나면 세 사람 때문에 우라와 의대 전체가 궁지에 몰릴 것이다. 어쩌지…….

그때 고테가와가 마코토 앞에 불쑥 나섰다.

"사망자의 부검을 제안한 건 접니다. 이 두 분은 제 부탁을 들어주셨을 뿐이고요."

"당신이? 현경 본부나 직속 상사의 지시도 없었는데?"

"제가 독자적으로 결정한 일입니다."

"이야. 아직 젊어 보이는데, 계급이 뭐지?"

"평형사입니다."

"그럼 순사부장 정도겠군. 그러면서 관할도 다른 건에 고개를 들이밀다니. 배짱도 두둑하군그래."

겐모치는 조소를 날렸다.

권위주의와 거만함. 마코토는 이런 남자가 미쓰자키와 같은 부검의라는 사실을 믿기 어려웠다. 마코토는 원래 폭력을 싫어해 지금껏 다른 사람 앞에서 손도 들어 본 적 없다. 그러나 이번 만큼은 겐모치의 얼굴에 주먹을 꽂아 주고 싶었다.

고테가와도 비슷한 심정인지 표정이 잔뜩 굳어 있다. 보아하니 두 주먹을 꾹 쥐고 있다. 마코토는 순간 당황했다. 이대로 고테가와가 겐모치에게 주먹을 날리면 기분은 조금 풀리겠지만 일이 더욱 걷잡을 수 없어질 것이다. 그러나 아슬아슬한 분위기를 감지했는지 이번에는 호리우치가 두 사람 사이에 끼어들었다.

"아직 오모리 서에서는 이번 건을 종결짓지 않았습니다. 수사 중인 사안입니다. 따라서 시신 관리와 처분에 대해서는 여전히 오모리 서에 권한이 있습니다."

고테가와의 표정이 미묘하게 변화했다. 겐모치와는 달리 호리우치 말에는 정당성이 있다.

"무슨 심산으로 벌인 일인지 모르겠지만 일이 더 커지기 전에 수습하는 게 좋을 겁니다. 이대로 시신을 유족 집으로 돌려보내십시오."

관할이 다르다고는 해도 같은 경찰관으로서 배려도 할 줄 안다. 관할 의식 같은 걸 떠나 맡은 일에 성실한 자일 것이다. 그러나 고테가와에게는 그의 성실함도 먹히지 않았다.

"거절하겠습니다."

"뭐라고요?"

"고작 순사부장이지만 적어도 제 판단에는 스스로 책임을 지고 싶습니다."

"지금 무게 잡을 땝니까?"

"옆에 계시는 감찰의 선생님이나 제대로 챙기십시오."

"무슨 말이죠?"

"저 시신에는 메스를 댄 흔적이 없습니다. 부검이 이뤄지지 않았다는 말입니다."

그 순간 호리우치의 안색이 변했다.

"무슨 말씀을."

"저뿐만이 아닙니다. 시신은 이곳에 계신 두 선생님도 검사하셨습니다. 구석구석 꼼꼼히 살폈지만 부검한 흔적을 발견하지 못했습니다."

호리우치는 캐시와 마코토를 봤다. 그리고 두 사람이 묵묵히 고개를 끄덕이는 모습을 확인하고 기겁하며 겐모치를 돌아봤다.

"겐모치 선생님. 이 세 분의 말이, 설마……."

면목 없어 하는 표정을 짓는 것도 찰나였다. 겐모치는 곧장 철면피를 두르고 태연하게 말했다.

"원래 보고서를 가끔 잘못 쓸 때가 있습니다. 호리우치 씨."

"자, 잘못 쓴다고요?"

"부검이 많은 날에는 하루에 여러 구를 합니다. 그중 한 건을 잘못 쓰는 건 허용 범위 안이고 또 이번 일은 아무리 봐도 펜스 충돌에 의한 사고사죠. 부검한다고 수사 방향이 크게 바뀔 건이 아닙니다."

다음 말을 잇지 못하는 호리우치를 보며 고테가와가 마코토 쪽으로 눈빛을 보냈다. 마코토는 바로 그의 의도를 눈치챘다.

"호리우치 형사님이라고 하셨나요? 잠깐만 이쪽으로 와 주시겠어요?"

마코토는 돌연 호리우치의 손목을 잡아끌고 부검실 쪽으로 갔다. 가다가 고개를 살짝 돌려 보니 뒤쫓으려는 겐모치를 고테가와가 저지하고 있었다.

부검실 안에 들어가자마자 마코토는 시신 보관고 중 하나를 열었다. 안에는 비닐에 싸인 마야마 신지의 시신이 있었다.

"이것 좀 보세요."

마코토는 비닐을 열어 호리우치에게 보였다. 호리우치는 반신반의하며 일단 손을 코 밑으로 가져갔다. 희끄무레한 조명 아래에서 마코토의 손가락이 시신의 머리 부분과 복부, 그리고 대퇴부로 움직인다. 호리우치의 눈은 마코토의 손가락 끝에 고정됐다.

"분명…… 봉합 흔적이…… 없군요."

직접 두 눈으로 확인하고 사실을 읊는다. 믿었던 사람에게 배신당한 표정으로 호리우치는 보관고에서 물러났다.

"선생님. 이 사실을 아는 분은?"

"저희 셋뿐이에요. 아내 분게도 아직 전달하지 않았어요."

"그렇습니까……."

호리우치는 순순히 고개를 숙이고 조금 전 온 길을 되돌아갔다. 아무래도 이번 사안을 보는 눈이 바뀐 모양이다. 마코토는 그를 따라갔다.

고테가와와 겐모치는 여전히 옥신각신하고 있었다. 호리우치는 겐모치를 향해 지금까지와 다른 투로 물었다.

"이게 어떻게 된 일입니까. 겐모치 선생님, 저분 말대로 시신에는 메스를 댄 흔적이 없습니다."

"아까도 말했죠? 이번 건은 처음부터 사인이 명명백백했다고요. 부검 목적은 사인 규명인데 그렇다면 굳이 수고를 들일 필요가 없는 건이라는 말입니다. 부검해서 사고사가 살인으로 바뀌기라도 한답니까?"

"그것과 이건 다른 이야깁니다. 정당한 절차를 밟았다고 할 수 없습니다."

"모든 절차에는 다소 융통성이 필요합니다. 그쪽도 그러지 않았습니까? 사망자에게는 자살할 동기가 없을 뿐더러 원한을 살 만한 요인도 없었다고요. 또 로커와 자택에서는 수면제 등 미심쩍은 약물이 나오지 않았고, 사고 발생 당시 모습을 수차례 다시 돌려 봐도 운전 조작 실수로밖에 생각할 수 없다고 하셨습니다. 이번 건은 어느 검시관이 봐도 사고사로 판단할 겁니다. 백 퍼센트 확실한 안건이라고요."

"하지만……."

"저희 감찰의들 입장도 좀 고려해 주셔야 합니다. 개업의로 바쁘게 일하면서도 행정해부에 참여하는 건 전적으로 범죄 수사에 협력하고 싶은 심정에서입니다. 협력은 강제 사항이 아니에요. 감찰의 제도는 원래 범죄 수사를 목적으로 하는 게 아니니까요. 그리고 솔직히 말해 시신 하나 부검하는 것보다 병원에서 환자 한 명 더 진찰하는 게 돈도 되고 세상을 위해서도 좋은일 아닙니까? 죽은 자한테 돈과 시간을 투자해 봐야 살아 돌아오는 것도 아니잖습니까?"

순간 마코토는 머리를 한 대 얻어맞은 듯한 충격에 휩싸였다. 의사로서, 그리고 인간으로서도 존경할 수 없는 이 남자의 입에서 나온 말은 법의학 교실에 막 옮겨 온 직후 자신이 입에 담은 말과 똑같았다. 죽은 자보다는 산 자, 부검보다는 치료. 그때는 그것이 당연하다고 믿었다. 그러나 그 말을 겐모치의 입에서 들으니 모든 게 이기적인 주장으로만 느껴졌다. 이 남자가바로 나 자신인 것이다.

"그게 아니면 호리우치 씨, 저를 고발하실 겁니까?"

"네?"

"너무 바쁜 탓에 사법해부 한 건에 미처 온 힘을 쏟지 못한저를 체포하시겠습니까? 모든 사인 규명을 감찰의무원에만 의존하는 당신들이 제게 비난의 화살을 돌릴 작정입니까?"

부정이 폭로됐는데도 겐모치는 묘하게 의기양양하다. 이상하게 느껴져 마코토가 주위를 둘러보자 캐시 한 명만이 냉랭한 얼굴로 팔짱을 끼고 겐모치를 노려보고 있다.

"이상하다고 생각합니까? 마코토."

"네."

"저 사람이 저렇게 정색하고 나설 수 있는 건 누구도 저 쉬트^{shit}한 의사를 벌할 수 없기 때문입니다."

그 말을 들은 겐모치가 만족스러운 듯 고개를 끄덕였다.

"저 남자가 행한 일 혹은 행하지 않은 일은 도쿄 감찰의무원 규정 제5조 '감찰의는 검안으로도 사인이 판명되지 않을 때는 부검해야 한다'라는 조항에 위반됩니다."

"그렇다면……."

"하지만 이건 처벌을 동반하는 규정이 아닙니다. 그리고 만약 저 사람을 허위 진단서 작성죄로 고발해도 관건은 오로지 허위 기재에만 한정됩니다. 따라서 부검하지 않았어도 실제 상황이 부검 보고서 내용과 일치하는 한 허위 기재를 주장하기는 곤란해집니다. 전에 호도가야에서 비슷한 사건이 일어났을 때도 검찰은 '부검 사실이 없었다고 단정할 수 없다'라며 혐의가 있던 감찰의를 불기소 처분했습니다."

옆에서 설명을 듣는 겐모치는 왠지 기뻐 보였다.

"잘 아시는군요. 보아하니 외국 분인 것 같은데 고명한 교수님이시겠죠? 성함이?"

"쉬트한 자에게 이름을 댈 생각은 없습니다."

"의사가 그토록 더러운 표현을 쓰셔야 되겠습니까."

겐모치가 그렇게 내뱉었을 때, 문을 열고 법의학 교실 주인이 귀환했다.

"아무리 그래도 부끄러움을 모르는 부검의보다 더럽겠나."

"미쓰자키 교수님!"

마코토는 자기도 모르게 소리쳤다. 지금껏 이토록 미쓰자키가 믿음직스럽게 느껴진 적이 없었다.

"쓸데없는 실랑이로 시간을 낭비할 생각은 없네. 지금 바로 부검실로 들어가지. 집도 준비는?"

캐시가 얼굴 가득 웃음을 띠었다.

"10분 안에 완료됩니다."

"늦어. 3분이다. 그리고 거기 서 있는 애송이와 정체불명의 경찰관."

호리우치가 어안이 벙벙한 표정으로 자신을 가리켰다.

"그래. 자네 말이야, 자네. 지금 바로 부검에 착수할 건데 그런 데서 멍하니 있어 봐야 뭐하겠나? 동석하게."

동석해 보겠느냐도 아니라 동석하라는 명령형이 그야말로 미쓰자키답다. 호리우치는 영문을 모르겠다는 표정으로 연신 고개만 끄덕였다.

단숨에 바뀐 분위기에 가장 놀란 사람은 겐모치였다.

"위, 월권행위다. 이건 아직 오모리 서 안건이라고."

"그 오모리 서 담당이 부검에 동석하네. 뭐가 월권행위지?"

"부검 보고서를 작성한 나 개인, 나아가서는 도쿄 감찰의무
원에 대한 모욕이다."

"흥. 쓰레기를 쓰레기 취급하는 게 모욕인가? 그보다 더 올
바른 취급법이 있나?"

"쓰, 쓰레기?"

"살아 있는 몸이든 죽은 몸이든 메스를 들어야 할 때 들지 않
는 의사는 의사가 아니야. 그저 의사 면허라는 종이 쪼가리를 지
녔을 뿐인 똥파리지."

상상을 초월하는 험한 표현에 겐모치는 그저 입을 뻐끔거리
기만 했다.

"자네 같은 인간 말종과 일 초도 같은 공간에 있고 싶지 않군.
잔말 말고 돌아가게. 벌레 소리 더 듣기 전에."

4

미쓰자키의 지시로 보관고 안에 있던 마야마의 시신이 3분
만에 부검대 위에 올랐다.

집도는 미쓰자키, 보조는 캐시와 마코토. 두 형사는 조금 떨어
진 곳에서 의식을 지켜봤다. 고테가와는 이미 이런 상황에 익숙하
지만 엉겁결에 동석하게 된 호리우치는 초조해하는 모양새였다.

"그럼 시작한다. 시신은 30대 남성. 정수리 부분에서 두개골 파손, 뇌수 노출이 확인됨. 몸 표면에는 찰과상과 타박상이 다수 존재. 뇌좌상 확률이 높지만 사인 특정을 위해 복부 절개를 실시한다. 메스."

미쓰자키는 건네받은 메스로 시신의 상반신을 Y자 절개한 다음 늑골 가위로 흉부를 열었다. 거침없는 손놀림에 호리우치는 눈을 크게 떴다. 요즘은 완전히 눈에 익어 버렸지만 미쓰자키의 집도 능력은 역시 아마추어도 대번에 알 만큼 탁월하다. 희뿌연 조명 아래에서 장기가 모습을 드러냈다. 미쓰자키는 하나하나를 유심히 살폈다.

"폐와 심장 표면에 손상 있음. 다른 장기들도 약간의 변형 있음. 손상 부위에 출혈 보임. 그러나 이는 충돌 당시 원심력으로 갈비뼈에 강한 충격이 가해졌기 때문으로 추정. 그 증거로 손상 부위가 갈비뼈 형태와 겹침. 또 각각의 손상이 깊지 않아 치명상에는 이르지 않았음. 따라서 장기 압박이 사인일 가능성은 낮음."

미쓰자키는 담담하게 설명했다.

여기까지는 겐모치가 작성한 부검 보고서와 크게 다를 바 없다. 보고서에 장기에 관한 언급은 전혀 없었지만 사인에 연관이 없는 한 손가락질할 수는 없다.

"다음으로 혈액 채취."

드디어 마코토 차례가 왔다. 마코토는 주사기로 혈액을 채취했다. 예전처럼 서투르지 않고 필요한 양을 잽싸게 채취했다.

시신을 상대하니 시간을 신경 쓸 필요가 없다고 생각하는 건 금물이다. 적어도 미쓰자키 보조로 옆에 서는 이상 모든 작업에 신속함이 요구된다. 기대에 부응하지 못하면 격노와 질타가 쏟아지니 자기도 모르게 움직이는 속도가 빨라졌다.

"혈액은 아직 유동성을 지니고 있음. 이는 장기 손상이 아닌 다른 사인으로 급사했음을 암시. 혈액 분석 시 약제 혼입 가능성에 유의할 것. 물론 그럴 가능성은 낮겠지만."

마지막 말이 마음에 걸렸다. 고테가와의 추리를 들었을 리 없는데도 미쓰자키는 약물 혼입 가능성을 부정하고 있다. 다시 말해 그 밖의 다른 요인을 이미 염두에 두고 있다고 생각할 수밖에 없다.

"개두 실시."

미쓰자키의 지시에 마코토는 시신의 머리 부분을 바라봤다. 정수리 부분이 파손된 탓에 형태가 일그러져 있다. 사인이 뇌좌상이라고 하면 수긍할 수밖에 없다.

"천공한다. 드릴."

"네."

두개골 일부가 부서진 상태라 드릴을 자칫 잘못 쓰면 머리 부분이 더욱 변형될 것이다. 그러나 미쓰자키는 주저하는 기색도 없이 천공을 실시했다.

"전동 톱."

미쓰자키는 손을 한 번도 쉬지 않는다. 대체 이 노구의 어느

곳에 이런 체력이 숨겨져 있는 걸까. 그는 현란하면서도 정확하게 움직이고 있다. 손가락 움직임이 그야말로 피아니스트의 연주를 방불케 한다. 물론 평소 입이 험해서 더 섬세해 보일 수도 있다.

파선을 따라 두개골을 절제해 간다. 소리가 아주 리드미컬해 눈을 감고 있으면 숙련된 목수가 건축재를 톱으로 써는 모습이 연상될 정도다. 문득 예술가라는 단어가 머리에 떠올랐다. 물론 인간의 삶과 죽음을 다루는 일을 예술에 빗대는 건 적절하지 않다고 비난 들을 수도 있다. 그러나 그것 말고는 이 아름다운 손놀림을 형용할 방법이 없다.

"욱."

작업 도중 바깥쪽에서 신음이 들렸다. 돌아보니 예상대로 호리우치가 입가를 감싸고 있었다.

"호리우치 씨, 역시 힘드시죠? 현장을 뛰는 형사들도 이런 건 좀처럼 보기가 어려우니."

"……그쪽은 괜찮습니까?"

"전 신경 쓰지 않으셔도 됩니다."

"괜찮습니다. 끝까지 지켜보겠습니다."

이윽고 두개골이 절단되고 골막이 제거됐다.

노출된 뇌는 불균형하게 찌그러져 있다. 미쓰자키는 손상 부위를 눈으로 쭉 훑었다.

"정수리 바깥쪽의 직접 손상으로 뇌가 광범위하게 으스러짐.

뇌간 쪽에 출혈이 보이지만 이는 대뇌동맥 천통지와 어긋나며 생긴 것으로 추정."

고테가와가 서둘러 옆에서 끼어들었다.

"미쓰자키 교수님. 그렇다면 사인은?"

"뇌좌상이다."

그 말에 고테가와는 어깨가 축 늘어졌다. 사인이 뇌좌상이라면 부검 보고서 내용과 일치한다. 모처럼 이런저런 위험을 무릅쓰고 부검에 착수했는데 이걸로는 보고서 확인 작업에 그치고 만다. 죽기 살기로 뛴 보람이 없다.

그러나 미쓰자키는 여기서 불현듯 예상치 못한 행동을 보였다.

"안저를 노출하겠다. 메스."

안저 노출?

마코토는 의아해하면서도 순순히 미쓰자키에게 메스를 건넸다.

미쓰자키의 메스는 우선 오른쪽 눈으로 향했다. 눈구멍을 따라 원을 그려 차츰차츰 안구를 노출시킨다. 그 뒤 결막을 제거하자 드디어 안구 전체가 드러났다. 미쓰자키는 손가락으로 안구를 쥐고 천천히 눈구멍에서 분리했다. 그대로 안저를 지그시 응시하더니 곧 납득한 듯 고개를 끄덕였다.

"흠. 역시 그렇군. 두 사람 다 망막을 확인하도록."

마코토와 캐시의 시선이 망막 쪽에 집중됐다.

망막은 유리체 안쪽을 덮고 있고 그 중심을 동맥이 지난다. 망막동맥이다. 유심히 보니 망막의 절반 이상이 변색해 있다. 사후 부패에 따른 것이라면 전체가 변색했을 텐데 일부에 머물러 있다.

"괴사다. 망막에 충분한 혈액이 공급되지 않아 일부가 괴사한 상태지. 이곳을 보도록."

미쓰자키가 메스로 망막 동맥을 가리켰다.

"혈관의 이 부분이 폐색돼 있다. 혈액 자체는 지나니 망막 세포가 즉시 전멸하는 건 아니지만 결핍으로 서서히 사멸해 간다."

"망막 동맥 폐색증……."

"마코토 선생. 그게 대체 무슨 병이지?"

"고테가와 형사님. 안구가 렌즈 비슷한 구조라는 걸 아세요?"

"들어 본 적 있는 얘기군. 하지만 자세한 것까지는 잘 몰라."

"망막은 안구 안쪽에 펼쳐진 막이에요. 동공으로 들어온 빛의 정보를 망막이라는 스크린에서 감지하죠. 그리고 망막 동맥 폐색증이라는 건 동맥 경화로 혈관이 좁아져 망막으로 향하는 혈류가 둔해지는 증상이에요. 그렇다면 이 망막이 괴사하면 어떻게 될까요?"

"스크린이 파손되는 거나 마찬가지니…… 제대로 상이 보이지 않겠군."

"맞아요. 망막 괴사로 시력을 급속도로 잃는 거죠."

"그럼 그 망막이 절반 이상 괴사했다는 건……."

"사망 당시 마야마 씨는 시력을 거의 잃은 상태였다는 말이 돼요."

미쓰자키는 메스로 망막 동맥 일부를 절제했다.

"샘플 채취 후 폐색 확인."

"네."

캐시가 스테인리스 트레이에 혈관을 올렸다.

"이게…… 대체 어떻게 된 겁니까?"

과정을 지켜보던 호리우치가 그제야 입을 열었다. 목소리가 잠겨 있다.

"어떻게 됐냐니. 보이는 그대로지. 이 남자는 펜스 충돌 직전이 아니라 시합 시작 전부터 이미 시력을 잃은 상태였네. 망막 괴사 정도로 추정컨대 아마 일상생활에도 문제가 있었겠지."

"그런 상태로 어떻게 시합에 참여했다는 말입니까? 경정 시합에는 안경이 허용되지 않으니 그런 상태로 무리하게 참가하면 사고가 일어날 수밖에 없습니다. 다 알고 있었을 텐데 왜……."

"알고 있었으니 참가했겠지."

미쓰자키가 나직이 중얼거렸다.

"20년 간 같은 길을 밟아 온 인간이 위험을 몰랐을 리 없어."

"자살이라는 뜻입니까?"

호리우치의 한마디로 자리의 분위기가 얼어붙었다.

"하, 하지만 마야마 신지에게는 자살할 동기가 없었습니다."

"시력을 잃은 경정 선수에게 자살 동기가 없다?"

이번에는 고테가와가 앗, 하고 소리쳤다.

"자격 조건! 떠올랐습니다!"

"형사님, 자격 조건이라뇨?"

"경정 선수는 3년에 한 번씩 등록을 갱신해야 해. 그때마다

204

의무로 건강 검진을 받아야 하는데, 양쪽 시력이 0.8 이상이 안
되면 실격으로 선수 등록이 말소된다더군."

순간 마야마 구미의 말이 떠올랐다.

—남편은 필사적이었습니다. 나에게는 보트밖에 없다, 보
트를 타고 있을 때만 사는 보람을 느낄 수 있다. 그런 말을
입버릇처럼 했죠.

"일정 기간 선수 생활을 이어 가지 않으면 퇴직금과 연금 액
수가 줄어들지. 하지만 마야마 신지 씨에게는 5천만 엔의 보험
금이 있었어."

선수 등록이 말소되면 자연히 은퇴할 수밖에 없다. 지금껏
보트만 타며 살아온 자에게 그것은 사형 선고나 마찬가지다. 게
다가 그 뒤로 오랫동안 시력을 잃은 채 살아가야 하고, 얼마 안
되는 퇴직금으로 근근이 연명할 수밖에 없다. 그러나 만약 시합
중 사고로 사망한다면.

마야마 신지라는 사람은 죽을 때까지 경정 선수로 남을 수 있
다. 관계자들 머릿속에도 그의 이름이 깊숙이 새겨질 것이다. 그
리고 아내와 자식에게는 5천만 엔이라는 유산도 남길 수 있다.

"망막이 빈혈 상태에서 버틸 수 있는 건 고작 한 시간 정도고
그게 지나면 고도의 시력 장해를 일으키네. 하지만 망막 동맥 폐
색증은 전조 증상이 두통밖에 없어서 어느 날 갑자기 시력이 떨어

졌다는 걸 느끼게 되지. 본인도 아마 안과에서 진찰받았을 거야."

"하지만 교수님, 병력에 안과 관련 질환은 없었습니다."

"직업상 안과 질환이 있다는 사실이 알려지면 큰일이니까. 조사해 보도록. 친척 혹은 가까운 지인 중에 증언해 줄 안과의가 나올걸."

"하지만 증거가 없습니다."

호리우치는 탄식 섞어 말했다.

"분명 그게 동기가 될 수는 있겠죠. 그러나 충돌 직전 마야마 선수가 의도적으로 핸들을 조작했는지, 아니면 시력 상실로 조작 실수를 범했는지는 판단할 수 없습니다. 자살했다는 입증이 불가능합니다."

"그렇겠지."

미쓰자키는 아무렇지 않게 대답했다.

"그렇겠지, 라뇨……."

"이런 상황에 자살인지 사고사인지는 어디까지나 가능성 언급에 그칠 수밖에 없어. 진실은 오직 본인만 알지."

"그래서는 사인 규명이……."

"사인은 뇌좌상. 검안서에 적을 수 있는 건 그뿐일세. 나머지는 부검의의 직무 범위를 벗어나지. 하지만 결론이 나오지 않는다면 재량 영역이 발생하기도 해."

"재량요?"

"오모리 경찰서라는 곳에는 한량들만 모여 있나?"

"아뇨, 그런 건 아닙니다."

"사고사 인정으로 얻는 것과 잃는 것. 그리고 반대로 자살 인정으로 얻는 것과 잃는 것이 있을 거야. 유족을 향한 배려라는 건 재량 범위 아닌가?"

다시 말해 유족을 배려한 판단을 내리라는 암시였다. 생각지도 못한 미쓰자키의 도량에 마코토는 감탄했지만 그러다가 중요한 사실을 떠올렸다.

"교수님. 이번 건으로 도쿄 감찰의무원과 마찰이 생기지 않을까요?"

"여기 오기 전에 이미 들렀다 왔네."

"네?"

"그곳 의무원장과는 대학 동기야. 마찰은커녕 오히려 감사하다더군."

교실을 비운 이유가 그거였나.

"감사하는 한편 자신의 직무를 소홀히 한 감찰의에게 격노하더군. 오래전부터 그 의무원장은 자신보다 타인에게 엄격했어. 그러니 어떤 분부가 있겠지. 인간의 모든 일을 반드시 법률로만 판가름하지는 않으니."

그 말을 끝으로 미쓰자키는 절개 부위 봉합을 시작했다. 등 뒤로 더 이상의 대화를 거절하겠다는 듯한 살벌한 기운을 뿜어내고 있다.

호리우치는 이맛살을 찌푸렸다.

부검을 마치고 도구를 세척하러 가는 마코토를 누군가가 불러 세웠다.

"쓰가노 군."

돌아보자 눈앞에 쓰쿠바 교수가 서 있었다.

쓰쿠바 기미토. 내과 담당 교수인 동시에 임상 연수장도 겸하고 있다. 미쓰자키와 동년배지만 이쪽은 훨씬 기품과 사교성을 갖췄다. 적어도 처음 대면하는 사람에게 거친 말을 내뱉지는 않는다.

"안녕하세요."

"법의학 교실에는 좀 익숙해졌나?"

"아직 갈 길이 먼 것 같습니다. 매번 새로운 사안들에 맞닥뜨려서요."

"경험치를 높이려면 그게 좋아. 그리고 미쓰자키의 뛰어난 집도 기술은 연수의로서 아주 좋은 표본이 될 테고."

너무 뛰어난 탓에 표본으로 삼을 수 없을 정도다. 마코토는 그렇게 생각했지만 입 밖에는 내지 않았다.

"힘든 건 없나?"

"네?"

"알다시피 천상천하 유아독존이 가운을 두르고 있는 듯한 남자니까. 쓰가노 군에게 폐를 끼치고 있지는 않나 싶어서."

"폐라뇨. 가끔 어떻게 대처해야 좋을지 모를 때가 있기는 하지만 요새는 익숙해졌어요. 이제는 그냥 어쩔 수 없다고 단념하고……."

"하하. 미쓰자키에게 익숙해졌다면 세상 무서울 게 없겠군."

쓰쿠바는 쾌활하게 웃어 보였다. 밝은 모습이 미쓰자키와는 대조적이다. 그러다가 쓰쿠바는 불현듯 얼굴에 그늘을 만들었다.

"그나저나 보고를 하나 받았는데…… 요즘 미쓰자키의 부검 횟수가 전보다 많이 늘었다더군."

"아, 네……."

"심지어 검시관과 감찰의가 이미 보고를 마친 사안까지 옆에서 가로채는 것처럼 손을 뻗고 있다던데. 일부에서는 그 수법이 너무 거칠어서 거의 범죄나 마찬가지라는 소리도 들려오네."

"그런가요."

"혹시 왜 그러는지 짐작이 가나?"

"아뇨. 모르겠습니다. 다만 사이타마 현경의 형사님이 미쓰자키 교수님 지시로 병력 있는 사망자를 추려서 가져온다고 하던데요."

"병력 말인가. 점점 더 알쏭달쏭하군."

쓰쿠바는 곤혹스러운 표정으로 생각에 잠겼다.

"기우에 그치면 좋으련만."

"네?"

"학내에 좋지 않은 움직임이 보이거든."

쓰쿠바의 목소리가 점차 작아졌다.

"실력을 떠나 성격이 그러니 적이 많지. 거기에 독단적인 부검 사례들이 늘어나면 그 이상 좋은 공격 재료가 없으니."

"저, 무슨 말씀이신지……."

"무리하게, 게다가 예산도 고려하지 않고 무작정 부검 실적만 늘리는 게 아닌가 생각하는 자들도 있다는 소리일세. 법의학회에서의 지위를 유지하려고 부검 실적에 급급한 게 아닌가 하고 말이지."

법의학회에서의 지위. 미쓰자키는 분명 그곳에 이사로 등재돼 있다. 그러나 마코토는 왠지 와 닿지 않았다. 둘이 얼굴 맞대고 그런 이야기를 나눠 본 적은 없다. 그러나 미쓰자키 교수만큼 명예와 지위에 연연하지 않는 사람도 드물지 않을까.

"요즘 대학들은 연구실 예산을 어떻게든 깎으려고 혈안이야. 그런데 법의학 교실만은 아랑곳없이 예산을 펑펑 쓰고 있지. 그의 행동은 관계자들 의심을 사기에 충분해."

"의심이라뇨. 그렇다면……."

"모난 돌은 정 맞는다지만 너무 단단하면 정이 듣지 않지. 하지만 계속해서 눈엣가시 취급은 받을 걸세. 이대로 미쓰자키의 폭주가 이어진다면 조만간 어떻게든 그를 끌어내리려는 인간이 나오지 않을까 싶어."

그러더니 쓰쿠바는 짧게 탄식했다.

"쓰가노 군, 난 요즘 들어 그가 걱정돼서 밤잠도 못 이루겠네."

어머니와 딸

1

가시와기 유코의 집을 찾아가자 평소처럼 유코의 어머니 스미레가 현관에 모습을 드러냈다.

"어머, 마코토. 오랜만이구나."

"요즘 바빠서 통 못 찾아뵀네요. 유코는 집에 있나요?"

"응, 안에 있단다. 들어오렴."

문턱에 올라서며 마코토는 스스로도 의례적이라고 생각했다. 자택 요양 중이라고 해도 유코는 외출할 만한 몸 상태가 아니다. 그럼에도 집에 있는지를 물은 건 역시 속이 빤히 들여다보이는 질문이었다. 평범한 의사와 환자 사이면 몰라도 오래된 친구 사이라면 더욱 눈에 도드라진다.

"상태는 좀 어떤가요?"

"매일 운동을 열심히 해서 전보다는 훨씬 좋아진 것 같아."

스미레는 기쁜 표정으로 보고했다.

하지만 예전부터 스미레 얼굴을 봐 온 마코토는 그 말을 순순히 받아들일 수 없었다. 왠지 그녀의 얼굴이 야윈 것처럼 보여서다.

스미레는 원래 둥그스름하고 복스러운 인상이었다. 그러나 지금은 눈에 띄게 볼이 움푹 파였고 입술도 바싹 말라 있다. 마코토는 비슷한 얼굴을 병원에서 자주 봤다. 병간호에 지친 사람의 전형적인 얼굴이다.

긴 복도를 지나 안쪽 방에 도착했다. 유코의 방이다. 문을 열자 침대 위에 누운 유코의 모습이 곧장 눈에 들어왔다.

"아, 마코토. 오랜만이야."

유코는 고개만 돌려 웃어 보였다. 어머니보다는 얼굴이 야위지 않은 것 같아 다행이었다.

"응, 오랜만이야. 건강해 보여서 다행이네."

"이런 몰골로 건강하다니. 말도 안 돼."

유코는 침대를 가리키며 자조 섞어 말했다.

"근데 이러고 있으면 꼭 만화 속에 나오는 병약한 미소녀 같지 않니?"

"의사 입장에서 말하자면 소녀라고 하기에는 나이가 좀……."

"시끄러워."

그러더니 유코는 작게 콜록거렸다. 가래를 배출하려고 반복해서 나오는 기침이다. 마코토는 잠시 유코를 지켜봤다. 기침을 너무 많이 해서 목에 통증이 느껴지기 전에 말릴 생각이었다.

유코는 폐렴을 앓고 있었다.

가시와기 유코가 우라와 의대 내과에 외래 환자로 찾아온 건 작년 무렵이었다. 당시 내과에서 연수 중이던 마코토는 생각지도 못한 장소에서 고등학교 반 친구와 재회하게 되어 놀랐지만, 상대가 환자라면 기쁨이 절반으로 줄게 마련이다.

오랫동안 이어진 기침과 발열, 그리고 호흡곤란. 그녀를 담당한 쓰쿠바는 미코플라스마 감염에 의한 폐렴으로 진단했다. 미코플라스마 병원체에는 대표적 항생물질인 페니실린이 듣지 않는다. 게다가 평범한 객담 검사로는 미코플라스마를 직접 확인할 수 없는 탓에 발견이 늦어져 병세가 심해지는 경우가 있다. 유코가 정확히 그런 사례였다.

흉부 엑스레이 검사에서는 폐 옆면의 3분의 2 이상에 음영이 보였고 백혈구 수치도 4000/μ 이상인 중증 상태라 유코는 장기 치료를 시작할 수밖에 없었다. 다만 장기 치료라고 해도 반드시 입원이 필요한 것은 아니다. 정기적인 항생물질 투여와 안정된 상황이라면 자택 요양으로도 치료를 이어 갈 수 있다.

유코의 부탁으로 마코토는 쓰쿠바의 보조로 유코를 맡게 됐다. 유코와는 고등학교 3년 동안 같은 반이었고 말도 잘 통했다. 서로의 집에서 하룻밤 묵은 적도 한두 번이 아니다. 평범한 환자로 받아들이기에는 너무 마음이 쓰였다. 따라서 유코가 자택 요양에 들어간 뒤로도 종종 집을 찾아가 병세를 확인하는 게 일상이 되었다.

"지금도 마른기침이 자주 나와?"

"응. 해가 떠 있는 동안에는 괜찮다가 자기 전만 되면 좀⋯⋯."

"약은 잘 먹고 있고?"

"당연하지. 시키는 대로 잘하고 있어. 근데 이 약은 아이들이 먹는 거라며?"

"성인한테도 들어."

"그래? 쓰쿠바 선생님이나 병원을 딱히 의심하는 건 아닌데, 별로 상태가 나아지는 것 같지 않아서⋯⋯."

"하지만 나빠지지도 않았잖아."

"그야 그렇지만."

"균을 더 이상 증식시키지 않는 효과도 있으니까. 선생님을 믿어도 돼."

유코에게는 그렇게 설명했지만 마코토는 속으로 몇 가지 불안 요인을 떠올렸다.

우선 첫째로 미코플라스마의 내성이다. 미코플라스마도 균이라는 생명체인 이상 시간이 지날수록 항생물질에 내성을 지닌다. 이를테면 기존의 미코플라스마 균에는 매크롤라이드계 항생물질이 효과를 발휘했지만 요즘은 미코플라스마 균이 유전자 변형을 일으켜 이 항생제에 내성을 지니게 돼버렸다. 만약 유코의 체내에 있는 균에 이런 내성이 있다면 당연히 항생제 효과도 기대할 수 없다.

둘째는 경구약이라 흡수도에 개인차가 있다는 점이다. 똑같은 투여량과 혈중 농도라도 흡수도에 따라 효과는 크게 달라진다.

셋째는 체력에서 비롯하는 문제다. 항생제도 약제인 이상 어떤 식으로든 부작용이 나타날 수 있다. 환자의 면역력이 괜찮은 상태라면 무시할 수준의 부작용도 체력이 떨어진 상태에서는 치명적일 수 있다. 경구약을 지속적으로 투여해 미코플라스마 균을 억제할 수는 있어도, 한편으로는 환자의 체력을 점차 갉아먹을 가능성이 있다.

그러나 그것들을 유코에게 직접 털어놓을 수는 없다. 입원 단계에서 사전 동의는 받았지만 항생제에 대한 자세한 설명까지는 하지 않았다. 지금 유코에게 투여하는 건 가레녹사신인데, 이 역시 성인 미코플라스마에 대한 효과가 입증된 지 얼마 되지 않아 부작용 면에서 아직 미지의 영역이 남아 있다.

"안정도 중요하지만 운동도 적당량 해야 해."

"그게 참 힘들어."

유코는 두 무릎 언저리를 톡톡 두드렸다.

"엄마가 잘 나가게 해 주지 않거든. 잔소리도 심하고."

때마침 스미레가 손에 쟁반을 들고 들어왔다.

"당연하지. 미코플라스마 균은 동물에 기생하잖니. 돌아다니다가 또 균을 달고 들어오면 어떡할래? 적당한 운동이라면 집에서도 충분히 가능하고."

스미레가 나직이 입을 열자 유코는 대번에 입을 다물었다. 고등학교 시절과 달라지지 않은 광경에 마코토는 왠지 안도감을 느꼈다.

"똑같네."

마코토는 쓴웃음을 지으며 말했다.

"유코는 어머니가 안 계시면 여전히 아무것도 못하는구나."

"뭐 어때. 결혼해서 나갈 때까지는 잔뜩 신세 질 거야. 이게 내 나름의 효도라고."

"또 이상한 소리 한다."

스미레는 미간에 주름을 만들며 딸을 나무랐다.

"간병뿐만 아니라 이미 몇 십 년 신세를 지고 있잖니. 얼른 좋은 남자 만나서 나가렴. 엄마도 혼자만의 시간이 필요하단다."

독설 섞인 대답도 예전 그대로다. 마코토는 절로 나오는 미소를 감추고 유코에게 질문을 이어 갔다. 대략 문진을 마치자 스미레가 마코토를 다른 방으로 데려갔다. 유코의 방 반대편에 위치한 현관 근처 방이다.

"이곳이면 유코한테 안 들릴 테니."

스미레는 소리 죽여 말했다.

"저 아이 몸 상태가 실제로는 어떠니? 솔직히 말해 주렴."

마코토는 대답을 망설였다. 조금 전 떠올린 불안 요소는 하루 이틀로 해결될 문제가 아니다. 본심을 말하자면 자택 요양이 아니라 병원에 입원하는 게 치료 환경도 좋고 예측하지 못한 사태에 대비하기 쉽다.

그러나 가시와기 집안의 경제 상황으로는 불가능하다. 검사만 받는다고 해도 입원하면 돈이 든다. 요양을 겸한 장기 입원이라면 더욱 그렇다. 편모 가정인 가시와기 집안은 그리 넉넉하지 않고, 또 우라와 의대에서도 평소 입원실이 꽉꽉 들어차는 상황이라 웬만하면 장기 입원 환자를 받지 않으려고 한다.

이럴 때 유일한 퇴로는 자기 자신을 악인으로 만드는 것이다.

"죄송해요, 아주머니. 저는 아직 연수의 신분이라 책임 있는 대답을 할 수 없어요."

"네게 책임을 물을 요량으로 묻는 건 아니란다. 어떡하면 유코가 하루빨리 나을 수 있는지 알고 싶을 뿐이지."

"아주머니 마음은 이해해요. 저도 다른 치료 방법이 없는지 해외 문헌을 뒤져 보고 있어요. 하지만 미코플라스마 균에는 아직 특효약이 없어서……."

세균은 생물이라 변이하고 진화한다. 예전에 마코토가 한 설명을 떠올렸는지 스미레는 의기소침해져 입을 다물었다.

"아주머니 눈으로 보면 유코의 상태가 어때 보이나요? 정작 본인은 괜찮다고 할 때가 많아서요."

"기침만이 아니라 몸 전체가 노곤하다는 날이 많더구나. 외출도 내가 말리는 게 아니라 실제로는 저 아이가 하고 싶어 하지 않을 때가 많고. 아주 조금 걷는 것만으로도 숨이 찬다고…….”

“감기 같은 건 걸린 적 없죠?”

“밖에 잘 나가지 않으니 바이러스도 들어올 일이 없겠지만…… 그보다는 기침이 끊이지 않아서 걱정이지.”

유코의 체력은 확실히 떨어지고 있다. 상반신을 일으킬 때 두 손을 썼다는 게 그 증거다. 그리고 체력 저하는 그대로 면역력 저하로 이어진다.

마음에 걸리는 게 하나 더 있다. 어머니인 스미레가 점점 야위어 간다는 사실이다. 편모 가정에 대한 공적 지원이 전보다 나아졌다고 하지만 그래도 자식이 성인이 되면 지원이 뚝 끊긴다. 유코는 따로 직업이 없으니 자택 요양을 하면 스미레가 혼자 생활비를 벌면서 간호까지 맡아야 한다.

그리고 환자를 간호해야 한다는 점을 고려하면 하루 종일 일할 수도 없어서 어떻게든 파트타임 일을 찾아야 한다. 스미레는 근처 슈퍼마켓과 소고기덮밥 가게에서 심야 시간에 일한다고 했다. 그러나 파트타임 월급만으로 두 사람의 생활비와 치료비까지 감당해야 하니 가계 사정이 버겁고 체력적으로도 힘들 것이다. 스미레가 야위어 가는 것은 오히려 당연하다고 할 수 있다.

“저, 아주머니는 괜찮으세요? 힘이 없어 보이시는데.”

“난 괜찮단다.”

그렇게 말하고 스미레는 허리를 쭉 폈다.

"파트타임 일을 두 개나 하면서 유코를 돌보고 계시잖아요. 적어도 일주일에 이틀은 쉬셔야 해요."

쓸데없는 참견으로 들릴 수 있겠지만 저도 모르게 입 밖에 내고 말았다.

"이래 봬도 튼튼하거든. 이틀이나 쉬어서 어떻게 먹고 살겠니. 하루 쉬면 충분해."

"식사는 세 끼 다 챙겨 드시고 계세요? 수면 시간은요?"

"어머, 어머. 오늘은 꼭 나를 진찰하러 온 것 같네."

"진심으로 하는 이야기예요. 환자를 간호하다가 본인이 지쳐서 쓰러지는 가족들이 꽤 있어요. 몸을 잘 살피셔야 해요."

겉치레로 하는 말이 아니었다.

학창 시절부터 스미레가 유코에게 쏟는 애정은 가끔 감탄스러울 정도였다. 다섯 살 때 남편과 사별한 뒤로 쭉 둘이서만 살았다고 한다. 모녀가 서로를 강하게 의지하고 있다. 그래서 더욱 걱정됐다. 스미레는 조금만 방심해도 정말로 지쳐 쓰러질 것이다. 보통 사람이라면 어느 정도 자기 자신을 돌봐 가며 딸을 간호할 텐데, 그런 면에서 스미레는 자제심이 없기 때문이다. 그렇게 되면 모녀가 서로를 간병하는 웃지 못할 상황이 벌어지고 말 거다.

그러나 마코토의 염려를 아는지 모르는지 스미레는 태연하게 말했다.

"나라도 열심히 살아야지."

"아주머니."

"저 아이는 남편이 남기고 간 마지막 선물이야. 무슨 일이 있어도 지켜낼 거란다. 딸을 지키지 못하면 저 세상에 있는 남편을 볼 낯이 없어."

"하지만…… 지금도 충분히 무리하고 계세요. 조금 더 어머니 자신을 소중하게 여기셔야 해요."

"자신을 소중하게라……."

스미레는 힘없이 웃어 보였다.

"그런데 말이야, 자신보다 소중한 존재가 있다는 건 행복한 거야. 그런 존재를 지키는 것도 포함해서."

항생제가 아직 남아 있는 것을 확인하고 마코토는 가시와기 유코의 집을 뒤로했다.

학교로 돌아가는 동안에도 자신의 무기력함에 화가 치밀었다. 연수의라는 신분이 한심하게만 느껴졌다. 같은 반 친구라는 사정을 떠나 저 모녀에게 힘이 되어 주고 싶다. 그러나 현실에서는 이렇게 가끔 몸 상태를 보러 가는 게 고작이고 최첨단 치료 같은 건 해 줄 수 없다. 물론 욕심일 수 있지만 모녀를 보고 있으면 현 의료 제도의 한계가 느껴져 안타까웠다.

절치부심이라는 건 바로 이런 상황을 뜻하리라. 마음만 앞서고 현실이 뒤따라 주지 않는다. 계속해서 헛도는 톱니바퀴를 지켜보면서 손톱을 깨물고 있을 수밖에 없다.

그로부터 사흘 뒤 유코는 우라와 의대로 긴급 후송됐다. 오후에 예정된 부검을 준비하던 마코토에게 스미레가 전화를 걸어왔다.

"유코 상태가 갑자기……."

"네? 무슨 일이에요? 구체적으로 말씀해 주세요!"

"화장실에서 나오자마자 쓰러져서……."

마코토는 곧장 유코 집에 구급차를 보냈다. 유코는 응급실에 실려 와 담당의의 진찰을 받았다. 마침 그 자리에 쓰쿠바가 있었던 게 그야말로 행운이었다.

지금은 법의학 교실에서 근무하는 연수의지만 가만히 지켜보고 있을 수는 없었다. 미쓰자키가 자리에 없어서 마코토는 캐시 조교수의 허가를 받기로 했다.

"그 환자는 마코토의 베스트 프렌드죠?"

공과 사를 구분해야 한다는 지적은 이미 각오하고 있었다.

"친한 친구예요."

"친한 친구를 다른 환자와 똑같이 대할 수 있겠습니까? 냉정함을 잃지 않을 자신이 있습니까?"

실제로는 아니더라도 지금은 그럴 수 있다고 해야 한다. 마코토는 당당히 대답했다.

"물론이에요."

"그럼 교수님께는 제가 보고하겠습니다. 가서 최선을 다해 봐요, 마코토."

그 길로 마코토는 법의학 교실을 뛰쳐나갔다.

내과 병동에는 오랜만에 발을 들이지만 감상에 젖을 시간도 없이 마코토는 곧장 유코가 후송된 병실로 뛰어갔다.

병실에는 이미 쓰쿠바와 담당 스태프들이 유코를 둘러싸고 있었다. 스태프들 사이로 유코 얼굴이 보였다. 안색이 창백하고 숨소리가 이상하리만큼 거칠다. 들숨보다 날숨이 많아 호흡곤란 상태임을 알 수 있었다. 다가가서 손을 꼭 잡아 주고 싶다. 그러나 직업의식이 충동을 억눌렀다.

"쓰쿠바 교수님!"

"이야기는 이미 들었네. 지금 당장 보조로 날 도와주게."

거절할 이유가 없었다. 마코토는 바로 계측 기기에 표시된 숫자를 읽었다. 그리고 경악했다. 혈압은 89/50mmHg, 맥박 72/min, SpO2(혈중 산소 포화도)는 87퍼센트를 나타내고 있다. 매우 심각한 수준은 아니지만 평범한 숫자라고는 할 수 없다.

"저산소증 징후가 보입니다!"

마코토에게 호응하듯 다른 스태프도 목소리를 높였다.

"백혈구, CRP(C반응성 단백질), BUN(혈액 요소 질소), Cre(크레아틴) 모두 상승."

"호흡곤란은 과다 호흡 증후군일 가능성이 높다. 인공호흡기 준비."

"네."

"그리고 디아제팜 링거 준비. 정맥 주사 중 혈압 저하에 주의."

쓰쿠바의 지시에 묵묵히 따르면서도 한편으로는 혼란스러웠다. 이렇게 갑자기 안 좋아진 이유가 대체 뭘까. 폐렴 증상이 며칠 만에 악화하는 경우는 가끔 있다. 그러나 하필이면 그 대상이 왜 유코란 말인가.

인공호흡기와 수액을 놓고 일단 응급처치를 끝냈다. 이제는 환자 상태를 주시하며 치료를 해 나가야 한다. 병실에서 나가자 스미레가 복도에 우두커니 서 있었다. 안색이 창백해 당장에라도 쓰러질 것 같은 모습이다.

"아주머니!"

마코토가 달려가자 스미레의 몸이 한 번 휘청했다.

마코토는 순간적으로 그녀의 몸을 떠받치고는 소스라치게 놀랐다. 몸이 꼭 종잇조각처럼 가벼웠다.

근처 벤치에 앉히자 스미레는 숨을 가쁘게 쉬면서 입을 열었다.

"어젯밤까지는 아무 일 없었어. 그런데 오늘 아침 화장실에서 나오자마자 갑자기 쓰러지더니…… 머리가 아프다는 말만 반복하지 않겠니. 그래서 곧장 네게 전화를……."

유코의 상태가 갑자기 나빠진 것도 그렇지만 스미레가 마음에 걸렸다. 줄곧 유코 옆에 있었다며 안심시키고 그녀를 휴게실로 데려갔다.

오한이 등줄기를 타고 흘렀다. 이제는 그만하라며 소리치고 싶어졌다. 불길한 예감이 머리를 스쳤다. 꼭 병실 앞에 저승사자가 와 있는 듯한 불안감. 그저 기분 탓으로 받아들이고 싶었지만 의사인 자신이 그런 것을 신경 쓴다는 사실 자체에 화가 났다.

유코가 죽을 리 없다. 가슴속으로 여러 번 되뇌었다. 시시콜콜한 잡담을 나누며 웃음을 터뜨렸고 가끔은 진지하게 서로의 미래에 대한 고민을 들어주기도 했다. 가족 앞에서는 할 수 없는 이야기도 유코 앞에서는 털어놓을 수 있었다. 그런 유코가 이렇게 젊은 나이에 죽을 수는 없다. 분명 뭔가 잘못됐다. 이것이 현실일 리 없다.

의사로서 판단력을 잃지 않았지만 친구로서 동요하고 있다. 치료 시기를 놓친 미코플라스마 감염이 위험하다는 것을 알고 있으면서도 친한 친구에게는 적용하지 못하는 모순을 범하고 있다. 그래도 진심으로 염원했다. 유코가 죽어서는 안 된다. 유코가 죽는다면 스미레는 어떻게 될까? 너무도 큰 슬픔에 목숨을 끊어 버릴지 모른다. 돌아와. 부디 혈압도 맥박도 정상으로 돌아와 줘. 부탁이야!

마코토는 마음을 가누지 못하며 하릴없이 병실과 휴게실을 왔다 갔다 했다. 몸을 움직여 불안을 감추려고 했다. 그리고 수액을 개시하고 한 시간 뒤 유코의 상태가 다시 급변했다. 인공호흡기를 낀 상태에서 호흡곤란이 일어났고 혈압이 내려갔다.

오후 3시 30분, 심폐 정지. 쓰쿠바와 스태프들이 모여 심폐소생을 실시했지만 심장은 부활의 전조를 보이지 않았다. 그로부터 다섯 시간 뒤, 유코의 사망이 최종 확인됐다.

마코토는 스미레에게 딸의 임종을 전하는 역할을 도무지 맡을 자신이 없어서 쓰쿠바에게 대신 부탁했다. 사망 확인 시각을 알리자 스미레는 유령처럼 넋이 나간 얼굴로 병실로 들어갔다고 한다. 지금 병실 안에서 모녀가 침묵의 대면을 하고 있는 중이다.

한편 마코토는 휴게실 벤치에 앉아 고개를 떨구고 있었다. 유코 곁을 지켜 주고 싶었지만 가족이 아닌 사람이 병실에 들어가 있기란 역시 마음에 걸린다. 아니, 그건 변명에 불과하다. 견디기 힘들었다. 친한 친구의 죽음을 다시 확인하는 것이 참을 수 없을 만큼 두려웠다.

스스로 생각해도 우스꽝스러웠다. 지금껏 연수의를 하며 수십 명의 죽음을 옆에서 보아 왔지만 그 대상이 지인이 되는 순간 당황하고 깜짝 놀라며 어린애처럼 겁먹는다. 사망을 확인하고 시간이 조금 흘렀는데도 아직 마음이 정리되지 않았다. 의사로서의 자신과 친구로서의 자신이 가슴속에서 서로 대립하고 주도권을 빼앗으려 하고 있다. 스미레와 병원 관계자들 앞에서 울음을 터뜨리는 추태만은 보이고 싶지 않았다. 혼자 남은 지금이야말로 남의 눈을 신경 쓰지 않고 울 수 있는 시간이다.

"여기 있었나."

불현듯 머리 위에서 목소리가 들렸다. 고개를 드니 고테가와 가 앞에 서 있다.

"미쓰자키 교수님이 부르던데."

무심코 시끄러워, 하고 소리칠 뻔했다. 이제야 조금 울어 보

225

려고 했는데 왜 하필이면……. 눈앞에 고테가와의 바지가 있다. 마코토는 저도 모르게 그곳에 얼굴을 갖다 댔다.

"마, 마코토 선생?"

"움직이지 말아 주세요!"

그 뒷말은 이어지지 않았다.

눈물샘이 단숨에 터졌다. 오열하며 그간 속에 쌓여 있던 것을 전부 토해 낸다. 순식간에 고테가와의 바지가 흠뻑 젖었지만 그는 미동도 하지 않았다.

오열이 잠시 잦아들자 눈앞에 손수건이 놓였다.

"……뭐예요, 이건."

"보면 모르나? 손수건이라는 물건이지."

주름이 잔뜩 져서 쭈글쭈글한 손수건이었지만 상관없었다. 마코토는 낚아채듯 손수건을 빼앗아 얼굴을 덮었다. 분명 보기 흉한 모습일 것이다. 그래도 눈물을 닦자 기분이 조금 가라앉았다.

"이유는 안 물으세요?"

"대략적인 건 캐시 교수님께 들었어."

"프로 의식이 없어 보이죠?"

"그런 걸 따질 상황이 아닌 것 같은데."

"……혹시 친분 있는 사람을 사건으로 떠나보낸 적 있으세요?"

"친분이라……. 어떤 연쇄 살인 사건 수사 중에 아홉 살짜리 남자아이와 알게 됐는데, 살인마의 다음 대상이 바로 그 아이였어. 그때 내가 받은 충격은 지금 마코토 선생을 뛰어넘을 거야."

"곧장 직무에 다시 복귀하셨어요?"

"내가 그 아이에게 해 줄 거라고는 그거밖에 없었거든."

감정을 억제한 목소리. 평소의 고테가와가 아니었다.

"범인을 체포하는 것. 그것이야말로 내가 그 아이에게 해 줄 수 있는 유일한 일이라고 믿었어. 터무니없는 물물교환이지. 상대가 죽은 뒤에야 직업적 권력을 행사할 수 있다니."

의사는 어떨까. 친구의 병을 깨닫고 적절한 치료를 행한다. 그 역시 고테가와가 말하는 직업적 권력이다. 그러나 그 환자가 죽어 버리면 지금껏 실시한 검사와 치료가 모두 물거품으로 돌아간다. 한 사람의 죽음 앞에서는 형사나 의사나 전부 무력한 걸까. 그렇다면 지금껏 대학에서 배운 지식들은 도대체 뭐였을까. 마코토는 자신이 한심하게 느껴져 그 뒤로도 한동안 몸을 일으키지 못했다.

지금 가장 힘든 사람은 내가 아니다. 그렇게 생각하며 마코토는 병실로 향했다. 혼자 남은 스미레에게 병리부검을 원하는지 확인하기 위해서다. 지금 가장 힘든 사람은 내가 아니다. 그러나 두 번째로 힘든 사람은 내가 맞다.

병실 앞에는 이미 저승사자의 기운이 사라지고 없었다. 대신 죽음 자체의 냄새가 문틈으로 새어 나왔다.

안에 들어가자 침대 옆에 스미레가 멍하니 앉아 있다.

"아주머니."

대답이 없다.

그녀 앞으로 간 마코토는 할 말을 잃었다.

유코의 얼굴을 덮은 시트가 벗겨져 있었다. 스미레는 핏기 잃은 창백한 얼굴에 바싹 마른 손가락을 얹고는 사랑스러운 딸의 얼굴 윤곽을 계속해서 확인하고 있었다. 가슴이 먹먹했다. 조금 전 그토록 울었는데 또다시 눈앞이 부예졌다.

"마코토, 이것 좀 보렴."

스미레는 나직이 중얼거렸다.

"집에서 요양할 때는 이렇게 편안한 표정은 한 번도 안 지었단다."

"아주머니……."

"야속하기도 하지. 고생이라는 고생은 다 시켜 놓고 마지막에 와서야 이렇게 예쁜 얼굴을 보여 주다니."

"유코는…… 행복했을 거예요. 그러니 마지막에 이렇게 편안하게……."

"앞으로 나는 어디에 의지해 살아가야 할까."

마코토는 스미레를 보고 오싹함을 느꼈다.

쓰쿠바는 유령 같다고 표현했지만 지금은 유령을 뛰어넘어 아예 영혼이 빠진 껍데기였다. 표정 없는 얼굴로 그저 계속해서 뭔가를 중얼거리기만 했다.

2

—

"모친은 병리해부를 원하지 않았겠지?"

쓰쿠바의 질문에 마코토는 고개를 끄덕였다. 스미레는 무엇을 물어도 반응이 더뎠지만 부검이라는 단어에는 뚜렷하게 의사를 표시했다. 쓰쿠바는 자신의 방에 들어온 마코토에게 가장 먼저 유족의 의향을 확인했다.

"유코…… 아니, 환자의 몸에 다시 상처를 내기 싫으신 것 같아요."

"편모 가정이랬지?"

"다섯 살 때 아버지를 여의었으니 벌써 20년 가까이 어머니와 둘이 살았어요."

"그렇다면 모친도 괴롭겠지. 딸의 부검을 원하지 않는 게 당연해."

마코토로서도 부검을 원하지 않는 건 마찬가지였다. 따라서 스미레가 병리해부를 원하지 않는다고 했을 때 남몰래 가슴을 쓸어내렸다.

유코는 타고난 피부가 새하얀 데다 요즘은 밖에도 거의 나가지 않은 탓에 몸에 기미 하나 없다고 들었다. 그런 순결한 몸에 메스를 대기 싫었고 애초에 친한 친구의 몸을 부검할 엄두가 나지 않았다. 마코토가 느끼기에 부검은 사람을 물건 취급하는 일

이다. 아무리 세상을 떴다고 해도 유코를 물건처럼 다룰 자신이
없었다.

"병리해부를 하지 않아도 전형적인 폐렴 증상이었어. 사망
진단서를 작성하려고 굳이 부검할 필요는 없겠지."

최초에 폐렴을 진단한 사람도, 마지막으로 심폐소생술을 실
시한 사람도 쓰쿠바다. 병력 확인을 포함해 유코의 사망 진단서
를 작성하는 일에 쓰쿠바보다 나은 적임자는 없을 것이다.

"사망 진단서는 오늘 중 작성하겠네. 자네가 직접 어머니께
전달해 주게."

그 역시 어려운 일이지만 다른 사람이 대신 가면 사무적으로
종이만 건네주고 올 것이다.

"모쪼록 잘 부탁드리겠습니다."

마코토가 고개 숙일 때 등 뒤에서 갑자기 문이 활짝 열렸다.

"잠깐 괜찮겠나?"

들어온 사람은 미쓰자키였다. 마코토는 흠칫 놀랐다.

"노크부터 해야지."

"그렇군. 이러면 되나?"

그러면서 미쓰자키는 뒤늦게 문 안쪽을 노크해 보였다. 그
모습을 지켜보던 쓰쿠바는 체념한 듯 한숨을 내쉬었다.

"나랑 자네 사이에는 상관없지만 평소에 그렇게 굴면 운신의
폭이 점차 좁아질 걸세."

"이 나이에 운신의 폭이 조금 넓어지든 좁아지든 무슨 상관

있겠나. 관짝 하나 들어갈 공간만 있으면 충분하지."

"또 불길한 소리를 아무렇지 않게 하는군. 친구 대표로 추도문을 읽고 싶지 않으니 조심해."

"누가 자네보다 먼저 간댔나?"

두 사람이 얼굴을 마주 보고 대화하는 모습을 눈앞에 두고 마코토는 몸이 굳었다.

쓰쿠바와 미쓰자키 두 사람과 따로따로 대화를 나눠 본 적은 있다. 그러나 두 사람이 함께 있는 모습을 보기는 처음이다. 같은 대학에서 각자 부장으로 근무하면서도 성격이나 행동거지는 정반대다. 그런 두 사람이 서로를 자네라고 불러 가며 대화하는 모습은 상상하지도 못했다.

"그래서? 누가 먼저 죽을지 정하려고 온 건 아닐 테고."

"오늘 내과 외래에서 사망자가 한 명 나왔다더군."

마코토는 화들짝 놀랐다.

"맞네. 폐렴이 악화한 듯해. 심폐소생을 시도했지만 소용없었지. 근데 그게 왜?"

"유족이 병리해부를 희망했나?"

"아니. 원하지 않는다더군."

"시신은 법의학 교실에서 맡겠어. 내가 대신 부검하겠네."

"지금 무슨 소리를 하는 건가?"

쓰쿠바의 말투가 위압적으로 바뀌었다.

"내 말 못 들었나? 유족은 부검을 원하지 않는다고 했네. 유족의 동의 없이 병리해부가 가능할 리 없잖나?"

"그건 어떻게든 해봐야지."

"이보게. 이건 사고사나 의문사가 아니야. 엄연한 병사지. 게다가 병원 침대 위에서 심폐소생까지 했어. 부검할 명목이 없지 않나?"

"호기심이라는 명목으로는 안 되나?"

"뭐라고?"

"이른바 지적 호기심이라는 거지. 자네에게도 있을 텐데."

"전형적인 폐렴 증상이었네. 호기심이 생길 여지가 없어."

"나에게는 모든 시신이 호기심의 대상이야. 전형적일 것도 특별할 것도 없네."

미쓰자키다운 말이라고 생각했다. 평소라면 마코토도 탄식을 내쉬며 어쩔 수 없다고 받아들였을 것이다. 그러나 이번은 사정이 달랐다.

"부검을 원하지 않는 유족을 어떻게 설득하겠다는 건가?"

"지금부터 생각해 봐야지. 아니면 부검하고 나서 생각하든지."

"그만 하세요!"

마코토는 무심코 소리를 버럭 지르고 말았다.

미쓰자키가 의아해하는 눈빛으로 마코토를 바라봤다.

일단 내뱉었으니 주워 담을 수도 없어 마코토는 말을 이을 수밖에 없었다.

"아무리 그래도 이번 건 조금 너무하세요. 유족을 조금은 배려하시는 게 어떨까요?"

"갑자기 무슨 소리지?"

"지적 호기심이라니요! 인간의 삶과 죽음을 단지 호기심이라는 명목으로 좌지우지할 만큼 교수님이 대단하신가요? 법의학이란 게 인간의 존엄보다 고상한 학문입니까?"

미쓰자키는 늘 그렇듯 얼굴을 찌푸렸다. 그 표정이 언짢음의 표현인지, 아니면 뭔가를 생각하는 표정인지는 가늠할 수 없다. 이제는 뭐든 상관없기는 하지만.

"혹시 일 년 365일 시신만 상대하시다 보니 살아 있는 인간의 감정이 어떤지 잊어버리셨나요? 아직 20대 꽃다운 나이였어요. 결혼도 하지 않았고요. 앞으로 인생에 즐겁고 기쁠 일이 엄청나게 많았을 거라고요. 그런 사람이 허무하게 세상을 뜨고 주변 사람들이 가슴이 저릴 만큼 슬퍼하는데, 당장 부검에 매달리자는 말인가요? 대체 학문과 인간의 마음 중 어느 쪽이 더 소중한 겁니까?"

팔짱을 낀 채 침묵하던 미쓰자키는 마코토의 말이 끊기자 앞으로 한 발짝 다가왔다.

"인간의 마음은 거짓말을 하지. 그러나 학문으로 규명된 진리는 거짓말을 하지 않아."

"지금껏 무리하게 벌여 온 그 사법해부들도 교수님의 지적 호기심인가 뭔가를 위해서였나요? 호기심을 채우기 위해 그냥 내키는 대로 병력 있는 시신만을 골라 부검해 오신 건가요?"

말을 마치기도 전해 미쓰자키는 손바닥으로 마코토의 입을 막았다. 노인치고는 이상하리만큼 힘이 셌다.

"시끄럽게 굴어 미안하군."

그는 뒤돌아보며 쓰쿠바에게 말했다.

"그래. 이 정도면 미안해해야지."

"이 아가씨는 내가 데려가겠네."

"상관없기는 하지만 그 발언은 성희롱으로 읽힐 수도 있어."

"흥. 그러든가 말든가."

"……멋대로 하게."

미쓰자키는 거의 납치하듯 마코토를 방에서 데리고 나갔다. 손목을 잡아끄는 힘도 강력해서 대체 이 나이 든 노구의 어디에 그런 힘이 숨겨져 있는지를 떠올렸다.

"놓, 놓아주세요."

"곧 놓아줄 테니 잠시만 기다리도록."

다짜고짜 데려가고 있지만 거짓말은 아닌 듯하다. 미쓰자키는 법의학 교실에 도착하자마자 마코토의 팔을 놓아주었다.

불쑥 들어온 두 사람을 보고 교실에 있던 캐시가 눈을 휘둥그레 떴다.

"이곳이라면 다른 사람한테 민폐를 끼치지 않겠지."

미쓰자키의 표정은 조금 전과 똑같았다. 깊게 팬 미간 주름에서는 도무지 감정을 읽을 수 없다.

"자네는 어린앤가?"

"무, 무슨 말씀이시죠?"

"조금 전 자네가 주제넘게 지껄인 것들은 전부 감정에 치우친 논리에 불과해. 하물며 깊이도 없지. 인간이 죽었으니 슬프다. 슬프니까 사실 추구를 하지 말라. 학문보다도 중요한 것이 있다."

미쓰자키는 여전히 감정을 읽을 수 없는 눈빛으로 마코토를 몰아 세웠다. 감정은 읽을 수 없지만 또렷한 논리는 읽혔다.

"미리 말해 두는데 그 감정 같은 것도 뇌의 시냅스 사이에서 이뤄지는 전기 신호의 결과물에 불과해. 그리고 감정에 좌우돼 나온 결론의 대다수는 유치하고 졸속적이지. 좋고 나쁜 건 별개로 하고."

"제 말이 유치하다는 말씀이세요? 친한 친구의 죽음을 슬퍼하고 유족을 배려하자는 게 유치한 생각인가요?"

"그럼 묻지. 아까 무리하게 사법해부를 벌여 왔다고 했나? 하지만 그 무리하게 벌여 온 부검에 자네는 계속해서 참가해 왔어. 그건 감정을 떠나 부검의 필요성을 이해해서 아닌가?"

"그, 그건 그렇지만……."

"그 환자가 자네의 친한 친구라고?"

여기서는 거짓말을 해봐야 소용없다. 마코토는 마지못해 고개를 끄덕였다.

"환자가 지인이 되는 순간 감정이 우선하는 자네 행동에 모순이 없다고 보나?"

아픈 곳을 찔렸지만 지금은 참고 있을 수만은 없다.

"맞습니다. 모순됩니다. 하지만 인간으로서 당연한 것 아닌가요? 누구든 친한 친구의 몸을 해부하라는 말을 들으면 거부 반응부터 일으킬 겁니다."

"자네는 그래도 의사라고 할 수 있나?"

"의사에게도 감정은 있습니다."

"지금 그런 말을 하자는 게 아니야. 지인이냐 아니냐 같은 걸로 환자를 구분하느냐고 묻는 거지."

말문이 막혔다. 미쓰자키가 무슨 말을 하려는지는 이해할 수 있었다.

"지인이냐 아니냐로 태도를 바꾸는 건 검사와 치료에 차별을 두는 행위로 이어지지. 그건 의사의 윤리 이전 문제야. 그렇게 생각하지 않나?"

분하지만 미쓰자키의 말에는 틀린 게 없다. 당장 떠오르는 반론은 그저 변명에 불과하다. 그래도 유치한 감정이 좀처럼 그의 말을 곧이곧대로 받아들이려고 하지 않았다.

"교수님 말씀은 전부 당연한 이치에 불과하지 않나요? 그런 이치만으로 인간의 모든 걸 다 이해하라는 말씀이신가요?"

"지금 자네 같은 상태를 두고 사고 정지라고 하지."

미쓰자키의 말투는 변함없이 냉정했다.

"학문에 충실하겠다는 인간이 이치와 논리를 부정해서 어쩌겠다는 건가? 난 모든 것을 이해하라고 하지 않았어. 하지만 자네가 모든 것을 무시하려고 하는 것만은 확실해 보이는군."

"그럼 저더러 대체 어쩌라는 말씀이세요?"

마코토는 자신의 논리가 빈약해서 미쓰자키를 상대할 수 없다는 것은 이미 예상하고 있었다. 지금 말은 자조 섞인 패배 선언과 마찬가지였다.

"모친에게 병리해부를 설득하도록."

"네?"

"사인 규명을 위해 법의학 교실에서 시신을 부검하겠다. 친분 있는 자네 말이라면 유족도 귀를 기울여 줄지 모르지."

"거절하겠습니다."

마코토는 단호하게 선언했다. 그 지시만은 무슨 일이 있어도 받아들일 수 없었다.

"아무리 친한 친구였다고 해도 지금 슬픔의 밑바닥에서 허우적거리고 있을 어머님께 그런 말은 할 수 없습니다."

"그 모친을 위해서가 아니야. 죽은 환자를 위해서지."

"저는 이번 일에 부검이 왜 필요한지 도무지 이해 못하겠습니다! 조금 전 쓰쿠바 교수님도 말씀하시지 않았나요? 미심쩍은 죽음이나 사고사도 아니라고요. 환자는 이 병원 침대 위에서 사망했습니다. 그런데 대체 왜……."

"그건 쓰쿠바의 말에 지나지 않아."

이 노교수는 대체 무슨 말을 하는 걸까.

"교, 교수님은 쓰쿠바 교수님 말을 믿지 못하겠다는 말씀이신가요?"

"믿고 자시고도 없어. 내과 스태프들과 자네가 본 건 환자의 겉모습과 측정기 수치뿐 아닌가? 그걸로는 생사를 판정해도 사인을 규명했다고는 할 수 없지."

"모든 증상이 폐렴을 나타냈습니다."

"증상이야 그렇겠지. 몸 안쪽에서 무슨 일이 일어났는지를 밝히는 건 배 속을 열어 보지 않는 한 불가능해."

"결단코 거절하겠습니다."

자포자기 심정이 감정만을 토해 낸다.

"저는 이번 일에 관해서만큼은 협력하지 못하겠습니다."

"그런가."

미쓰자키의 반응은 맥이 빠질 만큼 싱거웠다.

"그럼 설득 역할은 캐시 조교수에게 맡겨야겠군. 그나저나 녀석은 어디 갔지?"

"고테가와 형사님이라면 조금 전에 나갔습니다."

캐시가 대답했다.

"교수님을 기다리다가 결국 가셨습니다. 다른 할 일이 있다더군요."

"흥. 녀석과는 역시 파장이 맞지 않아."

맞는 사람이 드물 거라며 마코토는 속으로 악담을 퍼부었다.

"환자의 차트를 준비해 주게."

"알겠습니다."

　앞으로 나에게는 어떤 일이 벌어질까. 마코토는 지도 교수의 입에서 나올 선고를 가만히 기다렸다. 그러나 미쓰자키는 몸을 획 돌리고 아무 일도 없었다는 듯 교실을 나갔다. 뒤로는 멍한 표정의 마코토와 캐시만 남았다.

　"저…… 이게 무슨 상황일까요."

　"왓what?"

　"이대로 전 어떤 처분도 받지 않는 건가요?"

　"페널티 말입니까? 군대도 아니니 그런 건 없습니다."

　아무래도 법의학 교실에서 추방될 일은 없을 듯하다.

　가슴을 쓸어내리고 있자 캐시가 "하지만" 하고 다시 입을 열었다.

　"이건 페널티보다 더 좋지 않은 결과입니다, 마코토."

　"그게 무슨 말씀이시죠? 생각보다 화도 별로 나지 않으신 것 같은데."

　"당신은 지금 2군 취급을 받은 겁니다. 그러니 그 이상 부탁하지 않은 겁니다. 화를 내지도 않았고요."

　"2군이라니……."

　"내가 교수님이라도 같은 판정을 내렸을 겁니다. 조금 전 마코토의 모습은 법의학 교실을 떠나 학업의 길을 걷는 자로서 실격입니다."

　캐시에게까지 이런 판정을 받는 건 조금 충격이었다.

　"의사에게 논리가 그렇게 중요한가요?"

"노. 당신은 지금 전혀 이해하지 못하고 있습니다. 교수님은 감정을 무시하라고는 하지 않았습니다. 그저 논리를 우선하라는 말씀이었습니다."

캐시는 대답하면서 다리를 포갰다. 지금까지 못 본 모습이라 괜스레 거슬렸다.

"마코토. 당신은 완전히 틀렸습니다."

"그건 미국인인 캐시 교수님과 일본인인 저 사이의 윤리관, 생사관의 차이일 수도 있어요."

"그 역시 노입니다. 이건 국민성이나 민족성의 차이가 아닙니다. 똑같은 히포크라테스의 후예로서 인식이 공통되는가 아닌가의 차이죠."

"공통 인식?"

"마코토가 처음 이곳을 찾아왔을 때 제가 가리킨 「히포크라테스 선서」를 기억합니까? 히포크라테스는 환자를 신분이나 출신으로 구분하지 말라고 했습니다. 환자가 성자든 죄인이든 똑같이 대하라고 했죠. 그러나 마코토는 구분했습니다. 그저 그 구분의 근거가 신분에서 감정으로 옮겨 갔을 뿐이죠. 아, 이 나라에는 조금 더 적절한 말이 있군요. 공과 사를 구분 못한다고 하나요?"

"그건 너무 과장이에요, 캐시 교수님."

마코토는 무심코 호소했다.

"공과 사를 구분 못한다니……. 그럼 반대로 묻겠습니다. 캐

시 교수님은 부모님의 몸을 부검해야 한다는 말을 들으면 무조
건 받아들이시겠어요?"

그야말로 유치한 논리였다. 마코토는 말을 내뱉고 나서 맹렬
한 자기혐오에 휩싸였다.

그러자 잠시 후 캐시의 눈빛이 돌연 부드러워졌다.

"그 유코라는 환자에게는 아버지가 없습니까?"

"아버지는 다섯 살 때 돌아가셨다고 들었어요."

"그렇습니까. 그렇다면 저와 비슷하군요."

"……캐시 교수님도?"

"내 부모님은 이혼하셨습니다. 그러고 보니 마코토에게는 아
직 내 프로필을 설명하지 않았군요."

"그렇다면 환자의 어머니 심정도 이해하시겠네요. 이럴 때 딸
을 부검해야 한다고 해봐야……."

"방금 부모님을 부검해야 한다는 말을 들으면 무조건 승낙하
겠느냐고 물었죠? 답변하겠습니다. 저는 무조건 승낙했습니다."

대답이 과거형이었다.

"나는 맨해튼에서 나고 자랐습니다. 마코토는 맨해튼을 압니
까?"

"뉴욕 시……."

"그렇습니다. 일반적으로 대도시라는 이미지가 있지만 도시
라서 더 위험한 지역이 있습니다. 우리 가족이 살던 96번지에
서 북쪽은 이스트사이드, 통칭 스패니시 할렘이라고 불리는 곳

이었죠."

"위험한 곳이었나요?"

"로틴^{lowteen}이 아무렇지 않게 총을 소지하고 다니는 곳이었으니까요. 범죄 발생률도 도시 중에서는 톱 수준이었을 겁니다."

할렘에 대해서는 뉴스나 신문에서 들어 본 적 있지만, 설마 캐시가 그런 곳 출신일 줄은 예상도 하지 못했다.

"부모님이 이혼하고 난 어머니와 둘이 살았어요. 그러던 어느 날 어머니가 메인스트리트를 걷고 있을 때 갑자기 누군가가 어머니께 총을 쏘았어요. 근접 거리에서 세 발. 결과는 즉사였습니다. 범인으로 추정되는 인물은 그대로 어머니를 시간^{屍姦}한 뒤 가방을 통째로 들고 사라졌어요. 인파가 끊이지 않는 거리에서 오후 3시에 일어난 일이었습니다."

캐시는 감정을 섞지 않고 담담하게 말했다. 그 모습이 오히려 소름 돋을 만큼 오싹하기도 했다.

"난 하이스쿨에서 돌아오자마자 시 경찰에 불려가 어머니의 시신과 대면했습니다. 겁먹어서 아무 말도 하지 못하는 내게 동석한 검시관이 이렇게 말했습니다. '앞으로 네 엄마의 몸을 해부할 거야. 엄마를 죽인 범인을 찾아서 체포하려고 해. 그러니 승낙해 줬으면 좋겠어'라고요. 어머니의 몸을 해부해 어떻게 범인을 찾을 수 있다는 건지 궁금했지만 그 검시관의 눈빛이 매우 선해 보여서 믿었습니다. 지금 떠올리면 유치한 이야기이지만 그때 난 실제로 나이가 어렸으니까요."

"범인이 특정됐나요?"

"네. 입사각과 목격자 증언으로 범인의 체격을 추측하고 몸에 박힌 탄환과 라이플링 마크로 총의 구입처를 특정했습니다. 그리고 무엇보다 체내에 남아 있던 정액이 중요한 단서였죠. 그 모든 증거로부터 범인은 사건이 일어난 부근을 홈그라운드로 삼는 스트리트 갱단의 일원으로 밝혀졌어요. 사건이 일어난 지 25일째 되던 날이었습니다."

캐시는 말을 멈추고 한숨을 한 번 쉬었다.

"나도 어머니 몸에 칼을 대는 일에 거부감이 없었던 건 아닙니다. 그러나 사건이 해결된 것도 부검으로 단서를 얻어낸 덕분입니다. 그러니 지금은 그때 부검해서 다행이었다고 생각합니다. 게다가 범인이 잡히지 않았더라도 어머니 몸에 칼을 댄 집도의에게 감사할지언정 원망하지는 않았을 겁니다."

"하, 하지만 그건 평범하지 않은 체험이에요. 일반론이라고 보기에는……."

"갑작스럽게 어머니를 여읜다. 가족 중 누군가를 잃는다. 눈앞에 펼쳐진 현상만 보자면 단순히 그렇습니다. 그것이 특이한 체험이라고는 누구도 생각하지 않겠죠."

마코토는 더 이상 반론할 수 없었다. 유치한 감정론으로도 짜낼 말이 없었다.

"마코토는 아닐지 모르지만 나는 미쓰자키 교수님의 신념을 전폭적으로 지지합니다. 아무리 병원 안에서 사망했더라도, 또 그것이 동료 의사가 직접 눈으로 확인한 사망이더라도 법의학자 처지에서 겉모습만으로 판단하는 건 옳지 않습니다. 또 그것을 감정 면에서 부정하는 건 의술에 종사하는 자의 태도가 아닙니다."

의도적으로 주의를 기울이는지 캐시의 말에는 평소와 달리 모호한 표현이 별로 없었다. 논지와 결론 모두 명쾌해 빠져나갈 구멍이 없었다.

"마코토. 당신은 미쓰자키 교수에게 꾸중 듣지 않은 상황을 부끄러워해야 합니다."

"부끄러워해야 한다고요?"

"꾸중하는 건 상대에게 기대를 품고 있어서입니다. 기대하던 능력을 발휘해 주지 않은 상황에 화를 느끼기 때문입니다."

꾸중하지 않는 건 기대하지 않기 때문이라는 논리다.

마코토는 가슴속에 앙금이 쌓이기 시작했다. 연수의로서 얻은 아주 작은 긍지도, 법의학 교실에서 얻은 경험치도 뿌리부터 흔들리는 듯한 감각에 휩싸였다.

"아직 늦지 않았습니다. 마코토가 직접 환자의 어머니를 설득하세요."

캐시는 조언으로 하는 말일 것이다. 충분히 이해한다. 그러나 머릿속에서는 여전히 감정이 사고를 지배했다. 제아무리 미쓰자키와 캐시의 논리가 옳아도 스미레에게 부검을 권할 수는 없었다.

"……안 돼요. 저는 못하겠습니다."

"그런가요."

캐시는 눈에 띄게 풀죽은 모습으로 어깨를 떨궜다.

"어쩔 수 없군요. 내 부족한 말솜씨로 유족을 설득할 수 있을지 모르겠지만."

설득할 수 없을 것이다. 그러나 입 밖에 내지는 않았다.

"마코토는 더 이상 이번 건에 관여하지 않아도 좋습니다. 다만 교수님께 방해될 만한 행동은 삼가세요. 이상입니다."

유독 사무적인 느낌으로 말을 맺고 캐시는 몸을 일으켰다. 우두커니 서 있는 마코토에게 눈길도 주지 않고 문을 열고 나갔다.

교실에는 마코토 혼자 남았다. 느닷없이 찾아온 고독과 자기혐오로 몸이 싸늘히 식었다.

3
—

일을 마치고 집에 돌아갔을 때는 이미 밤 11시가 지나 있었다. 마코토는 곧장 욕실로 들어갔다. 머리카락과 피부에 스민 부검실 특유의 냄새도 얼른 씻어내고 싶었지만, 오늘 밤은 그 이상으로 물에 흘려보내고 싶은 게 있었다. 세탁기에 옷을 집어넣고 평소보다 뜨겁게 설정한 온수에 몸을 담그고서야 안도했다. 온몸의 힘이 빠지며 기분 좋을 만큼 의식이 몽롱해졌지만 안타깝게도 미쓰자키와 캐시의 말만은 머릿속에 달라붙어 떨어지지 않았다.

　—학문에 충실하겠다는 인간이 이치와 논리를 부정해서 어쩌겠다는 건가?

　—환자가 성자든 죄인이든 똑같이 대하라고 했죠. 그러나 마코토는 구분했습니다. 그저 그 구분의 근거가 신분에서 감정으로 옮겨 갔을 뿐이죠.

에잇, 사라져!

난폭하게 머리를 흔들고 뜨거운 물을 연거푸 얼굴에 퍼부었지만 가시지 않는다. 어느새 그 두 사람의 존재가 자신 속에서 이토록 커졌다는 사실을 절감했다.

캐시에게 공과 사를 구분 못한다고 지적받았을 때만 해도 말의 쓰임새에 어긋난다고 생각했지만, 시간이 지나자 가슴을 깊이 파고들 만큼 정확한 말처럼 느껴졌다.

공사를 구분하지 못하는 건 마코토가 가장 싫어하는 행동 중 하나였다. 나이가 찬 성인, 특히 공무원이라고 불리는 사람들이 공적인 일에 사사로운 것을 끌어와 뉴스거리가 될 때마다 얼굴을 찌푸렸다. 공무원 월급은 세금으로 나간다. 그런데도 사적인 일에 자신의 직함과 위치를 이용해 사리사욕을 채우는 인간이 존재한다. 솔직히 말해 그런 부패한 공무원은 얼른 죽어 버리는 게 세상을 위해서 낫다고 생각했다.

그러나 설마 나 자신이 그런 오명을 들을 줄은 꿈에도 상상하지 못했다. 비록 공무원은 아니라고 해도 나랏돈으로 월급을 받는다는 점에서는 같다. 사리사욕이 아니라고 해도 자신의 사정을 임무보다 우선했다는 점에서도 같다.

가슴 깊숙한 곳에 응어리가 진 듯한 느낌이다. 욕조에 몸을 담그는 것 정도로는 도저히 사라질 성싶지 않았다. 욕실을 나가 옷을 갈아입은 뒤 근처 편의점에서 산 도시락을 전자레인지에 넣었다. 평소에는 밥을 해 먹지만 오늘은 그럴 기분이 아니다.

요즘은 경쟁이 치열해 편의점 도시락의 질이 높아졌다고 한다. 그래도 즉석 도시락은 어디까지나 즉석 도시락이다. 마코토는 김이 모락모락 올라오는 오므라이스를 별 감흥 없이 입 안에 넣고 우물거렸다. 꼭 모래를 씹는 것 같았다. 절반도 먹지 못하고 젓가락을 내려놓는다.

왜 이리 마음이 적적한 걸까. 법의학 교실에 속하게 된 건 애초에 쓰쿠바의 지시였고, 정작 나 자신은 법의학에 거의 흥미가 없었다. 치료와 연명을 할 수 없는 의학은 가치가 없다는 회의감조차 들었다. 그러나 미쓰자키와 캐시 밑에서 일하는 동안 법의학의 심오함과 존재 의의를 깨닫게 되면서 서서히 법의학에 빠져들었다. 시취에는 아직 익숙하지 않지만, 미쓰자키의 메스 솜씨를 볼 때마다 자신의 무지몽매함이 깨이는 느낌이 들었다. 그도 그럴 만하다. 지금은 이미 눈에 익었다고 해도 메스를 쥔 사람은 이 분야의 최고 권위자다. 그의 설명을 들으며 아무 감흥도 느끼지 못한다면 연수의 자격이 없다고 해야 할 것이다.

별것 없고 그냥 잠시 머무르다 가는 곳 정도로 생각한 장소에

애착을 지니게 됐다. 아니, 어쩌면 이미 완전히 빠져 버렸는지도 모른다. 그러므로 더욱 미쓰자키와 캐시의 말이 가슴 아프게 파고들었다.

나는 더 이상 그곳에 다시 돌아가지 못하는 걸까. 그렇게 생각하자 모든 의욕이 사라졌다. 먹다 남긴 도시락을 버리고 TV를 켰다. TV 속에서 요즘 잘나가는 젊은 코미디언이 개그를 선보였지만 하나도 재밌지 않았다. 마코토는 참지 못하고 다시 스위치를 눌러 TV를 껐다.

순간 쓸쓸한 침묵이 주위를 감쌌다. 잠도 오지 않을 것이다. 마시지 못하는 술이라도 마실까. 고민하는 동안 휴대 전화가 벨을 울렸다.

발신자 표시에 뜬 이름은 '어머니'였다.

"여보세요, 마코토?"

어머니 목소리를 듣는 순간 한기가 싹 사라졌다. 가슴속에 따스한 기운이 사르르 밀려들어 왔다.

"응. 무슨 일이야, 엄마?"

"애도 참. 꼭 무슨 일이 있어야 전화를 거니?"

"그, 그런 건 아니지만."

늘 그렇지만 타이밍이 절묘했다. 힘든 일이 있을 때 이 목소리를 들으면 기분이 조금 나아졌다. 예전부터 그랬다. 꼭 어디선가 지켜보는 것처럼 마코토가 풀 죽어 있을 때 반드시 어머니는 전화를 걸어왔다.

"들었다. 가시와기 씨네 딸이 죽었다며."

"어, 어떻게 알았어? 신문이나 텔레비전에 나온 것도 아닐 텐데."

"마코토, 너 모르니? 이 지역에 사는 사람이 죽으면 지역 신문 부고란에 이름이 실려. 물론 신문에서 이름을 발견한 사람이 이웃집 아주머니이긴 해도."

옆집 아주머니에게 들은 정보란 말일까. 역시 주부들의 연락 망은 촘촘하다.

"정말 놀랐다. 우리 집에도 자주 놀러 오던 아이 아니니?"

"응."

"왠지 다른 사람 일 같지 않아서."

"그래?"

"당연하지. 너랑 동갑이기도 하고 실제로도 아는 사이니까."

가족과 친구 외에도 이렇게 죽음을 애도해 주는 사람이 있 다. 사소하지만 이런 것만으로도 유코는 행복한 삶을 살았다고 생각한다.

"폐렴이랬지? 네가 정기적으로 봐주지 않았니?"

"응."

"고생했겠네."

"정작 본인은 건강해 보였어. 근데 체력이 저하되면 면역력 도 같이 떨어지니."

"그 아이가 아니라 너 말이야, 너. 친한 친구였으니 마음이 많이 상했을 것 같아서."

그 말을 듣는 순간 가슴속의 방파제가 무너져 내렸다. 지금 껏 억눌렀던 감정이 폭포처럼 새어 나왔다. 오열이 한 번 터지자 더는 걷잡을 수 없었다. 격한 마음이 가슴을 치고 올라와 자연스럽게 눈물이 펑펑 쏟아졌다. 옆에 아무도 없다는 안도감이 눈물샘을 더욱 자극했다. 뚝뚝 소리가 났다. 아래를 보니 바닥 위로 연이어 물방울이 떨어졌다. 마코토는 어린아이처럼 코를 훌쩍이며 울었다.

어머니라는 존재는 참으로 신기하다. 어떻게 이토록 딸의 마음을 잘 알고 핵심을 찌르는 걸까. 울고 있는 동안에도 전화는 이어졌다. 간신히 오열이 잦아들어 전화를 귀에 대자 아무 일 없었다는 듯 목소리가 들렸다.

"이제 좀 가라앉았니?"

"응……."

"혹시 유코 임종 때 옆에 있었니?"

"응. 하지만 연수의 처지라 옆에서 아무것도 못하고 그냥 바라볼 수밖에 없었어. 그런 내가 한심해서……."

"앞으로 그러지 않도록 열심히 공부하고 있잖아. 힘내렴."

"하지만 내가…… 내 손으로 유코를 구해 주고 싶었어."

"얼마 전까지 틈만 나면 집에 찾아가서 돌봤잖니. 지금 네가 할 수 있는 건 거기까지니까. 네 할 일을 열심히 잘했으니 후회 같은 건 하면 안 돼."

"하지만……."

"분수를 알렴. 넌 아직 사람의 생사를 좌우할 만한 솜씨는 지니지 못했잖아."

비수 같은 말이지만 모든 걸 내 탓으로 돌리지 말라는 의미일 것이다. 자상함이 가슴에 스며들어 또 눈물이 터질 것 같았다.

"흥. 잘 봐 둬. 엄마 딸은 이제 곧 명의로 온 세상에 이름을 떨치게 될 거야."

"그때까지 나랑 아빠가 살아 있으면 그렇겠지."

"응? 호, 혹시 어디 아픈 건 아니지?"

"전혀. 오히려 너무 건강해서 탈이란다. 다만 우리가 늙어 죽는 거랑 네가 어엿한 의사 선생님이 되는 것 중 어느 쪽이 더 빠를지 모르겠네."

"너무해."

"근데 나나 아빠나 장수할 것 같으니 딱히 걱정하지 않아도 된다. 그나저나 학교에 본보기로 삼을 만한 선생님이나 선배는 있니?"

그 순간 미쓰자키와 캐시의 얼굴이 떠올라 스스로도 놀랐다.

"그, 그건 왜 물어."

"학교 수업이나 동아리 같은 곳에 존경할 만한 사람이 있으면 앞뒤 가리지 않고 다가갔잖아. 넌 전부터 그런 아이였어."

어머니는 역시 날카롭다. 스스로 인정하고 싶지 않은 것까지 항상 기억하고 있다.

"아무튼 그런 사람, 있니?"

"응. 있어."

"남자 친구는?"

이번에는 불현듯 고테가와의 얼굴이 떠올라 순간 가슴이 턱 막혔다.

"느닷없이 무슨 소리야. 그 얘기가 왜 나와."

"왜 나오긴. 네가 또 힘들어질 때 옆에 의지할 사람이 있어야지. 안 그러면 엄마가 걱정돼서 밤잠을 못 이뤄."

"그런 걱정은 안 해도 돼! 아직 이십대라 창창하거든!"

"반올림하면 이제 서른이다. 자꾸 도망치려고만 하면 안 돼. 5년, 10년 눈 깜짝할 사이에 지나가니까. 좋은 사람 찾으면 도망치지 못하게 꽉 붙잡으렴. 안 그러면 계속해서 시간만 늦어질 거야. 쓸데없이 이상만 높으면 손해 보는 건 결국 너란다. 원래 세금과 결혼 상대는 이상이 낮을수록 편한 법이라는 말도 있잖니."

"······끊을게."

"왜, 엄마 너무 말이 정곡을 찔렀어?"

"아니, 별로 그런 건 아닌데."

"그럼 엄마 말 들으렴."

그러고 보니 어머니와 말다툼을 해서 이긴 적은 한 번도 없다. 상대는 내가 기저귀를 차고 있을 때부터 나를 아는 사람이다. 상대가 되지 않는 것도 당연하다.

문득, 물어보고 싶어졌다.

"저기, 엄마. 만약 내가 병으로 죽으면 말이지⋯⋯."

"뭐? 잠깐! 그게 갑자기 무슨 소리니! 혹시 어디 아픈 거야?"

"만약이랬잖아! 어휴. 아무튼 내가 병이나 사고로 죽었는데, 사인에 조금이라도 미심쩍은 부분이 있으면 부검에 동의할 거야?"

"부검이라⋯⋯."

어머니의 말이 끊겼다. 역시 대충 얼버무릴 주제가 아니니 신중해졌을 것이다. 곤란해하는 어머니 모습이 떠올라 마코토는 살짝 후회했다.

"그래. 나라면 동의할 것 같네."

"그렇구나. 소중한 딸의 몸에 메스가 들어가도 신경 쓰이지 않나 보네."

"내가 아니라 네가 신경 쓰겠지."

"어?"

"생각해 보렴. 넌 원래 이해 안 가는 게 있으면 끝까지 추궁해서 밝혀내야 직성이 풀리는 아이잖아. 죽은 당사자의 의사를 존중한다면 역시 부검해서라도 진상을 밝혀야 하지 않을까?"

그렇게 생각할 수도 있구나. 머릿속이 순간 번뜩였다.

"마코토, 너⋯⋯ 혹시 유코의 부검 문제로 고민하고 있니?"

"⋯⋯어떻게 알았어?"

"어떻게 알긴. 그렇게까지 말하는데 모르는 게 더 이상하지. 엄마가 생각하기에는 간단한 문제인 것 같아. 나 자신의 감상은 떨쳐내고 그저 유코가 뭘 원했을지를 떠올려 보렴."

유코의 의지. 마코토는 살아 있을 때의 유코를 떠올렸다. 항상 얌전하고 자기 주장이 서툰 아이였지만 마코토처럼 의문스러운 것은 이해될 때까지 자문자답을 반복하는 성격이었다.

문득 미쓰자키의 말이 머릿속에 되살아났다.

—내과 스태프들과 자네가 본 건 환자의 겉모습과 측정기 수치뿐 아닌가? 그래서는 생사를 판정해도 사인을 규명했다고는 할 수 없지.

지금까지 그가 밝혀낸 것들을 떠올린다. 맹점, 오인, 은폐. 그대로 두면 어둠에 묻혔을 진실을 만천하에 드러내 오지 않았던가. 이번 일은 역시 단순한 변덕이 아니다. 아니, 애초에 미쓰자키가 단순한 변덕으로 부검에 착수한 적은 한 번도 없었다. 나는 친한 친구의 죽음에 동요한 나머지 지금껏 눈을 감고 있었다. 미쓰자키가 부검의 필요성을 주장한다면 거기에는 간과해서는 안 될 무언가가 존재한다는 뜻이다.

"고마워, 엄마."

"응? 뭐가?"

"이것저것 개운해졌어."

"그렇구나. 다행이네. 고민이 풀린 김에 누구 좋은 남자라도 보이면……."

"잘 자. 끊을게."

대화를 강제로 끝마치고 휴대 전화를 닫았다.

가슴속에 잔뜩 쌓였던 진흙 덩이가 꽤나 사라졌다. 찰싹 달라붙은 나머지 찌꺼기를 없애려면 어떡해야 좋을지도 깨달았다. 해답은 나왔다. 오늘 하루 한심했던 나. 앞으로 두고 봐.

다음 날, 마코토는 평소보다 조금 일찍 법의학 교실에 들어갔다. 정각이 되자 캐시가 모습을 드러냈다.

"안녕하세요!"

"굿 모닝, 마코토. 오늘은 일찍 왔군요."

"교수님, 유코의 시신은 어떻게 됐나요?"

"쓰쿠바 교수님이 사망 진단서를 작성했으니 어젯밤 장의사가 집으로 시신을 옮겼을 겁니다."

장의사가 왔다는 말은 이미 스미레와 장례식을 치를 사찰 사이에 연락이 이뤄졌다는 뜻이다. 그렇다면 경야도 하루 이틀 안에 이뤄질 것이다. 요즘은 참석자들 사정을 고려해 약식으로 치를 때가 많다. 경야 다음 날이 고별식이고 고별식이 끝나면 시신은 화장터로 이동한다. 다시 말해 앞으로 이틀 남았다고 생각하면 된다.

"장의사가 도착했을 때도 모친에게 부검을 권했지만 들을 마음이 전혀 없어 보였습니다. 시신이 옮겨지는 모습을 그저 묵묵히 지켜볼 수밖에 없었어요."

"어떻게 설득하셨나요?"

"법의학자 입장에서 당신 딸 시신을 꼭 부검하고 싶다고 했습니다."

"……그뿐인가요?"

"그뿐입니다. 그러자 모친은 아주 혼란스러워하면서 더 이상 교섭이 불가능한 상태가 돼 버렸습니다."

예상한 대로였다. 역시 캐시의 설득 방식은 미국식 교섭에는 맞아도 일본인 정서에는 호소하지 못한다.

"하지만 여기서 그만둘 생각은 없어요. 오늘도 집을 찾아가 설득해 볼 겁니다."

"저도 함께 가겠어요."

그렇게 말하자 캐시는 마코토의 얼굴을 쳐다봤다.

"저를 방해할 마음은 아니겠죠?"

"그 반대예요. 지원사격이에요."

캐시는 마코토의 눈을 잠시 멀뚱히 바라봤지만 이윽고 이해한 것처럼 "굿" 하고 대답했다.

"그럼 지금 당장 가 볼까요?"

"저…… 그렇게 빨리 받아들여 주시는 거예요? 물론 저는 기쁘지만……."

"어제 본 마코토는 타인을 신용하지 않는 눈빛이었습니다. 그러나 오늘은 다른 사람을 신용하는 눈빛이군요."

캐시는 빙긋 웃어 보였다.

"이유는 그것으로 충분하지 않나요?"

마코토와 캐시가 전철을 갈아타고 가시와기 댁에 도착하자 이미 집에서는 경야 준비가 시작되고 있었다. 현관문이 활짝 열려 있고 검은 완장을 찬 장의사 몇 명이 들락거리고 있다. 두 사람은 사람들 사이를 지나 집 안으로 들어갔다.

전에 유코가 쓰던 방은 책상과 침대를 모두 치워 텅 비어 있었다. 가운데에 놓인 이불 위에는 얼굴이 시트로 가려진 망자가 눕혀 있었다. 베갯머리에는 공양용 작은 상, 이불 주위에는 드라이아이스가 놓여 있고, 스미레는 그 옆에 웅크리고 앉아 있었다.

"아주머니."

"아아…… 마코토 왔구나."

돌아보는 얼굴에 생기라고는 느껴지지 않았다. 꼭 물기를 잃고 바싹 말라 버린 꽃 같다. 전에는 얼굴이 야위었어도 표정에는 생기가 있었지만 지금은 생기의 생 자도 보이지 않는다. 떠올려 보면 병리해부를 거절당했을 때부터 스미레의 얼굴을 보지 않았다. 그러나 이렇게까지 변했을 줄은 몰랐다.

캐시를 노려보는 눈빛에도 자포자기의 기운이 담겨 있다.

"일찍 왔구나. 안내장에 경야는 오후부터라고 적혀 있을 텐데……."

"안내장이 도착하기 전에 출발했어요."

"미안하구나. 내가 정신이 없어서……. 잠깐만 기다리렴. 차 내올게."

마코토는 엉거주춤 일어서는 스미레를 황급히 멈춰 세웠다.

"아주머니. 상주시잖아요. 자리를 뜨면 안 되죠."

"하지만 손님이 왔는데……."

"손님 대접 받으려고 온 게 아니에요."

방문 목적을 전하려던 찰나 현관에서 천에 싸인 관이 들어왔다. 이제 곧 입관을 시작하려는 모양이다.

마코토는 캐시에게 귓속말을 했다.

"어떡할까요? 부검 이야기를 꺼내기 어려운 분위기가 돼 버렸어요."

"왜죠?"

"왜냐뇨……. 이제 곧 시신을 관에 넣을 텐데, 그럴 때 부검 이야기라니. 절대 승낙하지 않으실 거예요."

"그럼 어떤 타이밍에 꺼내야 합니까? 나는 일본 장례식은 처음이라."

마코토는 부족한 지식을 더듬으며 장례식 절차를 떠올렸다.

시신을 입관하고 모든 준비를 마치면 관은 장의장으로 옮겨진다. 그리고 경야를 거쳐 다음 날 고별식으로 이어진다. 장례식 참석자들이 모인 곳에서 부검 교섭을 진행할 수는 없다. 시신이 장의장으로 옮겨지기 전. 타이밍은 그때밖에 없다. 그러나 교섭을 캐시에게 맡겨서는 안 된다. 스미레가 의기소침해 있다고는 해도 캐시가 예의 그 말투로 부검 이야기를 꺼내면 또다시 소동이 벌어질 것이다.

고민하는 동안 관이 이불 옆에 놓이고 장의사가 정중히 고개를 숙였다.

"그럼 지금부터 입관 의식을 거행하겠습니다."

입관 의식에서는 시신을 닦고 수의를 입힌다. 입관을 맡은 장의사들과 유족이 참가한다.

"아주머니, 실은 할 말이⋯⋯."

"아니다, 마코토. 넌 유코의 가장 친한 친구였지만 이건 엄마인 내가 알아서 할 일이야."

"송구하지만 유족이 아닌 분들께서는 다른 방에서 기다려 주십시오."

장의사 한 명이 예의 바르면서도 강한 힘으로 마코토와 캐시를 방에서 내보냈다.

"아주머니."

다시 한 번 스미레를 불렀을 때 그녀는 시신 얼굴을 덮은 흰색천을 손으로 벗기고 있었다. 순간 유코의 얼굴이 보였다. 핏기를 잃고 볼과 입술 모두 창백해진 얼굴. 마코토는 말문이 막혔다. 목끝까지 차오른 부검이라는 단어를 다시 집어삼키고 말았다.

다른 방으로 옮긴 마코토는 방 안을 서성거리기만 했다. 구석에 책상과 침대가 아무렇게나 놓여 있다. 유코의 방에 있던물건을 잠시 이쪽으로 옮긴 모양이었다.

"어쩔 수 없군요. 마코토, 지금 저곳에 다시 들어가면 안 됩니까?"

"유족의 감정을 헤아리면 그럴 수 없어요."

"논리보다 감정을 우선해서 미쓰자키 교수님께 한 소리 들은
것 아닌가요?"

"그건 맞지만 시신을 염하고 있는데 옆에서 부검을 요청하는
건 비상식적이에요. 제가 아니라 우라와 의대 전체가 욕을 들을
거예요."

"상식이라는 건 사는 세계나 처지에 따라 얼마든 변합니다.
우리에게는 우리만의 상식이 있습니다."

그렇게 말하더니 캐시는 득달같이 방을 나가 입관 의식이 이
뤄지는 방으로 향했다.

"캐시 교수님!"

제지하려고 손을 뻗었지만 붙잡을 수 없었다. 캐시의 다리는
빨랐다. 미처 말릴 새도 없이 그녀는 입관 의식이 이뤄지는 방
으로 들어갔고, 그대로 다시 쫓겨났다.

"이것도 문화끼리의 충돌이군요. 시신 소독이라면 법의학 교
실이 최적이라고 설명했지만 귀도 쫑긋하지 않았습니다."

"그건 문화 충돌이 아니라 질 나쁜 블랙 조크예요."

"장례 지도사들은 꼭 시신의 보디가드 같군요. 우리는 그들
을 제거하고 모친을 설득해야 합니다."

시신의 보디가드라는 말이 꼭 틀리지는 않는다고 생각했다.
차질 없이 장례식을 마쳐 죽은 이를 무사히 저 세상으로 보내는
것이 장의사의 임무다. 납골이 끝날 때까지 모든 절차는 그들이
관리한다.

"입관 의식을 마치고 경야로 이어지기 전에 어머니를 설득하겠어요."

경야가 시작되면 점점 더 손쓸 수 없어진다. 부검을 요청한다면 그 전에 해야 한다.

그러는 동안 캐시는 구석에 놓인 침대와 책상에 흥미를 느꼈는지 침대 시트 위와 서랍 속을 유심히 조사했다.

"마코토. 당신은 몇 번인가 이 집에 와서 환자 상태를 진찰했죠?"

"네."

"환자가 복용하던 약은 어디 놓여 있었죠?"

"식후 복용이었으니…… 이곳 아니면 부엌 언저리 아닐까요?"

"저를 그곳까지 안내해 주세요."

여러 번 왔으니 집의 구조 정도는 알고 있다. 영문도 알지 못한 채 그녀를 부엌으로 데려가자 캐시는 갑자기 서랍을 제일 끝부터 뒤지기 시작했다.

"뭐, 뭐하시는 거예요. 교수님."

"마코토도 와서 도와주세요. 환자에게 처방한 약을 찾아야 해요."

"왜 그런……."

"지금이라면 장례 지도사들도 어쩔 수 없이 방 안에 있어야 합니다. 시간이 없습니다. 빨리."

평소 듣기 힘든 절박한 목소리로 캐시가 부탁해서 마코토도 수색에 참여했다. 서랍 몇 개를 뒤지다가 조미료 선반에서 약 봉투를 발견했다.

"가레녹사신이군요."

캐시는 봉투를 거꾸로 들고 흔들며 내용물을 살피고서 고개를 들었다.

"이상하지 않습니까? 마코토."

"뭐가 말이죠? 가레녹사신 캡슐이 맞는데요."

"약 종류가 아니라 용량 말입니다. 봉투에 적혀 있는 걸 보면 환자에게 2주 전 처방된 약입니다. 복용 횟수는 하루에 두 번. 계산상 지금은 바닥을 드러내야 합니다."

약 봉투 안에는 아직 열 정 이상 캡슐이 남아 있었다.

"그렇다면……."

"중간부터 복용을 멈췄든지, 아니면 복용 횟수를 줄였든지 둘 중 하나겠군요."

증거를 보전하려는지 캐시는 스마트폰을 꺼내 약 봉투와 남은 캡슐을 찍기 시작했다.

약 봉투에는 '용법과 용량을 지켜 드십시오'라고 적혀 있는데, 그건 거꾸로 말하면 용법, 용량을 지키지 않으면 제대로 된 약효를 볼 수 없다는 뜻이기도 하다.

"제아무리 미코플라스마 균에 적응했어도 의도적으로 약 용량을 줄이면 증상이 악화할 수 있습니다."

"하지만…… 유코가 일부러 약 용량을 줄였다는 말인가요?"

"노. 봉투에 약이 이만큼 남아 있다는 건 복용 당사자가 아닌 식후에 약을 복용하도록 준비하는 인물이 조절했을 가능성이 높겠죠."

"아주머니가……. 하, 하지만 실수였을 수도 있잖아요."

"그것도 노입니다. 환자는 작년부터 약을 복용했습니다. 실수였다면 처음 2주 복용 후 약이 남으니 반드시 알아챘을 겁니다. 그런 실수를 반복하는 건 논리적으로 불가능합니다."

믿기 힘든 이야기지만 캐시의 추론에 반론의 여지는 없었다. 스미레는 왜 그런 짓을 했을까. 가슴속이 의심으로 새카맣게 물들었다. 진위를 파악하고 싶다. 그렇게 떠올렸을 때 마치 타이밍을 잰 것처럼 스미레가 부엌으로 들어왔다. 마코토는 약 봉투를 든 손을 후다닥 뒤로 숨겼다.

"어디 갔나 했더니 여기 있었구나. 차를 마시고 싶었으면 얘기하지."

"아, 아뇨. 아주머니. 입관 때는 함께 계셔야 하잖아요. 저는 집 구조를 잘 아니까……. 아무튼 죄송해요."

"아니, 괜찮다. 아, 이제 곧 경야가 시작되겠네. 옷 갈아입을 시간도 없을 테니 두 분은 그대로 참석하셔요."

감정 없는 목소리. 마코토는 그 목소리에 도전해 보기로 했다.

"아주머니, 부탁이 있어요."

"응?"

"유코를…… 유코의 시신을 부검하게 해 주세요."

그러자 갑자기 스미레의 태도가 급변했다.

"너까지 그런 말을? 이제 막 깨끗이 닦은 몸에 또다시 상처를 내겠다고?"

꼭 자신이 인간적이지 못한 것 같은 기분이 들었지만 꾹 참고 말을 이었다.

"사인을 확실히 밝히고 싶지 않으세요?"

"사인 같은 건 더는 상관없단다."

툭 내뱉은 말이 그대로 마코토의 가슴에 꽂혔다.

"유코는 이미 죽었어. 더는 유코의 몸에 상처를 입히고 싶지 않다. 게다가 넌 유코랑 가장 친하지 않니?"

"친한 친구였으니 더욱 확실히 하고 싶어요."

"저 아이 일은 내가 알아서 할 거야. 너는 끼어들지 마라."

스미레는 차갑게 말하며 대화를 중단하려고 했다.

더 이상 매달려 봐야 소용없어 보인다. 마코토가 풀 죽으려고 할 때 뒤에 있는 캐시가 결정적인 한마디를 입에 담았다.

"환자의 약을 줄인 이유가 뭡니까?"

순간 스미레의 표정이 굳어졌다.

"그뿐만이 아닙니다. 조금 전 시신을 잠깐 봤을 때 두 다리에서 근육이 수축된 운동 부족 징후가 보였습니다. 적당한 운동도 시키지 않은 것 같은데, 그건 환자의 뜻이었나요? 혹시 어머님이 환자를 침대에서 벗어나지 못하게 한 것 아닙니까?"

"나가세요!"

스미레는 거의 절규하듯 말했다.

"두 사람 다 지금 당장 이곳에서 나가 주세요!"

상주에게 나가 달라는 말을 들은 이상 나가지 않을 수 없다. 마코토와 캐시는 일단 가시와기 댁에서 나왔다. 경야에 참석하지 못한다. 이렇게 된 이상 장례식이 시작하기 전까지 결론을 내야 한다.

다음 날 두 사람은 상복으로 갈아입고 장례식장으로 향했다. 그러나 두 사람이 갈 수 있는 곳은 접수대 앞까지였다. 스미레가 이미 지시를 내렸는지 방명록에 이름을 적자마자 옆에 있던 직원들이 가로막았다.

"죄송합니다. 상주의 요청으로 두 분은 장례식 참석이 불가능합니다."

장례식장 문 앞에서 쫓겨나기는 처음이었다. 마코토는 크게 실망했지만 캐시 쪽은 조금도 개의치 않는 모습이었다.

"쫓겨나 버렸지만 그래서 의심이 더욱 짙어지는군요."

"캐시 교수님은 정말 어머니가 의도적으로 유코의 폐렴을 악화시켰다고 보세요?"

"그 밖에 납득할 수 있는 다른 가설이 없습니다."

"그렇다면 동기가 뭐죠? 설마 보험금 등을 목적으로?"

"그건 나보다 환자의 집안 사정을 잘 아는 마코토가 더 올바르게 고찰할 수 있지 않습니까? 내게는 모녀 사이나 금전 문제 등에 대한 정보가 없습니다."

듣고 보니 맞는 말이었다. 그러나 유코의 집이 경제적으로 어려웠다는 걸 알기에 유코에게 거액의 보험금이 걸려 있을 수 없다는 것 또한 잘 안다. 그리고 모녀 사이는 항상 끈끈했다. 고등학생 시절부터 그 집을 들락거린 마코토는 훤히 꿰고 있는 사실이다.

"모녀 사이나 금전 문제에서는 짚이는 게 없어요."

"그렇다면 환자가 자살을 원하는 듯한 낌새는 없었습니까?"

"유코는 살고자 하는 의지가 강했어요. 그런 아이가 자살이라니……."

"모녀 사이가 좋았다. 금전 문제도 없다. 자살할 이유도 없었다. 그렇다면 떠오르는 건 단 하나. 모친이 대리 뮌하우젠 증후군일 가능성입니다."

대리 뮌하우젠 증후군. 병명을 들으니 머릿속에 있던 수많은 퍼즐 조각이 하나의 그림으로 맞춰졌다.

뮌하우젠 증후군은 주위의 관심을 끌기 위해 일부러 신체적 징후나 증상을 의도적으로 만들어 내는 정신 질환인데, 대리 뮌하우젠 증후군은 그 대상이 자신이 아닌 가까운 사람에게 향하는 특징이 있다. 곧 열심히 간호하는 모습을 타인에게 내보이는 것으로 주위의 동정을 사고 자기만족을 느끼는 것이다.

미리 방문하겠다고 알리고 찾아가도 지치고 야윈 모습을 고스란히 드러내던 스미레. 연수의인 마코토에게 유코의 상태를 하나하나 설명하고 정작 자신은 아무렇지 않다며 씩씩하게 말하던 스미레. 그런 스미레가 유코의 약을 줄이고 적당한 운동도 안 시킨 채 침대에 구속해 뒀다면 대리 뮌하우젠 증후군이었을 가능성은 더욱 높아진다. 그렇다면 유코는 병사가 아니다. 살인이다.

"최근 통계에 따르면 학대로 사망한 아동 중 몇 퍼센트는 부모의 대리 뮌하우젠 증후군이 원인이었다고 합니다. 결코 드문 사례는 아닙니다."

"하지만 그걸 어떻게 입증하죠?"

"부자연스러운 사례라면 몸 안에 반드시 증거가 남아 있을 겁니다. 저 모친은 직감적으로 그런 상황을 두려워하는 게 아닐까요?"

그래서 부검 요청을 단호히 거절했다고 받아들여야 할까. 그렇다면 더욱 부검이 필요해진다. 그러나 장례식장에서 독경 소리가 새어 나왔고 두 사람은 장례식장 안에 발을 들일 기회를 잃었다. 아무리 부검이 필요하다고 해도 경찰관도 아닌 두 사람이 관을 강제로 가져갈 수도 없다.

어쩔 줄 몰라 하는 사이에도 장례식은 계속 진행됐다. 독경 후 승려가 하는 분향, 그리고 추도문 낭독과 사회자의 목소리가 들려서 진행 상황은 대략 파악됐다. 그 목소리를 들으며 마코토는 또다시 소외감에 휩싸였다. 가장 친한 친구의 장례식인데도 자신은 장례식장 밖에 우두커니 서 있다. 영정 앞에 합장도 분향도 할 수 없다. 분함과 미안한 감정이 가슴속을 파고들었다. 진실을 밝히고 싶다. 그 단 하나의 목적을 위해 얼마나 많은 것을 희생해야 하는 걸까.

추도문 낭독 후 일반 참석자의 분향이 시작됐다. 이것을 마치면 관에 뚜껑을 덮고 상주의 마지막 인사로 절차는 모두 끝난다. 그 뒤로는 장의차가 시신을 화장터에 싣고 가는 것뿐이다. 그렇게 되면 더 이상 손쓸 수 없어진다. 마코토와 캐시는 그 뒤로도 여러 번 식장에 들어가려고 했다. 그러나 그때마다 장례식장 직원들이 앞을 가로막아 한 발짝도 들어갈 수 없었다.

이윽고 상주인 스미레의 인사가 시작됐다.

"유코가 병으로 몸져누운 건 작년이었습니다. 그 뒤 모녀 둘이서 열심히 병마와 싸웠지만 제 정성이 부족해서 유코는 마지막 힘을 소진하고 말았습니다……."

정말일까. 정말로 그게 사실일까. 유코는 당신의 자기만족을 위해 희생된 게 아니었나.

큰 소리로 외치고 싶은 마음을 꾹 누르고 마코토는 직원에게 간청했다.

"부탁입니다. 들여보내 주세요. 저는 유코의 마지막 목소리를 아직 듣지 못했어요."

"무슨 일이 있었는지 몰라도 상주의 지시입니다. 여러분을 식장에 들일 수 없습니다."

의미 없는 입씨름이다. 이래서는 끝이 없다. 그러는 동안 식장 앞에 장의차가 들어왔다. 그리고 스미레의 인사가 끝나자 마침내 출관 시간이 찾아왔다.

"죄송합니다. 두 분은 상주와 관 가까이에는 가지 말아 주십시오."

힘센 사원이 마코토와 캐시를 장의차에서 밀어냈다. 이윽고 관을 끌어안은 스미레를 선두로 천에 싸인 관이 장례식장 밖으로 나왔다.

"아주머니!"

스미레는 마코토의 목소리에 반응했지만 딱 한 번 힐끗할 뿐이었다.

두 사람의 저항도 소용없이 관은 조용히 장의차 뒤칸에 빨려 들어갔다.

"출관을 시작하겠습니다."

직원의 목소리를 신호로 장의차가 앞으로 나아가기 시작했다. 참석자들을 향해 길고 애절하게 경적을 울린다.

"유코!"

마코토는 있는 힘껏 소리쳤다.

아직 가면 안 돼! 마지막으로 하고 싶었던 말을 들려줘! 그러나 그런 염원도 부질없이 장의차는 서서히 장례식장 부지를 나갔다. 이제 모든 게 끝이다. 그렇게 생각한 순간이었다. 정적을 깨는 클랙슨 소리와 함께 옆길에서 경찰차가 들이닥쳐 장의차를 가로막았다. 장의차가 정지하자 경찰차 안에서 남자가 나왔다. 고테가와였다.

"사이타마 현경입니다. 차를 세워 주십시오."

그러자 캐시가 안심한 듯 중얼거렸다.

"이제야 도착했군요. 저 남자는 꼭 이렇게 아슬아슬하게 등장해서 얄밉습니다."

고테가와는 주머니에서 종이를 한 장 꺼내더니 참석자들 앞에 펼쳤다.

"감정 처분 허가서입니다. 이로써 시신은 우라와 의대로 반송 직후 사법해부를 거치게 됩니다."

4
—

"고테가와 형사님. 조금 전 대사는 대단히 훌륭했습니다."

법의학 교실에 도착하자 캐시는 두 팔을 펼치며 고테가와를 칭찬했다.

"꼭 미토 고몬(에도 시대의 번주 도쿠가와 미쓰쿠니를 모델로 한 시대극 주인공) 같은 호언장담이었습니다. 그건 고테가와 형사님 특유의 일류 연출 효과입니까?"

그 말에 고테가와는 할 말이 많아 보였다.

"캐시 교수님. 스마트폰으로 찍은 약 봉투랑 캡슐 사진 한 장으로 영장을 받기가 얼마나 힘들었는지 아십니까? 늦을 수밖에 없었습니다. 그렇게 비꼬시면 억울합니다."

"저, 형사님. 스미레 씨는요?"

"아, 부검하겠다는 말을 꺼내자마자 엄청나게 날뛰더군. 지금은 임의로 참고인 조사 중이야. 대리 뮌하우젠 증후군이랬나? 지금 정신 질환 전문의와 접촉하고 있기는 한데."

"정신 질환으로 진단받으면 죄가 가벼워지나요?"

"글쎄. 전에 구루메나 교토에서도 비슷한 사건이 있었는데 형법 39조는 적용되지 않았어."

유코가 세상을 뜨고 이번에는 유코의 어머니가 경찰 조사를 받는다. 어쩔 수 없다고는 해도 마코토는 마음이 무거웠다. 상심한 것이 표정에 드러났는지 고테가와는 보기 드물게 자상한 목소리로 말했다.

"아무튼 그 모친 쪽은 우리한테 맡기고 마코토 선생은 자기할 일만 하면 돼."

고테가와가 엄지를 뒤쪽으로 향했다.

부검실. 저 안에서 유코가 마지막 말을 하기 위해 나를 기다리고 있다. 그렇다. 이곳이 내가 있을 곳이고 전장이다.

얼마 뒤 마코토는 캐시와 옷을 갈아입고 싸늘한 부검실 안으로 들어갔다.

부검대에 놓인 유코를 내려다봤다. 캐시가 지적한 대로 하반신 근육만 쇠퇴해 있어 상반신과 균형이 맞지 않는다. 타고난 흰 피부는 안이 비칠 만큼 투명해졌고 잡티 하나 없는 매끄러운 살 결과 합쳐져 마치 공예품처럼 보이기도 한다. 한 가지 다행인 것은 표정이 매우 편안해 보인다는 점이었다.

가슴속에서 피어오르는 감상을 집어삼키고 마코토는 유코에게 말을 걸었다. 자, 이제 들려줘. 네가 마지막으로 하고 싶었던 말을.

"그럼 시작한다."

미쓰자키는 평소대로 집도를 선언했다.

"시신은 20대 여성. 몸 표면에 눈에 띄는 특이점은 없지만 하반신에 운동 부족으로 인한 근육 쇠퇴 징후가 보임. 내과 진단은 폐렴에 의한 사망이며 부검도 폐를 중심으로 이뤄진다."

말을 마치자마자 가슴 언저리에 메스가 들어갔다. 마코토는 눈을 부릅뜨고 견뎠다. 아름다운 피부에 난 절개선을 따라 핏방울이 툭툭 올라왔다.

양쪽에서 피부를 절개한 뒤 갈비뼈를 자르자 연갈색을 띤 폐가 눈앞에 드러났다. 그러나 미쓰자키의 손가락은 폐가 아닌 심장으로 먼저 향했다. 메스가 소리도 없이 심장을 잘라 간다.

"심장 외관은 심첨부가 둔하고 우실 확대가 현저함. 우실 벽이 정상보다 두꺼워 우실 자체의 비대로 추정됨. 또 양쪽 심실 모두 내막하에 중증도의 지방 변성 있음."

다음으로 폐가 절개됐다. 순식간에 폐포 내부가 노출됐다.

"우선 내과에 경의를 표하며 폐렴 증상 확인을 실시한다. 우선 두 사람 눈에는 이것이 폐렴에 걸린 폐포로 보이나?"

마코토와 캐시는 폐 절개 부위에 얼굴을 갖다 대고 동시에 얼굴을 찌푸렸다.

폐포 속에 염증이 거의 보이지 않았다.

"숙주가 미코플라스마 표면에 있는 리포 단백질을 인식하면 면역 세포인 대식세포가 활성화돼 염증이 발생한다. 그러나 이 검체에 염증은 거의 보이지 않는다."

마코토와 캐시는 서로 얼굴을 마주 봤다.

설마 유코는 폐렴이 아니었던 걸까?

"다만 염증의 잔재는 있으니 순조롭게 치료가 이뤄진 덕분으로 볼 수 있음. 그러나 사인에 직결된 건 폐 자체가 아닌 이곳이다."

미쓰자키가 가리킨 곳. 그곳은 좌폐동맥이었다.

끝부분이 이상하리만큼 팽창해 있다.

"끝을 절개."

메스가 기계처럼 정확하게 동맥을 가른다. 열어 보니 좌폐동맥 끝부분이 혈전으로 거의 막혀 있다.

"색전 주변 폐실질에 출혈이 보이고 출혈은 기관지에도 미치고 있음. 또한 색전 일부에 섬유아세포가 혈관 벽을 통해 침투해 있음. 이는 일주일 이전부터 기질화 혈전이 존재했음을 의미한다. 색전은 좌상엽에도 있으며 이곳 역시 기질화해 있음. 우폐와 하엽으로 향하는 폐동맥도 마찬가지."

미쓰자키의 손가락이 바쁘게 움직인다. 손가락이 가리키는 부위는 모두 혈전 색전 상태였다. 이게 대체 무슨 일일까. 유코의 폐 속은 혈전투성이였다.

"폐 전체에 폐동맥 벽이 두꺼워져 있음. 따라서 이전부터 폐에 고혈압이 발생해 우실 비대로 이어진 것으로 추정됨. 이상, 심장과 폐의 소견으로 검체는 혈전 색전이 반복돼 폐동맥의 단계적인 협소화를 일으켰고, 우실 부하로부터 우심부전에 이른 것으로 추정."

"교수님……."

마코토 목소리가 떨렸다.

"유코는 폐렴이 아니라…… 폐색전증이었던 건가요."

"폐색전증 증상을 설명해 보도록."

폐동맥에 혈전이 쌓이면 동맥혈의 산소 농도가 낮아진다. 심장은 산소 부족 증상으로 혈액을 자주 내보내 안정된 상태에서도 맥박이 빨라진다. 또 동맥 속 압력이 상승해서 혈관이 두꺼워지고 흉통을 일으킨다.

"자각 증상으로 가장 흔한 건 호흡곤란과 흉통, 다음으로 기침이 있습니다."

"그렇다면 폐렴은?"

"오랫동안 이어지는 기침, 중증일 경우에만 호흡곤란과 흉통이……."

"둘 다 비슷한 증상이지. 따라서 그런 증상을 호소해도 폐색전증이 먼저 진단 후보 리스트에 오를 확률은 낮아. 그러나 차트를 보면 이 환자는 실려 오기 직전에 졸도했더군. 갑작스럽게 찾아온 심한 호흡곤란 증상 때문이지만 폐렴에서는 그다지 볼 수 없는 증상이지. 또 긴급 후송된 시점에 과다 호흡과 저혈압이 보였다면 폐색전증 가능성을 염두에 뒀어야 해."

다시 말해 유코와 스미레 모두 지금껏 실제로는 폐색전증임에도 불구하고 폐렴으로 믿고 치료를 해 온 셈이다.

이게 가능한 일일까. 그렇다면 스미레가 가레녹사신 용량을 의도적으로 줄였다고 해도 의미가 없어진다.

마코토의 동요 따위는 아랑곳하지 않고 미쓰자키는 다음으로 하반신으로 옮겨 갔다.

"하반신 근육이 쇠퇴한 건 운동 부족 때문이다. 보행 동작은 다리 근육 정맥을 통해 혈액을 위로 밀어 올리는 보조 펌프 기능을 수행하지. 운동 부족이 이어지면 자연히 그 기능도 둔해지니 혈전 발생의 원인이 되기도 한다."

스미레가 유코를 침대에 눕힌 채 충분한 운동을 시키지 않은 것이 폐색전증 위험을 더욱 높인 결과가 돼 버렸다. 바꿔 말하면 스미레의 악의는 약물 용량이 아닌 이 부분에 있었다는 말이 된다.

"폐색전증을 일으키는 혈전이 가장 발생하기 쉬운 부위가 어디지?"

"하지 정맥입니다."

다리 내부를 관통하는 심부정맥에 혈전이 생기고, 그것이 혈액을 따라 우심방과 우심실을 거쳐 폐동맥까지 올라온다. 폐색전증 원인의 90퍼센트 이상은 이러한 심부정맥 혈전증에 따른 것이다.

"그렇다면 지금부터 그곳을 확인한다."

미쓰자키는 우선 시신의 오른쪽 다리를 살짝 들어 올렸다.

"부종 없음. 피부에도 변색한 곳은 보이지 않음."

"네?"

마코토는 무심코 되물었다. 심부정맥 혈전증 환자의 대부분은 하반신 옆면에 부종이나 피부 변색이 생기기 때문이다.

미쓰자키의 메스가 오른쪽 다리를 갈라 정맥을 노출시켰다. 그러나 혈관 어느 부분을 절개해도 혈전 같은 것은 보이지 않았다. 만약을 위해 왼쪽 다리도 절개했지만 역시 혈전은 보이지 않았다.

"교수님, 이게 뭘 의미하나요? 왜 심부정맥에 혈전이 없는 거죠?"

"뻔하지. 이 검체의 폐색전증 원인이 심부정맥 혈전증이 아니라는 뜻이다."

미쓰자키는 지극히 당연하다는 듯 대답했다. 마코토는 뭐가 뭔지 알 수 없었다.

그럼에도 진실은 깨달았다. 유코가 마지막으로 하고 싶었던 말이 명백해졌다.

"……쓰쿠바 교수님의 오진이었군요."

"그러나 응급처치와 심폐소생술 자체에 실수가 있었던 건 아니야."

시술 자체에 실수는 없었다. 따라서 바로 쓰쿠바의 의료 과실을 물을 수는 없다. 마코토의 귀에는 그렇게 들렸다.

"쓰쿠바 교수님을 옹호하시는 건가요?"

"옹호할 작정이라면 부검 같은 걸 왜 하겠나?"

미쓰자키는 언짢은 듯 입술을 씰룩였다. 몸짓과 표정 모두 평소와 똑같아서 마코토는 내심 안도했다.

미쓰자키는 그 얼굴 그대로 마코토에게 고개를 돌렸다.

"봉합은 자네가 하게."

"네?"

"개복 시에는 신속하게, 폐복 시에는 정중하게. 실력이 미숙하니 신속함은 바랄 수 없지만 정중한 건 소화하겠지."

믿을 수 없었다. 자신이 집도한 시신은 반드시 봉합까지 직접해 온 미쓰자키가 공교롭게도 연수의인 자신에게 뒤처리를 맡긴 것이다.

미쓰자키가 자리를 비켰다. 마코토는 이끌리듯 그곳으로 갔다.

"스테이플러나 테이프가 아닌 봉합 실로 봉합하도록."

실로 하는 봉합보다는 당연히 스테이플러나 테이프를 쓰는 쪽이 간편하다. 그러나 미쓰자키는 군이 실과 바늘을 쓰라고 지시했다.

할 수 있겠느냐고 묻지 않았다. 바라던 바다. 마코토는 새삼 유코의 시신을 다시 내려다봤다.

미안. 많이 부끄럽지? 지금 바로 원래의 예쁜 모습으로 되돌려줄게.

눈을 감고 호흡을 가다듬는다.

"캐시 교수님. 죄송하지만 보조를 부탁드려도 될까요?"

"오케이."

캐시가 옆에 온 것을 확인하고 마코토는 서서히 봉합을 시작했다.

"가시와기 스미레가 자백했어."

이틀 뒤 고테가와가 법의학 교실을 찾아와 보고했다.

"자기 딸을 밖에 내보내지 않았고 약의 양도 일부러 줄여서 회복을 늦췄다는군. 스스로도 잘 설명하지 못하겠지만 딸을 간호할 때만큼은 충실한 마음으로 살 수 있어서 되도록 이런 상황이 쭉 이어졌으면 좋겠다고 바랐다고 해."

대리 뮌하우젠 증후군의 전형적인 증상이라 할 수 있다.

"결정적 단서는 역시 캐시 교수님이 촬영한 약 봉투 사진이었어. 그걸 눈앞에 들이미니 순순히 자백했다고 해. 이건 내 희망 섞인 관측인데, 왠지 살의라고 할 만큼 명확한 무언가는 없지 않았을까 싶네."

마코토도 그 의견에 동의하고 싶었다. 아무리 친한 친구였어도 모녀 사이에 자신이 끼어들 수는 없다. 두 사람 사이에 보통 사람은 이해하기 힘든 감정 같은 것도 싹텄을 것이다. 그래도 스미레의 행동은 정신 질환에 의한 것이었고, 그 속에 악의가 숨겨져 있었다고는 결코 생각하고 싶지 않았다.

"가시와기 스미레의 통원 기록도 전부 조사해 봤어. 가시와기 유코가 태어나기 전에 남편이 바람을 피운 시기가 있었고, 그때 스미레는 여러 차례에 걸쳐 자해 행위를 했다고 해. 상처를 입고 병원에 들어와 끊임없이 자신은 병에 걸렸다고 호소했다더군. 주위의 동정을 사려는 의도적 행동으로 보고 의사는 그녀에게 뮌하우젠 증후군 진단을 내렸어."

뮌하우젠 증후군을 잃는 이가 어머니가 되자 자신의 아이를 대상으로 한 대리 뮌하우젠 증후군으로 옮겨 간다. 실제로도 흔히 있는 사례로, 대리 뮌하우젠 증후군 환자의 40퍼센트가 이전에 뮌하우젠 증후군을 잃았다는 통계도 있다.

마코토는 죄책감에 가슴이 옥죄었다. 고등학교 시절부터 그 모녀를 알아 왔는데 스미레의 증상을 조금도 눈치 채지 못한 내 눈은 옹이구멍이나 마찬가지 아닐까.

"뭐야. 왜 이리 힘이 쭉 빠졌어?"

"형사님이랑은 상관없는 일이에요."

"이제 와서 이런 말 해봐야 소용없지만…… 전문의들도 외관만으로 판단 내릴 만한 정신 질환은 얼마 없다고 해. 괜히 마코토 선생이 속 썩일 이유는 없어."

분명 소용없는 소리였다. 그러나 조금 위안이 되기는 한다. 적어도 딛고 일어서자고 생각할 정도는 됐다.

"……고맙습니다."

자연히 감사 인사가 입 밖에 나왔다. 고테가와는 어안이 벙벙한 표정으로 잽싸게 시선을 피했다.

"하지만 이상한 게 하나 더 있어요."

"뭐지?"

"미쓰자키 교수님은 왜 유코를 부검해야 한다고 생각하셨을까요? 병원에서 사망한 데다 차트에 부자연스러운 부분도 없었는데……."

"음, 글쎄. 그건 나도 잘 모르겠네."

교실 구석에서 캐시가 마코토와 고테가와의 대화를 흥미진진하게 듣고 있다. 두 사람은 동시에 캐시에게 시선을 돌렸다.

그러자 캐시는 곤란해하는 표정으로 어깨를 으쓱하기만 했다.

위약과 서약

1

"대체 어쩔 작정이지?"

연구실에서 쓰쿠바는 그렇게 물었다.

"현경에서 요청하지도 않은 건, 유족에게 거짓말까지 해서 부검한 건, 도쿄 감찰의무원이 이미 처리한 건, 그리고 얼마 전 그 병원에서 사망한 건. 그뿐만이 아니야. 정식 검안 요청도 없었는데 그가 집도한 게 최근 몇 달 간 스무 건을 넘었어."

"하지만…… 예로 드신 그 네 건은 미쓰자키 교수님의 부검이 없었다면 진실이 묻혀 버렸을 거예요."

마코토는 정면에 서서 그렇게 대답했지만 거의 변명을 늘어놓는 말투였다. 처음에는 미쓰자키의 전횡에 비판적이던 마코토도 요즘 들어서는 조금 공범이 된 심경이었다.

"결과가 어떻든 간에 그 안하무인 태도는 정말 문제야."

안하무인이라는 단어에는 도무지 반박할 말이 없었다.

"심지어 미쓰자키의 행동은 학교를 넘어 법의학회에서도 문제시되는 상황일세. 학교 안에서는 예산을 마구 써 버린 탓에 아직 뒷수습을 못하고 있고, 학회에서는 무턱대고 부검 실적만 늘린다는 의심을 사고 있어."

직접 들은 게 아니라 학회에서 어떤 소문이 도는지는 모르지만, 예산에 관해서는 캐시한테도 가끔 불만을 들을 때가 있어 알고 있었다. 아직 연말도 안 됐는데 법의학 교실에 할당된 예산이 거의 바닥을 드러낸 모양이었다. 원인은 물론 부검 건수가 당초 예상보다 훨씬 많아졌기 때문이다.

현경에서 할당되는 부검 비용은 한 건당 약 16만 엔. 그러나 실제 드는 비용은 25만 엔 남짓. 곧 시신 한 구에 9만 엔의 적자가 발생하는데, 이 금액은 통째로 학교 예산으로 청구된다. 다시 말해 미쓰자키가 부검을 할수록 남은 예산을 압박해 가는 구조다.

"예산이 부족한 건 비단 우리 학교 이야기만은 아니야. 현경 본부도 마찬가지지. 지난번에는 사이타마 현경 수사1과장이 부검 예산 초과를 염려해 학교에 호소했다더군."

이대로 학교와 현경에서 부검에 할당된 예산이 고갈되고 그 뒤로도 검안 요청이 이어지면 어떻게 될까. 마코토는 소박한 의문이 들었다. 아무리 예산이 바닥났다고 해도 사망 원인이 불분명한 시신을 내버려 둘 수는 없을 것이다. 그리고 검안을 요청하는 법의학 교실에 무료 봉사를 강요할 수도 없는 노릇이니 결국은 다른 예산으로 융통할 수밖에 없다.

거기까지 떠올리자 마코토는 학교와 경찰의 예산 할당 비율을 다시 검토해야 한다고 생각했다. 경찰이든 병원이든 사인 규명보다 우선순위가 떨어지는 항목이 수없이 많을 것이다.

"그는 대체 무슨 생각이지?"

쓰쿠바는 처음 했던 질문을 반복했다.

"최근 몇 달 간 자네는 지근거리에서 미쓰자키의 말과 행동을 보고 때론 함께 움직이기도 했어. 미쓰자키가 이렇게 무턱대고 부검에 매달리는 이유에 대해 자네는 어떻게 생각하나?"

"글쎄요……. 교수님은 살아 있는 환자나 죽은 환자가 똑같다거나, 의사라면 감정보다는 이성을 우선해야 한다는 말씀만 하시고 구체적인 이유 같은 건 전혀……."

그러자 쓰쿠바는 가볍게 탄식을 내뱉었다.

"이런. 그렇다면 자네를 법의학 교실에 보낸 보람이 없군."

"죄송합니다."

"아니. 원래 입보다 손이 먼저 움직이는 남자라 어쩔 수 없는 면도 있지. 나도 이미 오랜 세월 그를 알고 지내 오긴 했지만 서로 툭 털어놓고 대화를 나눠 본 적도 별로 없고. 같은 법의학 교실 사람이라면 어느 정도 속마음을 털어놓으리라 예상한 내 생각이 얕았을지도 몰라."

내일부터 미쓰자키의 동향을 주시해 달라. 마코토는 쓰쿠바에게 느닷없이 그런 지시를 받은 날을 떠올렸다. 미쓰자키 밑에서 일하면서 그가 부검 실적에 매달리는 이유를 가늠해 보라. 그것이 쓰쿠바의 의뢰였다. 폭넓은 지식 습득이라는 건 마코토를 법의학 교실에 보내는 구실에 지나지 않았다.

"꼭 정확하지 않아도 되네. 쓰가노 군이 보기에 미쓰자키 도지로는 어떤 인물이지?"

"타인에게 오만불손하고 다소 교활한 면이 있는 데다 툭하면 빈정거리고, 모든 일에 독단적이시고……."

"그런 건 군이 자네가 지적하지 않아도 이미 아는 것들이야."

"하지만 의사로서는 존경할 만한 분입니다."

그것만은 말해 두고 싶었다. 의사로서의 경험과 기술, 그리고 흔들리지 않는 신념. 그런 것들이 있기에 어느 정도의 전횡이나 안하무인 태도도 이해하고 넘어갈 수 있었다.

"그 역시 군이 지적하지 않아도 되네."

쓰쿠바는 난감해하는 표정으로 고개를 절레절레 흔들었다.

"학회에서의 지위나 명성에 연연하는 사람이었다면 나도 자네에게 그런 스파이 같은 행위를 의뢰하지 않았을 거야. 그러므로 더욱 문제가 커지기 전에 사태를 수습하고 싶네. 불명예스러운 형태로 그가 다른 사람들 앞에 서는 상황만은 어떻게든 피하고 싶어."

쓰쿠바는 기도하듯 두 손을 맞댔다.

눈빛과 말투가 워낙 절박해서 마코토는 시선을 피할 수밖에 없었다.

"이런 일이 탐탁지 않겠지만, 자네가 미쓰자키를 존경하고 있다면 더욱 부탁하고 싶군. 그의 폭주를 막을 사람은 그를 미워하고 배척하는 사람이 아니야. 미쓰자키라는 인간을 존경하고 그의 신념을 존중할 수 있는 사람이지."

미쓰자키의 폭주를 막는다. 그러려면 군대 1개 사단 정도는 필요하지 않을까. 그렇게 생각하면서도 마코토는 쓰쿠바의 의뢰를 거절하지 못했다.

쓰쿠바의 연구실에서 나와 내과 병동으로 향했다. 법의학 교실에 가기 전까지 마코토가 머물던 곳이고 지금도 내 집 같은 느낌은 여전하다. 오랜만에 만나는 얼굴들이 보였다.

412호 병실 문을 똑똑 두드리자 안에서 대답이 들렸다.

"앗, 마코토 선생님!"

안에는 환자인 구라모토 사유키, 그리고 침대 옆에는 간호사인 스미 리에코가 있었다.

"쓰가노 선생님."

"상태 좀 보러 왔습니다. 사유키, 좋아 보이네."

"네. 얼굴 붓기도 좀 가라앉았죠?"

"응. 가라앉았어. 엄청 예뻐졌네."

"……선생님. 빈말이라도 좀 더 그럴싸하게 해주세요."

사유키는 입을 비쭉 내밀며 말했다. 아직 열 살인 아이. 그런 표정도 밉지 않아서 마코토는 저도 모르게 미소를 지었다.

복막염을 앓던 사유키가 우라와 의대에 입원한 건 몇 개월 전 일이다. 마코토는 쓰쿠바 보조로 환자를 맡게 됐다. 보조라고는 해도 전공과에서 처음 맡게 된 환자라 마음이 쓰였다. 사유키가 싹싹한 성격이라 더욱 그랬다. 일단 항생제 투여로 염증이 가라앉아서 퇴원했지만 지난주 재발해 다시 입원했다.

복막염은 말 그대로 세균이 복막에 침투해 염증을 일으킨 질환이다. 복부 통증이 서서히 퍼지다가 발열, 오한, 구토, 잦은 맥박 등의 증상을 보인다. 최대한 빨리 치료해야 하지만, 사유키가 몸이 허약하다는 점에서 수술에 의한 병원체 제거보다 항생제 투여를 선택했다.

마코토는 사유키의 담당 보조를 맡고 있다가 쓰쿠바에게 미쓰자키 감시를 지시받고 도중에 자리를 떠나 버렸다. 그러나 법의학 교실로 옮긴 뒤에도 줄곧 신경이 쓰여 이따금 병실을 찾아 사유키 상태를 확인했다.

"간호사 언니 말을 잘 들어야 해."

"그러고 있어요. 자기 말 안 들으면 병이 안 나을 거라고 큰소리도 치시는걸요."

"큰소리라고 할 것까지는 없잖니."

옆에 있던 리에코가 한마디 했다.

"우리 사유키한테는 목표가 있잖아. 선생님 말씀 잘 들어서 반드시 나을 거라는. 처음 그렇게 선언한 것도 우리 사유키였어."

"저도 알아요."

사유키는 불현듯 진지한 표정을 지었다.

"7월 15일 해리포터의 마법 세계 공개일까지 반드시 퇴원할 거예요!"

해리포터 팬인 사유키는 일본의 USJ(유니버설 스튜디오 재팬)에 해리포터 관련 놀이 기구가 만들어진다는 소식을 듣고 첫 번째 탑승자가 되는 것을 목표로 치료에 힘쓰고 있다. 어린아이다운 동기이기는 하지만 어떤 것이든 치료 목적이 되면 그보다 더 좋은 건 없다.

병은 마음에서부터 온다는 말이 있듯이 아무리 의학 기술이 발전해도, 아무리 효과 좋은 신약이 개발돼도 환자가 낫고자 하는 의지가 없으면 나을 병도 낫지 않는다.

"자, 그럼 힘내자."

리에코가 격려하자 사유키는 "네!" 하고 밝게 대답했다.

"또 올게."

마코토는 인사를 건네고 리에코와 함께 병실을 나섰다. 그녀와 함께 나온 건 사유키에게 들려주고 싶지 않은 이야기를 하기 위해서였다.

"리에코 씨. 알려 주세요. 왜 병이 재발한 거죠?"

"급성 충수염이라고 해요."

리에코는 자기 탓이 아닌데도 면목 없어 하며 말했다.

"재입원 때 복부 CT로 확인했다네요. 충수에 생긴 염증이 복막에 영향을 끼쳤다는 것 같아요."

"충수염 쪽은 해결됐나요?"

"쓰쿠바 교수님께서 약으로 어떻게든 해보고 있어요. 사유키 체력으로는 수술을 못 견딜 수도 있다고 해서……."

"혈액 검사 결과는요?"

"CRP는 양성. 백혈구도 늘었어요."

둘 다 복막염의 전형적인 증상이다. 한 번 나았던 복막염이 급성 충수염의 여파로 재발했다는 건 어지간히 운이 없다고 할 수 있다.

"쓰쿠바 교수님은 혈액 채취까지 본인이 직접 하겠다고 하셨어요. 그러면 저희 할 일이 없어지니 반대했지만……."

"그렇군요."

"자신의 처치로 완치했다고 판단한 복막염이 재발한 상황을 받아들이기 힘드시겠죠. 이게 다 퇴원 후 환자의 경과를 세심히 관찰하지 못한 자기 탓이라며 스스로를 매우 질책하셨어요."

쓰쿠바다운 이야기다. 그는 얼핏 보기에 감정 기복이 거의 없어 보이지만 실제로는 인정이 많고 담당 환자는 물론 지도하는 연수의들에게도 온정을 베푼다. 따라서 그를 싫어하는 환자나 연수의가 거의 없고, 한때 쓰쿠바와 연관된 이들은 거의 예외 없이 그를 믿고 따르게 된다.

"하지만 조금 질투가 나기도 하네요."

"사유키에게 말인가요? 아니면 교수님께?"

"음. 둘 다라고 해야 할까요……."

생각해 보면 미쓰자키는 다양한 면에서 쓰쿠바와는 대조적이다. 살아 있는 인간에게는 별 흥미를 보이지 않고, 흥미를 보여도 겉으로는 냉담하고 쌀쌀맞게 대한다. 타인의 말이나 판단을 신용하지 않고 우선 자신의 식견으로 모든 일을 판단하려고 한다. 독단적으로 움직이며 주변 목소리에 휘둘리지 않는다. 그런 두 사람이 같은 학교, 심지어 친구 사이라는 점은 흥미진진한 사실이었다.

"신경 쓰여서 와 봤는데, 쓰쿠바 교수님께서 그토록 열심히 뛰고 계신다면 저 같은 사람이 끼어드는 건 월권행위겠죠."

"그렇지 않아요."

리에코는 고개를 좌우로 흔들었다.

"쓰가노 선생님께서 사유키를 걱정하는 마음은 저도 아주 잘 알아요. 저도 맨 처음 받았던 환자를 지금도 잊지 못하니까요. 마음이 갈 수밖에 없어요."

"고마워요. 하지만 그게 평범한 사람으로서는 좋은 일인데, 이런 일을 하는 사람으로서는 과연 어떨까 싶은 게 요즘 제 심정이에요."

"네?"

"어떤 환자라도 구분하지 않는다. 아니, 그걸 뛰어넘어 산 자든 죽은 자든 구별하지 않는다. 자신 앞에 누워 있으면 그게 아무리 적이라고 해도 전력을 다해 치료한다……. 그것이 의료에 종사하는 자의 본분이라고 생각하게 됐어요."

고개를 드니 리에코가 왠지 미심쩍어 하는 눈빛으로 자신을 보고 있다. 마코토는 문득 부끄러워져서 황급히 손사래를 쳤다.

"아, 지금 말한 건 어디까지나 이상에 불과해요. 이상. 그렇게 됐으면 좋겠다는 거죠. 실제로 저는 아직 모든 일에서 헤매고 실패를 거듭하는 연수의예요."

"아뇨. 저…… 실은 조금 놀랐어요. 쓰가노 선생님께서 내과에 계실 때보다 훨씬, 그러니까……."

"어른스러워졌다?"

"아뇨, 그런 건 아니고요."

"아니에요. 저도 그 정도 자각은 있거든요. 아니, 그걸 떠나 부검을 계속하다 보면 누구든 어른스러워질 수밖에 없을걸요."

"이제는 좀 익숙해졌어요?"

"음, 부검을 마치고 불고기 정식을 먹을 수 있는 정도로는."

그렇게 대답하자 리에코는 또다시 마코토를 뚫어지게 바라봤다.

리에코에게서 긴급 연락이 온 건 이틀이 지난 새벽 3시 무렵이었다.

"이런 시간에 무슨 일이죠?"

휴대 전화를 받았을 때는 의식이 몽롱했지만 리에코의 말을 들은 순간 눈이 번쩍 뜨였다.

"조금 전 사유키가 세상을 떠났어요…….."

무슨 상황인지 도무지 파악할 수 없었다.

"네……? 느, 느닷없이 그게 무슨 말씀이세요?"

"갑자기 상태가 안 좋아져서…… 저도 옆에 있었는데…… 심폐소생을 할 때는 이미…….."

리에코는 울음을 참고 있는지 말이 드문드문 끊겼다.

"……늦어 버렸어요."

"지금 갈게요."

마코토는 벌떡 일어나 서둘러 옷을 갈아입고 집을 나섰다.

우라와 의대로 가는 동안에도 머릿속이 계속 혼란스러웠다. 이따금 환자의 상태가 급격히 악화할 때가 있고 간호사인 리에코가 거짓말을 했을 리도 없다. 사유키가 병원에서 사망했다는 건 아마도 사실일 것이다. 뒤늦게 달려가서 사유키를 살릴 수 있는 것도 아니다. 내과를 떠난 자신이 뻔뻔하게 얼굴을 들이밀어 봐야 그저 거치적거리기만 할 뿐이라는 것 역시 알고 있다. 그래도 달려가지 않을 수 없다. 사유키의 죽음을 지켜보고 그 원인을 확인하지 않고는 견딜 수 없다. 오직 그것만이 마코토가 할 수 있는 단 하나의 일이었다.

얼마 전 친한 친구 유코를 잃고 이번에는 첫 번째로 맡았던 환자를 잃었다. 각별한 인연을 연이어 잃은 셈이다. 그러나 유코 때와 지금은 명확하게 다른 게 있다. 유코가 죽었을 때는 내 안에 갇혀서 그저 한탄할 수밖에 없었다. 친구를 위해 울고 자신을 위해 울 수밖에 없었다.

하지만 지금은 다르다. 가슴이 무겁게 내려앉는 건 똑같아도, 원하는 건 도망칠 곳이 아닌 진실이다. 사유키가 죽기 직전에 하고 싶었던 말, 사유키의 몸이 마지막으로 전하고 싶었던 것을 들어줘야 한다. 슬퍼하는 건 그 뒤로도 충분하다.

마코토는 우라와 의대에 도착하자마자 너스 스테이션으로 직행해 사유키가 있는 곳을 확인했다. 당직 간호사는 사유키의 상태가 급격히 악화되어 외과로 가서 개복 수술을 했지만, 지금은 영안실에 있다고 했다.

뒤로 돌아 영안실로 향했다. 몇 번인가 들어가 본 적 있는 곳이지만 오늘은 유독 가슴이 두근거렸다. 영안실 문을 연다. 내부는 형광등 불빛이 눈부셔서 음습한 인상은 없다. 그러나 침대 옆에서 오열하는 사유키의 어머니와 그 옆에 우두커니 선 아버지의 모습을 본 순간 마코토는 할 말을 잃었다.

"사유키, 사유키……."

어머니는 딸의 이름을 부르며 울음을 터뜨렸다. 아버지는 한 손을 아내 어깨에 올려놓고 어찌할 바를 모르는 듯했다. 두 사람의 뒷모습 너머로 시트에 싸인 망자가 보인다. 차오르는 절망감에 마코토의 다리가 순간 휘청였다. 고작 열 살밖에 안 됐는데. 그렇게 병마와 싸워 이기려고 했는데.

망연자실하게 서 있자 뒤에서 "쓰가노 선생님" 하는 목소리가 들렸다. 돌아보니 리에코가 서 있었다.

"잠깐 밖에서……."

초연한 목소리를 듣고 마코토는 리에코와 함께 영안실을 나갔다.

"상태가 갑자기 나빠진 건 자정이 지난 무렵이었어요. 느닷없이 복부 통증을 호소하며 구토를 하더군요. 뢴트겐으로 복수가 찬 것이 확인됐고, 백혈구 수치도 2만 1천이 넘어서 급히 외과로 옮겨 개복 수술을 진행했습니다."

"집도의는……?"

"오늘 당직인 아라이 선생님입니다."

아라이는 외과의다. 그래서 사태의 급변에 대처할 수 있었을 것이다.

"쓰쿠바 교수님께는……."

"네. 상태가 악화됐다는 소식을 전하자마자 달려오셨어요. 바로 조금 전까지 이곳에 계셨고요."

역시 주치의는 주치의다.

"계속해서 안타깝다는 말씀만 반복하셨어요."

리에코는 고개를 축 늘어뜨린 채 이야기를 이어 갔다.

"사유키의 몸이 수술을 견딜 수 있을까 걱정했는데…… 수술을 시작하고 얼마 되지 않아 심폐가 정지했다고 해요. 그 뒤 심폐소생을 실시했지만 멈춰 버린 심장은 이미……."

"수술은 거기서 중단됐나요?"

"아라이 선생님께서 농성 복수와 충수 주변의 궤양을 확인한 다음 봉합하셨어요. 엔도톡신 쇼크에 따른 사망이었다고 해요."

한마디로 사인이 복막염이었다는 뜻이다. 사유키의 약한 몸을 고려해 약을 계속 투여했지만 병은 조금도 나아지지 않았다.

"운이 없었어요…… 가엾게도……."

리에코는 그렇게 말하며 어깨를 떨궜다.

운이 없었다.

마코토는 그 말에 희미한 위화감을 느꼈다. 일단 한 번 퇴원한 뒤 충수염을 앓다가 그것이 복막으로 전이됐다. 분명 그 점은 운이 없었다고 할 수 있다. 그러나 사유키의 죽음마저도 운이 없었다고 잘라 말할 수 있을까.

리에코 이야기만 들으면 아라이의 대처에 별문제는 없다. 원래 수술 실력으로 정평이 난 의사다. 복막염 같은 간단한 수술에서 실수를 범했을 가능성은 낮다. 따라서 현시점에 병원 측에서 책임질 만한 요인은 없다. 그럼에도 단지 운이 좋지 않았다고 결론짓는 데는 왠지 거부감이 들었다. 고작 열 살인 아이. 그런 생명을 이렇게 맥없이 앗아가 버릴 만큼 신은 냉혹한 존재일까.

마코토는 다시 한 번 영안실 문을 열었다. 사유키의 부모가 조금 전과 같은 자세로 있었다.

"너무도 갑작스럽게 안타까운 일이……."

마코토가 고개를 숙이자 반응한 사람은 아버지뿐이고 어머니는 여전히 시트에 얼굴을 파묻고 있다. 아버지는 뒤늦게 마코토에게 자리를 비켜 줬다.

얼굴 시트가 벗겨져 있었다. 리에코가 정중히 처리해 줬는지 목부터 얼굴까지 깨끗하게 닦여 있다. 잠들어 있다는 표현이 꼭 들어맞는 표정이다.

마코토는 잠시 눈을 감고 묵념했다.

미안해. 널 구해 주지 못했어. 그렇게 낫고 싶어 했는데. 미래에 수없이 많은 가능성이 있었는데. 정말로 운이 없었을 뿐일까? 그 밖에 다른 원인은 없었을까? 알려 주렴. 네가 하고 싶었던 말을 들려줘.

마코토는 고개를 들어 아버지를 마주 봤다.

"구라모토 씨. 사유키의 몸을 병리해부 하시겠습니까?"

그러자 아버지는 의외라는 듯이 눈을 크게 뜨고 고개를 두 번 가로저었다.

"꼭 부검하지 않아도 사유키의 사인은 복막염이라고 합니다. 집도하신 아라이 선생님께서 정중하게 설명해 주셨죠. 필요 없을 것 같습니다."

조용하지만 단호한 말투였다.

어머니는 아직도 소리 죽여 울고 있다.

"아직 밝혀내지 못한 걸 밝혀낼 수도 있습니다."

"예를 들면요?"

아버지가 그렇게 되물었지만 마코토는 명확하게 대답할 수 없었다.

"조기 발견을 위한 데이터베이스로 삼으려고 부검한다는 이야기는 들어 본 적 있습니다. 그러나 이번 일은 원인이 뚜렷해 부검해 봐야 의료 발전에 기여할 만한 건 없다고 봅니다. 그리고…… 부모로서 너무도 괴롭습니다. 딸은 아직 고작 열 살이었습니다. 날 때부터 몸이 튼튼한 아이가 아니었죠. 그런 아이의 몸에 또 상처를 내야 한다는 건 너무 가혹합니다."

그 말을 끝으로 아버지도 침묵에 잠겼다.

가족의 동의 없이 병리해부를 할 수는 없다. 여기서는 얌전히 물러날 수밖에 없었다.

"쓰가노 선생님. 어째서 부검을……."

영안실을 나서자마자 리에코가 물었다.

"아라이 선생님 수술에 뭔가 의문점이라도 있는 건가요?"

"꼭 그런 건 아니지만……. 그냥 확인하고 싶어서요."

"뭘 말이죠?"

"사유키의 마지막 목소리. 저 아이가 무슨 말을 하고 싶었는지를 부검하면 알 수 있을지 몰라요."

"단순한 복막염이었어요. 그 자리에 있던 저도 배에 들어찬 복수와 궤양을 똑똑히 확인했어요. 거기에 오류는 없었어요."

"저도 아라이 선생님께서 실수를 했다고는 생각하지 않습니다. 하지만 도중에 수술을 멈추셨댔죠? 그렇다면 아직 미처 보지 못한 사실이 숨겨져 있을 가능성도 있어요."

"어떤 사실이요?"

리에코의 목소리에 날이 서 있다.

"쓰가노 선생님은 법의학 교실로 옮기고 나서 사람이 변하셨네요. 뭔가 예전보다 냉정해지신 느낌이에요."

거기까지는 이미 각오한 말이었다.

그러나 다음 말을 듣고 소스라치게 놀랐다.

"꼭 미쓰자키 교수님을 보는 것 같아요."

마코토는 자기도 모르게 리에코를 응시했다. 그러자 리에코는 조금 당황한 듯했다.

"죄, 죄송해요. 말이 너무 심했네요."

"아뇨, 괜찮아요. 신경 쓰지 마세요."

스스로 생각해도 이상할 만큼 불쾌한 기분은 들지 않았다. 오히려 조금 자랑스럽기도 했다.

"그럼 이것만은 알려 주세요. 수술 전 혈액 검사를 하셨죠? 그 결과는 지금 어디 있나요?"

입원 환자 또는 외래 환자의 차트는 너스 스테이션 옆 자료실에 보관한다. 마코토는 자료실로 들어가 사유키의 차트를 찾았다. 그러고는 당황했다. 어디에도 보이지 않았다. 차트는 일본어 50음도 순으로 정리돼 있다. 만약을 위해 '가' 칸 그리고 옆에 있는 '아'와 '사' 칸도 뒤져 봤지만 역시 나오지 않았다. 누가 차트를 가져간 걸까. 만약 그렇다면 보관 장부에 반출 기록이 남아 있을 텐데, 그것도 없었다.

잠시 후 마코토는 떠올렸다. 채취한 혈액은 혈액 검사 장치로 분석한다. 그때 컴퓨터에 정보를 전송해 인쇄하는 방식이라 종이에 인쇄된 검사 결과지 외에 컴퓨터에도 기록이 남아 있을 것이다. 마코토는 서둘러 검사실로 향했다. 아직 이른 아침이라 그런지 검사실 불은 꺼져 있다. 기사도 보이지 않는다. 이럴 때 아무리 연수의 신분이라고 해도 의사인 건 다행이다. 의사 신분증만 있으면 검사실 출입이 자유롭기 때문이다.

컴퓨터 전원을 켜고 사유키의 이름을 검색했다. 데이터는 환자 이름과 검사 번호로 관리해서 이름만 입력하면 과거 검사를 포함한 모든 기록이 표시될 터였다. 그러나 표시된 글자는 마코토의 기대를 배신했다.

'해당 자료 없음.'

마코토는 눈을 의심했다. 또 한 번, 그리고 다시 한 번 이름을 입력해 봤지만 결과는 마찬가지였다. 사유키는 여러 번에 걸쳐 병원에서 혈액 검사를 받았다. 데이터가 사라질 리가 없다. 가능성은 오로지 단 하나. 누군가가 데이터를 삭제한 것이 분명하다. 차트를 가져가고 데이터를 삭제했다. 둘 다 병원 관계자가 아니면 불가능한 일이다. 곧 다른 병원 관계자들을 의심해야 한다.

마코토는 주머니에 채혈용 주사기를 넣고 영안실로 향했다. 다행히 리에코는 자리에 없고 조금 전처럼 사유키의 부모만 시신 옆에 있다. 가슴이 아프지만 지금은 이 방법밖에 없다.

"어머니. 잠깐만 실례하겠습니다."

마코토는 반강제로 어머니를 밀어내고 싸늘히 식어 버린 사유키의 왼팔에 주삿바늘을 꽂았다.

"쓰가노 선생님…… 이게 대체 무슨……."

"죄송합니다. 감염 예방을 위해 혈액을 소량 채취해 둬야 해서요."

머릿속에 떠오른 구실을 둘러대고 시침 뗀 얼굴로 혈액을 채취한다. 이미 혈류가 끊겨서 보통 때보다 주사관 안에 혈액이 들어오는 속도가 느리지만, 어차피 검사에 필요한 것은 소량이니 상관없었다.

싸늘하게 식은 팔을 붙들고 있자 발밑에서 허무함이 몸을 타고 올라왔다. 지금 자신의 행위에 어떤 의미가 있는지도 점차 불분명하게 느껴졌다. 필요한 양을 채취하고 바늘을 뽑은 다음 알코올 솜으로 팔을 소독한 뒤 그 위에 주사 패드를 붙였다. 이제는 불필요한 처치지만 사유키와 부모 앞에서 보일 수 있는 최소한의 예의였다.

"그럼 실례했습니다."

깊숙이 고개를 숙이고 서둘러 자리를 벗어났다. 당연한 일을 한다는 듯한 표정을 지었다. 조금이라도 수상쩍은 거동을 보여서는 안 된다. 막 채취한 혈액을 손에 들고 다시 검사실로 향했다. 기사의 출근을 기다렸다가 아침 일찍 검사 장치에 집어넣을 계획이었다.

문득 정신을 차리고 마코토는 쓴웃음을 지었다. 지금 내 행동은 마치 미쓰자키 같다. 진실을 찾기 위해서라면, 그리고 시신 속에 감춰진 것을 밝혀내기 위해서라면 부모든 절차든 무시하고 무작정 돌진한다. 대체 어느새 이렇게 물이 들고 만 걸까. 아니면 원래 나에게 이런 무지막지한 측면이 있었을까. 어쨌든 이미 물이 든 건 어쩔 수 없다. 앞으로 더 물이 들지 않도록 노력하든지, 아니면 머리부터 발끝까지 미쓰자키화하든 둘 중 하나다.

검사실 앞에서 몇 분을 기다리자 검사 기사가 모습을 드러냈다.

"지금껏 기다렸어요!"

그렇게 말하며 주사기를 쑥 내밀자 기사는 몹시 놀라며 당황했다. 무리한 부탁이다. 이번 밸런타인데이에 초콜릿도 똑같이 내밀어 주자고 생각했다.

"아직 출근 버튼도 안 눌렀는데요."

성실한 성격의 기사는 툴툴거리면서도 곧장 검사 장치 전원을 켜 주었다.

한 시간쯤 기다리고 있자 "나왔습니다" 하는 목소리가 들렸다. 마코토는 검사 기사 너머로 모니터를 응시했다. 혈액 검사 항목은 TP(총 단백질)를 시작으로 A1b(알부민), 콜린에스테라제, LDH(젖산 탈수소효소) 등 스물네 가지 항목의 생화학 검사, WBC(백혈구 수), RBC(적혈구 수) 등 일곱 가지 항목의 혈구 산정 검사, 적혈구 침강 속도 등 세 가지 항목의 염증 반응 검사, 헤모글로빈 A1c 등 다섯 가지 항목의 혈당 검사, 그 밖의 갑상선 기능 검사, 암 검사 등 다수에 이른다.

솔직히 말해 혈액 검사에 주목한 데는 별다른 이유가 없었다. 검사 결과에 복막염과는 다른 증상을 나타내는 뭔가가 있을지 모른다. 그 정도 의심이었다. 그러나 차트 분실, 데이터 삭제가 더해져 의심은 더욱 짙어졌다. 이런 짓을 저지른 이는 검사 항목 중 어떤 것을 은폐하고 싶었던 게 분명하다.

각각의 항목을 기사와 함께 확인했다. 그러자 마지막 부분에서 낯선 성분에 시선이 고정됐다. 기사는 모니터 화면을 가리켰다.

"이상하군요. 이건 이상치예요."

'rt-PA.'

"이건……."

"플라스미노겐 활성화 인자죠."

기사는 결과를 출력하면서 말했다.

"혈관 내피세포에서 분비되는 성분인데, 혈전을 용해합니다. 다시 말해 혈전 용해제입니다."

혈전 용해제?

"이 혈액은 복막염 환자의 혈액이에요."

"네? 그렇습니까?"

"복막염 환자의 혈액에서 왜 그런 성분이 이상치로 나왔을까요?"

"그건 저한테 물으셔도……. 근데 이 정도 수치라면 체내 생성이 아니라 외부에서 주입됐을 가능성이 높습니다. 성분 구성을 더 자세히 분석하면 내재성인지 외래 약물에 의한 것인지 판명될 겁니다."

마코토는 출력한 검사 결과를 손에 들고 찾아가야 할 상대를 떠올렸다. 조금 전 다른 병원 관계자를 의심해야 한다고 판단했다. 그러나 예외가 있다. 내규와 절차를 무시하고 얻어낸 단서다. 그렇다면 찾아가야 할 상대도 내규와 절차를 무시하는 인물로 한정되는 게 당연했다.

2

"그렇게 해서 이런 걸 가져오게 됐군요."

캐시는 검사 결과지를 흔들며 말했다.

마코토는 집에 돌아가지 않고 검사 결과지를 들고 법의학 교실로 가서 캐시와 미쓰자키를 기다리기로 했다.

"설마 제가 마코토의 일탈을 지적하는 날이 올 줄은 몰랐습니다."

"일탈이라뇨……."

"지도 교수인 미쓰자키 교수님 지시 없이 단독으로 행동하는 것 자체가 일탈이지요."

"하지만 그렇게 하지 않았다면 증거가 모조리 은폐될 가능성이 있었어요. 사유키 시신도 얼른 어떻게 하지 않으면 부모님이 집으로 옮길 거예요. 그러니 이건 일탈이 아니에요. 사후 승낙 같은 거죠."

그렇게 몰아붙이자 캐시가 푸른 눈을 둥글게 떴다.

"마코토, 대담해졌군요."

"네. 그러면 안 되나요?"

이제 와서 발뺌할 수는 없다. 게다가 사태가 촌각을 다툰다. 여기서는 캐시와 미쓰자키를 부추기거나 위협해서라도 자신이 띄운 배에 태워야 한다. 하지만 두 사람이 마코토의 제안을 순순히 받아들일 이유가 없다. 딱히 이점이 있는 것도 아니다. 마코토에게 있는 것이라고는 무모한 기세뿐이었다.

"계획성 없음. 무작정 돌진. 뒷감당 못함. 마지막에는 정색까지. 도무지 의료에 종사하는 사람의 태도로는 볼 수 없습니다."

이 외국인은 어쩜 이렇게 듣기 싫은 말만 유창하게 늘어놓는 걸까.

"진실을 추구하려는 자세가 기초 의학의 근간 아닌가요?"

마코토를 빤히 바라보던 캐시는 이윽고 빙긋 미소 지었다.

"그런 아니꼬운 대사를 당당하게 내뱉게 될 때 비로소 제구실을 하게 되죠."

"아, 아니꼽다뇨."

"아뇨, 이건 아주 중요한 겁니다. 이걸 이 나라 말로 뭐라고 하더라? 아, 네. 명분이라고 하나요? 그것만 있으면 대부분의 위법 행위도 용서받을 수 있는 이 나라의 오랜 규칙 같은 거니까요."

언뜻 맞는 것 같으면서도 틀리다.

"아무튼 일분일초를 다투는 사안인 것만은 확실해 보이는군요. 부모를 설득할 방법이 없는 겁니까?"

"병원 관계자가 차트를 몰래 가져갔다든지 데이터를 삭제했다는 건 어디까지나 이쪽 사정이에요. 이미 사인이 명확한 시신을 돌려받을 이유는 되지 않아요."

"사정을 설명해 납득시킨다는 의미가 아닙니다. 집으로 옮기는 선택을 조금은 늦출 구실이 없을까 묻는 겁니다."

캐시는 평소의 의미심장한 눈빛으로 마코토를 바라봤다.

"시신에서 혈액을 채취할 때 마코토는 매우 그럴싸한 구실을 들지 않았습니까?"

그렇다. 감염 예방.

마코토는 새삼 혀를 내둘렀다. 임기응변은 역시 캐시를 이길 수 없다.

"일본에는 좋은 일은 서두르라는 말이 있지요."

이럴 경우 지금 하려는 행위가 좋은 일인지는 의견이 갈리겠지만, 지금은 그런 걸 떠올릴 여유가 없다.

"그러나 그전에 보스의 허락은 받아야죠."

말하기가 무섭게 캐시는 휴대 전화를 꺼내 화면을 콕콕 눌렀다. 전화를 거는 상대는 물론 미쓰자키였다.

"굿 모닝, 보스. 캐시입니다. 다름이 아니고 마코토가 매우

흥미진진한 안건을 들고 왔습니다. 그래서 교수님께 상담하려
고……."

옆에서 듣고 있으니 꼭 역적모의를 하는 것처럼 느껴진다.

"환자는 구라모토 사유키, 10세. 전에 복막염으로 이곳에 입
원한 적이 있고 다시 재발했다고 합니다. 네, 그렇습니다. 데이
터를 삭제한 사람은 틀림없이 병원 관계자겠죠. 검사실에는 직
원증에 붙은 IC칩을 인식해야 들어갈 수 있으니까요. 네. 저도
그렇게 생각합니다. 그럼 마코토와 준비하고 있겠습니다."

캐시는 통화를 끝냈다.

"교수님이 지금 오시겠다고 합니다. 우리는 그전에 시신을 이
쪽으로 옮겨 둬야 합니다. 자, 마코토, 서두르죠."

"조금…… 의외네요."

"뭐가 말입니까?"

"미쓰자키 교수님이 흔쾌히 오케이 사인을 내려 주셔서요. 미
쓰자키 교수님과 캐시 교수님이 병원 내규를 수시로 어기시는
건 맞지만, 이번 일은 저 혼자만의 속단일 수 있잖아요. 차트는
다른 곳에 섞여 있을 수도 있고 데이터 삭제는 단순한 컴퓨터
에러일지도 모르는데……."

"각각의 가능성은 부정하지 않습니다. 그러나 두 가지가 동
시에 일어날 가능성이라면 매우 낮아지겠죠."

마코토와 캐시는 영안실로 향하면서도 대화를 이어 갔다.

"마코토, 왜 그러죠? 혹시 이제 와서 두렵기라도 합니까?"

"아뇨. 하지만······ 두 분 다 그리 쉽게 제 의견에 따라 주셔도 괜찮겠어요? 말을 꺼낸 저야 어쩔 수 없지만 두 분은 다 그만한 지위나 직함이 있으시잖아요."

"내가 마코토의 의심을 해소하려는 데는 두 가지 근거가 있습니다."

"두 가지요?"

"원. 미쓰자키 교수님은 설명을 듣고 그 시신을 확인해야 한다고 판단하셨습니다. 지금껏 교수님의 판단이 틀린 적은 없습니다. 경험치라는 건 확률론이기도 합니다. 따라서 교수님이 오케이 사인에는 따르는 게 옳다고 생각했습니다."

어떻게 보면 군대식 논리처럼 들리지만 경험치 이야기는 수긍할 수밖에 없다. 아무리 제멋대로라고 해도, 아무리 천상천하 유아독존이라고 해도 결과적으로 미쓰자키가 잘못된 판단을 내린 적은 한 번도 없었다.

"투. 이번 사안에서 마코토는 감정이 아닌 논리로 행동하고 있습니다. 사람과 조직은 감정으로 행동할 때 잘못된 방향으로 향하는 경우가 많습니다. 중간에 뒤늦게 방향을 바꾸기도 어렵죠. 그러나 논리로 행동하면 그렇게 되지 않습니다."

"내규와 절차를 무시하고 유족을 달콤한 말로 속여 시신을 가져오는 게 논리적인 행동인가요?"

"방법이 아닌 목적 문제입니다."

캐시는 태연하게 큰소리를 쳤다.

영안실 안에 있는 사유키의 부모는 조금 마음이 가라앉은 듯했지만 의기소침한 모습 그대로였다. 마코토가 시신을 잠시 맡아도 되겠느냐고 묻자 부친은 금세 수상쩍어하는 표정을 지었다.

"조금 전 혈액 검사 결과에 따르면 시신에서 감염증이 발생할 위험이 있습니다."

"감염증이요?"

"시신을 통해 간염 바이러스에 감염되는 건 흔한 사례입니다. 따라서 수술과 부검을 할 때 집도의는 철저하게 그런 경우에 대비하고 임하지만, 이따금 바이러스의 매개체가 될 때도 있습니다."

무조건 다 거짓말은 아니라 말이 술술 나왔다.

"사후 열두 시간이 경과하면 체온이 저하하며 병원균도 사멸하지만, 사망 직후 감염 위험도는 생체와 거의 비슷한 수준입니다. 이런 말씀 드리기 매우 송구하지만, 감염원이 될 시신 소독은 저희 의료 종사자들의 의무이기도 합니다."

"그게 대체 무슨……."

반신반의하는 부모를 마코토는 거듭 설득했다.

"그리고 검사를 위해 복부를 절개할 수도 있는데, 어디까지나 검사를 위한 것이니 양해를 부탁드리겠습니다."

부검이라는 단어를 검사로 바꿔 말하는 것만으로 느낌이 자못 달라진다. 마치 사기꾼처럼 빙 돌려 말하는 거나 마찬가지지만 어쨌든 사유키의 부모는 점차 이해하는 듯했다.

"일단 시신을 옮기겠습니다. 검사를 마치면 저희가 다시 옮길 테니 두 분은 자택에서 기다려 주십시오."

그렇게 말하고 마코토는 캐시와 둘이 사유키의 시신을 운반대에 실어 법의학 교실로 운반했다.

"조금 전 2차 감염 이야기는 아주 훌륭했습니다."

캐시는 감탄한 듯 말했다.

"옆에서 듣는 저도 무심코 고개를 끄덕이고 말았습니다. 거짓말로 들리지 않는 거짓말을 태연하게 할 수 있는 건 일종의 재능입니다."

"전혀 칭찬으로 들리지 않으니 거기까지만 해 주세요."

법의학 교실에 도착하자 마침 미쓰자키가 와 있었다.

"문제의 검체인가?"

"네."

"시신에 이상이 있다고 판단한 사람이 자네인가?"

"그게…… 시신이 아니라 차트가 사라진 점 등을 통해……."

"혈액에서 다량의 플라스미노겐 활성화 인자가 검출됐다고?"

미쓰자키가 위압적인 투로 재확인했다. 여기서 이 남자에게 겁먹으면 앞으로 누구도 상대할 수 없다.

"네. 명백하게 제삼자가 개입한 것으로 보입니다."

"제삼자의 개입이라. 꼭 형사 같은 대사군. 현경의 그 애송이에게 물이 든 건가?"

영향을 받은 건 아마 다른 인물일 것이다. 바로 정정하고 싶었지만 굳이 입 밖에는 내지 않았다.

"대략 어떤 상황인지 알겠군. 하지만 부검 전에 두어 개 더 확인하고 싶은 게 있는데, 일단 이 환자를 담당한 간호사를 불러 줄 수 있나?"

"미쓰자키 교수님 지시라고만 하면 간단히……."

그러자 미쓰자키는 이맛살을 찌푸렸다.

"그런 잔꾀는 어디서 배웠지?"

"이런 상황에 꼭 맞는 말이 있습니다."

캐시가 이때다 싶은지 끼어들었다.

"서당 개 3년이면 풍월을 읊는다. 아닙니까?"

"……어쨌든 지금 당장 그 간호사를 이곳에 부르도록."

병원 안에는 휴대 전화를 쓸 수 없는 구역이 있다. 법의학 교실을 나온 마코토는 너스 스테이션으로 가서 리에코에게 연락했다. 리에코와 함께 다시 법의학 교실로 돌아갔다. 생각해 보니 어젯밤부터 집에 가지 않고 병원 안을 계속 돌아다니고 있다. 그럼에도 피로를 느끼지 못하는 건 아마 피로를 뛰어넘는 긴장감으로 아드레날린 같은 게 분비되기 때문일 것이다.

"미쓰자키 교수님이 저를? 대체 무슨 일이죠?"

"저한테 묻지 말아 주세요."

마코토는 종종걸음으로 걸으며 대답했다.

"그 교수님 생각을 완전히 이해할 수 있게 되는 날 아마 제 주변에는 한 사람도 남아 있지 않을걸요."

그에 대한 보상으로 학식과 견문은 넓어지겠지.

리에코를 데려가자 미쓰자키는 곧장 질문을 퍼부었다.

"이 환자를 담당한 게 자네라던데, 약물 투여도 직접 했나?"

"네."

미쓰자키와 둘이 대화를 나눠 본 적이 별로 없는지 리에코는 겁먹은 듯했다. 그럴 만도 하다. 미쓰자키는 단순한 인사말조차 거만하게 들린다.

"투여한 약제가 뭐지?"

"크라포란을 하루 네 번. 1회 투여량은 2그램이었습니다."

"투여 약제 지시는 누가 내렸지?"

"물론 주치의인 쓰쿠바 교수님이십니다."

"그 밖의 투여, 이를테면 혈전 용해제 등을 투여한 적은 없나?"

"혈전 용해제요?"

리에코의 말끝이 올라갔다.

"그런 걸 왜 투여하겠어요? 사유키는 복막염이었습니다."

말투로 짐작하기에 리에코도 사정을 전혀 모르는 듯했다.

미쓰자키는 리에코에게 눈을 한 번 흘기고 몸을 홱 돌렸다.

"부검 준비를 부탁하네."

지시를 받고 마코토와 캐시가 몸을 움직인 바로 그때였다.

"미쓰자키. 이게 대체 무슨 일이지?"

느닷없이 교실 안에 침입한 이는 쓰쿠바였다.

"방금 구라모토 씨 부부에게 이야기를 듣고 왔네. 사유키의 시신을 이곳으로 옮겼다고?"

"그래."

"게다가 시신을 옮길 때……."

쓰쿠바는 마코토를 노려봤다.

"시신에서 감염증을 조사한다고 둘러댔다더군. 물론 병리해부에 대한 동의서도 받지 않았고."

"원래 그런 건 구두로 충분하지 않나? 서류 같은 건 나중에 어떻게든 되게 마련이야."

"그런 거라니. 유족의 동의를 문서로 남기지 않는 한 예상치 못한 사태가 발생했을 때 학교 측은 어떠한 항변도 할 수 없다는 걸 자네도 잘 알지 않나?"

"항변 따위 할 필요 없어."

미쓰자키는 그렇게 말하고 몸의 방향을 돌렸다. 쓰쿠바와 정확히 마주 보는 형태가 됐다.

"왜냐하면 예상치 못한 사태 같은 건 일어나지 않기 때문이지."

"자네는 정말 하나도 안 변했군. 그 독재자 같은 자신감은 어디서 나오는 거지?"

"자신감? 그런 거 없는데."

그 말이 맞다고 마코토도 속으로 생각했다. 미쓰자키에게 있는 건 자신감이 아니다. 신념이다.

"자신도 없는데 배를 열어 보겠다고? 그저 막연하게 보물찾기라도 하는 것처럼?"

"인간의 배를 가르면서 자신만만할 수 있는 녀석이야말로 위험한 종자지."

미쓰자키는 툭 내뱉었다.

"인간은 신이 아니니까. 한마디 더 하자면 자신감이라는 건 대부분 자기 자신에 대한 과대평가에 지나지 않네."

"하지만 자네는 그렇게 생각하지 않는 것 같은데. 아니, 뭐 이런 선문답을 반복해 봐야 소용없겠지. 지금 당장 시신을 유족에게 돌려주게. 더 이상 일을 크게 만들지 말고."

"이미 일은 커졌어. 혹시 알고 있나? 시신의 혈액에서 다량의 플라스미노겐 활성화 인자가 검출됐다는 걸."

"체내에서 이상 분비됐을 가능성이 높네. 그리고 그걸 떠나 복막염 환자에게 혈전 용해제를 투여할 일이 없지 않나?"

"지금부터 그걸 조사하려는 거야."

"적당히 하게!"

쓰쿠바는 더 참지 못하겠다는 듯이 목소리를 높였다.

"자네의 충동 때문에 학교가 얼마나 곤란한 상황에 놓이는지 한 번이라도 생각해 본 적 있나? 무턱대고 부검을 마구 해대는 탓에 예산이 항상 부족하고, 게다가 묘한 소문까지 돌고 있다고!"

"아, 내가 부검 실적을 늘려서 현재 지위를 유지하려 한다는 그 소문 말인가? 흥, 입에 담기조차 하찮군."

"자네에게는 하찮을지 몰라도 학교에는 체면이라는 게 있어. 자네 한 사람의 말과 행동이 학교 전체에 악영향을 끼친다는 걸 모르나?"

"그 역시 하찮은 얘기군."

"그만하지. 더 이상 설득해 봐야 소용없는 것 같으니."

쓰쿠바는 진절머리가 난다는 듯 고개를 저었다.

"좁게 보면 자네 행동은 시신 해부 보존법에 저촉될 염려가 있어. 방금 전 현경 수사1과장과 이미 대화를 마쳤네. 이제 곧 1과장이 직접 참고인 조사를 하러 올 거야."

수사1과.

미쓰자키를 피의자로 구속하겠다는 뜻일까? 혼란스러워하는 마코토의 옆구리를 캐시가 쿡 찔렀다.

"마코토. 지금 당장 그에게 연락하세요."

"그라뇨?"

"이치를 따지기보다 몸을 먼저 움직이는 미스터 액티브 씨가 있지 않습니까?"

아아. 듣자마자 누구를 가리키는 말인지 바로 깨달았다. 마코토는 몰래 구석으로 이동해 휴대 전화로 그에게 연락했다.

"뭐지? 아침 댓바람부터."

고테가와는 전화를 받자마자 언짢게 말했다.

"도와주세요."

"뭘?"

"지금 수사1과 과장이 미쓰자키 교수님을 체포하러 법의학 교실로 온다고 해요."

"뭐라고?"

앞뒤 맥락 없는 설명이지만 이 남자를 움직이기에는 충분할 것이다.

"이유가 확실한 부검이에요. 하지만 유족 동의서가 없어서."

"……부검이 꼭 필요한 사안인가?"

"미쓰자키 교수님이 집도하시기로 했어요."

수화기 너머에서 침묵이 전해졌다. 고테가와에게는 그 한마디로 충분한 모양이었다.

"지금은 자세한 설명이 불가능하니……."

"기다리고 있어."

상대는 대답을 듣기도 전에 대화를 끊었다.

3
—

"대체 무슨 권한으로 내과 환자에게 손대는 거지? 자네 전공은 시신이잖아."

"내과였든 외과였든 사망한 시점부터는 어느 과 소관도 아니지. 굳이 따지자면 시신이니 내 소관이라 할 수 있어."

"그게 바로 생떼라는 걸세!"

쓰쿠바가 보기 드물게 소리를 버럭 질러서 마코토는 깜짝 놀랐다. 이렇게까지 감정적인 쓰쿠바는 처음 본다.

"결국 자네는 보잘것없는 호기심을 채우기 위해 시신들의 배를 가르고 있을 뿐이야. 심지어 학교와 연수의들까지 끌어들여서. 조금은 부끄러움을 느껴야 하지 않겠나?"

"부끄러움이라."

미쓰자키는 쓰쿠바의 말을 태연하게 받아넘겼다.

"듣고 보니 내가 하는 일을 부끄럽다고 생각한 적은 별로 없군."

"그게 바로 자네가 오만불손하다는 증거지."

미쓰자키는 그 말에 반론하지 않았다.

그러나 마코토는 그를 대변하고 싶은 유혹에 휩싸였다. 미쓰자키 밑에서 일하게 된 지 아직 몇 달 되지 않았다. 늘 언짢은 표정에 말투도 거칠어서 진의를 확인해 본 적도 없다. 온화함과는 거리가 멀고 정이 많은 성격도 아니다. 오만불손하다는 표현이 그야말로 잘 들어맞는다. 그러나 결코 부끄러움을 모르는 인간은 아니다. 그건 마코토도 단언할 수 있었다. 그저 부끄러움의 개념이 다를 뿐이다.

대다수 교수나 의사들은 명예 실추나 품격 저하, 업무에서의 실수 횟수 또는 자신을 향한 중상모략 등에서 부끄러움을 느낀다. 그런 기준에서 보면 미쓰자키는 틀림없이 부끄러움을 모른다고 할 수 있다. 대우가 좋지 않은 법의학자라는 처지에 만족하면서도 다른 의사의 집도를 노골적으로 비판하고, 동료나 학교 관계자에게서 어떤 말을 들어도 반론조차 하지 않는다. 그것은 바로 미쓰자키가 환자를 구분하는 것, 그리고 진실을 은폐하려는 것, 이 두 가지에서만 부끄러움을 느끼기 때문이다. 체면 따위에 대체 얼마나 큰 가치가 있다는 걸까. 공평함과 진실에 대항하는 체면 같은 건 존재하지 않는다. 의료 현장은 더욱 그렇다.

"실례지만 제가 한마디 해도 되겠습니까?"

마코토는 자기도 모르게 입을 열었다.

쓰쿠바가 올 것이 왔다는 듯한 표정으로 마코토 쪽을 봤다.

"오, 쓰가노 군도 뭔가 할 말이 있는 모양이군."

"미쓰자키 교수님은 분명 오만불손하십니다. 하지만 그건 보잘것없는 권위에 대해서만 그렇습니다."

"보잘것없는 권위? 부검의로서 무법자처럼 행동하는 게 자랑거리라도 된다는 건가? 대체 자네까지 왜 그러나? 임상의가 지녀야 할 자긍심을 갖다 버릴 셈이야?"

"의사는 임상의나 부검의로 나뉘지 않습니다. 환자가 산 자와 죽은 자로 나뉘지 않는 것처럼요."

그 말에 쓰쿠바는 눈에 띄게 기가 꺾인 모습을 보였다.

"쓰가노 군도 안 좋은 물이 단단히 들었군. 이럴 거면 법의학 교실에 보내지 말 걸 그랬어."

보내 주셔서 감사합니다, 라는 말이 목 끝까지 차올랐지만 집어삼켰다.

"어쨌든 시신은 유족에게 다시 돌려주게."

쓰쿠바가 운반대로 손을 뻗자 미쓰자키가 제지했다.

"자네 정말⋯⋯."

"임상의가 지녀야 할 자긍심에 대해서는 잘 들었네. 자, 그럼 이 환자는 더는 자네 담당이 아니야. 시신은 내가 책임지고 부모 곁으로 보내겠네. 다만 그 시점은 내가 환자의 목소리를 전부 들은 다음이야."

"시신이 대체 무슨 말을 한다는 거지?"

"거짓말을 제외한 모든 말. 살아 있는 인간은 거짓말을 하지만 시신은 오로지 진실만을 말하지."

"또 말도 안 되는 헛소리를……."

"살아 있는 인간은 의도와 상관없이 거짓말을 하지. 자기 자신을 지키기 위해, 타인을 지키기 위해, 그리고 조직을 지키기 위해 어쩔 수 없이 때로는 당당하게 거짓말을 내뱉기도 해. 특히 책임을 지면 질수록 그런 막다른 골목에 내몰리지. 그 속박으로부터 나도 자네도 벗어날 수 없네."

쓰쿠바는 안색을 싹 바꾸고 미쓰자키에게 달려들었다.

"더는 자네의 잘난 척을 들어줄 시간이 없어!"

"그럼 얼른 돌아가면 되겠군."

고명한 대학 교수이자 의사인 두 사람이 격렬히 말다툼을 벌이는 모습은 볼썽사나웠다. 그러나 마코토에게는 두 사람의 말다툼을 말릴 기술이 없다. 캐시도 운반대 가장자리를 붙잡고 끼어들려고 하지 않는다. 모든 설명을 보스인 미쓰자키에게 일임할 작정일까. 리에코는 리에코대로 누구 지시에 따라야 할지 혼란스러워하는 모습이다. 이 자리에서 나는 뭘 해야 할까. 주저하고 있는데 새로운 인물이 교실에 나타났다.

"쓰쿠바 교수님."

"아, 구리스 과장. 마침 잘 왔군."

마른 체형의 남자였다. 구리스는 쓰쿠바 옆으로 달려가 미쓰자키와 대치하며 섰다.

"이야기는 다 들었습니다. 미쓰자키 교수님, 이게 대체 무슨 일입니까? 듣자 하니 절차를 어기면서 부검하신다며요."

구리스는 미쓰자키와 안면이 있는 모양이었다. 보아하니 조금 전 쓰쿠바가 말한 사이타마 현경 수사1과 과장인 듯하다. 자세히 보니 교실 밖에는 제복을 입은 경찰 몇 명도 보였다.

첫 대면인데도 마코토의 눈에 구리스는 별로 좋게 비치지 않았다. 아무리 쓰쿠바가 의뢰했다고 해도 전화 한 통에 수사1과 책임자가 현장에 달려오다니 마치 잘 조련된 개와 다름없지 않은가.

"정식 절차를 원하나?"

"그야 당연하죠."

"그렇군. 그렇다면 매번 담당도 아닌 내게 검안을 요청하고 쥐뿔만 한 사례금을 지불해 결과적으로 학교 예산을 헛되이 쓰게 하는 것도 정식 절차겠군."

"아뇨. 그건…… 그러니까 거의 와타세 경부 혼자 벌이는 일이고……."

"그쪽은 경시 아닌가? 경시가 경부 하나 못 막나?"

"그것과 이건 다른 얘깁니다."

"그쪽이 정말 정식 절차니 뭐니 하는 걸 중시한다면야 내 입장에서는 달가운 일이지. 내가 현경에서 요청받는 검안 횟수가 아마 절반 이하로 떨어질 테니. 그러면 학교도 예산 부족으로 골치를 싸매지 않아도 될 테고."

빈정거림이 효과가 있었는지 구리스는 불편한 기색을 감추지 못했다.

고테가와 이야기에 따르면, 와타세라는 경부가 담당 사건의 검안 대다수를 미쓰자키에게 맡긴다고 한다. 아마 미쓰자키의 식견을 신뢰하기 때문일 것이다. 그리고 그 와타세가 현경에서는 가장 높은 검거율을 자랑하니 수사1과장도 와타세, 곧 미쓰자키 라인을 손대기 어려운 게 현실인 듯했다.

"아뇨……. 물론 현경 입장에서는 앞으로도 미쓰자키 교수님께 협력을 구하고 싶습니다. 그러므로 더욱 이런 쓸데없는 오해가 생길 행동은 삼가시는 게 좋지 않을까요."

"오해가 아니야. 절차를 어기는 게 확실하니."

미쓰자키의 대답에 무심코 마코토도 머리를 감싸 쥐고 싶어졌다. 이렇게까지 빈정거리지 않아도 될 텐데.

"구리스 과장."

미쓰자키는 구리스를 정면에서 바라봤다. 이 몸집 작은 노인의 매서운 눈빛은 웬만한 공갈보다 위압적이다.

"그 애송이한테도 보고가 올라오겠지? 정식 절차만 따랐으

319

면 어둠에 묻혀 버렸을 진실이 지금껏 수없이 많았어. 꼬치꼬치 불만을 털어놓을 생각은 없지만, 감찰의 제도가 있는 도쿄에서 조차 부검 가능한 시신은 모든 변사체의 20퍼센트 정도밖에 안 되지. 부족한 예산과 만성적인 인원 부족 속에서 정식 절차니 뭐니 하는 것에 대체 얼마나 큰 정당성이 있지? 예를 들어 물을 푸는 데 반드시 바가지만 쓰라는 말과 뭐가 다른가?"

구리스는 말문이 막힌 듯했다. 위법이니 절차 같은 정론을 내 세우지만 근본에는 역시 돈 문제가 얽혀 있다. 그 점에만 주목 하면 미쓰자키의 설명은 좀 거칠지만 정곡을 찌른다.

"무슨 말씀인지는 알겠습니다. 저도 예산 분배에 골머리를 썩이는 관리직이니까요. 하지만 그것과 이건 다른 이야깁니다. 바로 눈앞에서 위법 행위가 이뤄지는데 경찰인 저더러 간과하 라는 말씀입니까?"

"그럼 나를 체포할 생각인가?"

"그런다고는 하지 않았습니다. 현시점에서는 시신을 유족에 게 돌려주면 끝날 일입니다."

구리스의 말은 경찰관으로서 지극히 당연하지만 마음에 와 닿 지는 않았다. 당연하다. 구리스는 단순히 책임을 회피할 목적으로 쓰쿠바와 미쓰자키에게 듣기 좋은 말만 하고 있기 때문이다. 물론 섣부른 판단일 수도 있지만, 그는 자기 자신을 지키는 동시에 현 경 측에 불리한 상황이 발생하지 않도록 대처하고 있을 뿐이다.

경찰관으로서 규범을 지킨다면 지금 이 자리에서 미쓰자키를 체포해야 하고, 현경 입장을 고려한다면 넓은 배포로 미쓰자키의 행동을 못 본 척하고 넘어가야 하지만, 이 남자는 둘 중 어느 쪽도 선택할 마음이 없다. 어느 쪽에 설 각오도 없다. 확고한 신념이 없는 데다 책임도 지지 않으려는 무능한 관리직의 표본 같은 남자다.

고테가와는 이런 사람 밑에서 일하고 있는 걸까. 그렇게 생각하자 갑자기 그가 가여워졌다. 마코토는 연수의로 월급을 받는 처지가 되고 한 가지 깨달은 게 있다. 부하에게 가장 불행한 것은 폭군 같은 상사를 만나는 게 아니다. 무능한 상사를 만나는 것도 아니다. 바로 책임 지지 않으려는 상사를 만나는 것이다.

고테가와도 마음고생이 심하리라 생각하고 있을 때 당사자가 그제야 모습을 드러냈다.

"어? 과장님. 여기서 뭐 하고 계십니까? 아이들까지 데리고."

그는 얼빠진 표정으로 교실 안에 들어와 태연하게 구리스와 미쓰자키 사이에 섰다.

"자네야말로 여기 어쩐 일이지?"

"아, 지금 맡은 사건에 대해 미쓰자키 교수님의 의견을 들으라는 반장님 지시로……. 하지만 과장님이 법의학 교실을 찾는 건 정말 드문 일 아닙니까? 뭐 중대한 사건이라도 발생한 겁니까?"

"앞으로 발생할 사건을 막으려는 거네."

고테가와는 구리스에게 사정을 대략 전해 들었다. 옆에서 보기에 고테가와의 연기는 우스꽝스럽기 그지없지만, 구리스는 조금도 의심하지 않는 듯했다. 그것만으로도 구리스의 무능함이 엿보였다.

"이런. 유족 동의도 없이 부검하신다고요? 그건 좀 곤란한데요."

"자네도 그렇게 생각되면 교수님을 좀 설득해 보게. 나보다 인연도 더 깊지 않나."

"이 애송이와 인연? 퍽이나."

미쓰자키는 그보다 더 언짢은 건 없다는 듯 말했다.

"이렇게 종잇장보다 경박한 애송이와 떠들기보다는 시신과 대화를 나누는 쪽이 훨씬 유익하지."

"교수님도 참 너무하시네요. 저도 시신보다는 재밌는 얘기를 할 줄 압니다."

아무리 호의적으로 받아들여도 고테가와의 말에 미쓰자키가 표정을 풀 리는 없어 보인다.

"그보다 과장님, 이건 좀 곤란한 것 같습니다."

"조금 전부터 계속 곤란하다고만 하는데 대체 뭐가 곤란하단 거지? 곤란하다면 좀 말려."

"아, 교수님이 아니라 제가 곤란하다는 뜻입니다."

"뭐?"

"정식 절차를 밟지 않은 부검이 시신 해부 보존법에 저촉되면 저도 같은 죄라는 뜻이 됩니다."

"뭐라고?"

"오미야히가시 경찰서 관할에서 구리타 마스미라는 여성이 차에 치여 사망한 사건 기억하십니까? 그때 시신을 영상 진단 센터로 가져간다고 하고 우라와 의대로 가져온 사람이 바로 접니다."

고테가와는 머리를 긁적이며 면목 없어하는 표정으로 구리스를 봤다.

"다행히 일이 잘 풀려서 사인을 교통사고로 한정할 수 없다는 게 판명됐지만, 아무튼 그때도 정식 절차를 무시한 부검이었죠."

"고테가와. 자네, 지금 무슨 말을 하려는 건가?"

"지금 미쓰자키 교수님을 체포하신다면 그 사실이 만천하에 드러날 겁니다."

고테가와는 심각한 얼굴로 말했다. 그때 동행한 마코토는 역시 실소를 금할 수 없었다.

"과장님은 교수님 성격 잘 아시지 않습니까? 일단 취조가 시작되면 지금껏 있었던 일은 물론 현경에 곤란한 사실들까지 몽땅 털어놓으실 겁니다. 그뿐만이 아닙니다. 조사가 끝나면 몰려드는 매스컴의 취재에 하나도 빠짐없이 응하시겠죠. 그렇게 되면……."

미쓰자키는 고테가와를 흘겨봤다. 자신이 그런 짓을 할 사람이냐며 항의하는 듯한 눈빛이지만 고테가와는 애써 모른 척했다.

한편 구리스는 정말로 중대한 문제라도 되는 양 골똘히 고민하는 모습이었다. 고테가와가 던진 그물에 걸려든 셈이다. 이런 사람이 수사1과를 지휘하는 책임자라는 사실이 어이없을 정도였다.

"하, 하지만 그건 자네가 멋대로 폭주한 결과 아닌가? 1과나 현경과는 상관없는 얘기야."

"물론 저도 그렇게 생각합니다. 그래서 오미야히가시 서가 잘못된 송치를 하지 않게 됐고 부하의 폭주를 막지 못한 상사의 책임 등등……. 과장님도 아시다시피 매스컴이란 건 있었던 일을 제멋대로 마구 적어 대니까요. 과장님의 정당한 항변 같은 것에는 귀도 쫑긋하지 않을 겁니다. 분명."

구리스 얼굴에 곤혹스러운 기색이 한층 짙어졌다. 고테가와의 논리는 거칠지만 일리가 있다.

마코토는 무심코 고테가와를 바라봤다. 하는 말과 행동이 미쓰자키를 쏙 빼닮지 않았는가. 그러면서 스스로를 돌아봤다. 미쓰자키 밑에서 일하다 보면 생떼를 관철하는 법을 자연스레 체득하게 된다. 이게 바로 물든다는 의미일 것이다. 그 증거로 발언의 주인공인 쓰쿠바는 분한 듯 고테가와와 미쓰자키를 번갈아 보며 눈을 흘기고 있다.

"……그래서 어쩌라는 거지?"

"이번에는 경험에 의지하는 게 어떨까요?"

"경험?"

"지금껏 미쓰자키 교수님이 부검을 강행해서 헛된 결과가 나온 적이 있습니까? 없지 않나요? 저희나 다른 의사들이 못 보고 지나친 것들을 발견하고, 그것이 수사의 결정적 단서가 된 적도 한두 번이 아닙니다. 지금도 마찬가지입니다. 가령 교수님이 시신에서 범죄의 흔적을 발견하신다면……."

"살인 가능성이 있다는 건가?"

"교수님이 기어코 부검하겠다고 주장하시는 걸 보면 분명 뭔가 있지 않을까요."

날카로운 지적도 무작정 자신만만하지는 않다. 사기꾼처럼 공언하기에는 아직 배짱이 부족한 걸까. 정작 당사자인 미쓰자키가 침묵하고 있으니 불안할 수도 있다.

"살인이라니. 그게 무슨!"

쓰쿠바는 화를 터뜨리기 일보 직전이었다.

"이 환자는 복막염이 재발해 결과적으로 엔도톡신 쇼크로 사망했어. 내가 담당의였으니 모든 걸 꿰고 있지. 이렇게 어린 생명을 구하지 못한 건 물론 담당의로서 부끄럽기 짝이 없는 일이야. 더 이상 끌지 않고 얼른 부모 곁으로 돌려보내는 게 우리가 할 수 있는 최소한의 성의일세."

"그건 아니지."

미쓰자키가 툭 내뱉었다.

"의사의 성의란 건 그런 게 아니야."

그 한마디에 고테가와는 활기를 보였다.

"그때 조금만 더 조사했으면 이런 일은 일어나지 않았을 텐데……. 과장님은 그런 후회를 해 보신 적 없습니까?"

"뭐?"

"1980년대 우라와 경찰서에서 죄 없는 피의자를 만들어 낸 사건, 저도 와타세 반장님께 직접 전해 들었습니다. 나중에 많은 관계자가 처벌받았다더군요. 그때 조금만 더 조사했으면 좋았을 텐데. 아마 그 사건과 관련된 형사나 검사들은 전부 그렇게 생각했을 겁니다. 한 번 쏟은 물은 다시 주워 담을 수 없습니다. 하지만 과장님, 지금이라면 아직 늦지 않았습니다."

구리스의 눈빛에 갑자기 불안감이 감돌았다.

"지금이라면 감춰진 진실을 밝혀낼 수 있습니다. 만약 별문제 없다면 시신에 상처가 몇 개 늘고 미쓰자키 교수님의 경력에 흠집이 생길 뿐입니다. 또 이 교수님은 그런 걸 티끌만큼도 신경 쓰지 않는 분이니 아마 과장님과 불편해질 일도 없을 겁니다."

구리스는 잠시 고테가와를 노려보다가 분하다는 듯 말했다.

"그런 잔꾀는 대체 어디서 배웠지?"

"새삼 말할 것도 없지 않습니까."

"젠장."

구리스는 악다구니를 내뱉고 미쓰자키에게 몸을 돌렸다.

"교수님, 분명 뭔가 짚이는 게 있으니 부검하신다는 거겠죠?"

"배를 갈라 보지 않는 한 아무것도 단언할 수 없어."

"하지만 그 정도로는……."

"다만 묘한 일이 일어난 것만은 사실이지. 이 환자는 수술 전에 혈액 검사를 받았어. 그런데 그 결과가 누군가에 의해 삭제됐다더군. 차트가 사라지고 검사 데이터도 삭제된 상황이야."

"정말입니까?"

"부검에는 사라진 검사 결과를 다시 한 번 증명한다는 의미도 포함돼 있지. 이 정도면 정식 절차를 따르지 않는 부검의 대의명분으로 충분하지 않나? 그리고 그쪽에서는 또 그쪽대로 수사할 것들이 생겼어."

"흠. 그렇다면 정보 누설 혹은 도난죄로 입건할 여지는 있군요."

대의명분이라는 말을 듣고 구리스는 눈에 띄게 태도가 달라졌다.

"때마침 몇 명 더 데려왔습니다. 이봐, 고테가와. 당연히 합류하겠지?"

"네. 물론입니다."

고테가와는 마코토를 힐끗 돌아봤다.

내 실력을 봤느냐며 으스대는 표정이어서 엄지를 세워 주었다.

미쓰자키는 문제가 다 해결됐다고 생각했는지 몸을 돌려 부검실로 향했다.

"캐시 조교수와 마코토 선생은 준비를 부탁하네. 그리고 리에코 군."

"네."

"이 환자의 죽음에 의문을 느낀다면 동석해 보겠나? 도울 일은 별로 없을 거야."

"……알겠습니다. 부검복이 어디 있죠?"

"저 둘에게 물어보도록. 그리고 쓰쿠바."

"뭐지?"

"자네도 동석하겠나?"

그 말에 모두가 어안이 벙벙한 표정으로 두 사람을 지켜봤다.

잠시 뒤 쓰쿠바는 고개를 가로저었다.

"부검실은 자네 왕국이야. 멋대로 하게. 나는 구리스 과장의

수사에 협력하도록 하지."

"그런가."

미쓰자키는 감흥 없는 목소리로 답하고 터벅터벅 부검실로 향

했다.

마코토, 캐시, 리에코가 함께 운반대를 밀며 미쓰자키 뒤를 따

랐다. 마코토는 미쓰자키가 처음으로 자신을 선생이라고 불렀다

는 사실을 그제야 깨달았다.

시트를 걷자 드러난 사유키의 몸은 눈물이 나올 정도로 작고

연약했다. 부검을 돕는 세 사람은 일단 손을 한 번 모으고 고개

를 깊숙이 숙였다.

사유키, 부탁이야. 조금만 참아 주렴. 지금 누군가가 너의 사

인에 대해 입을 다물고 있어. 네 죽음에 감춰진 무언가를 어둠

에 묻으려 하고 있어. 그런 일이 결코 있어서는 안 돼. 우리는

무엇이 널 괴롭혔는지 반드시 밝혀내고 말 거야.

"그럼 시작한다. 시신은 10대 여성. 몸 표면에는 수술 당시

봉합 흔적을 제외하고는 외상 없음. 내과 진단은 급성 충수염에

의한 복막염 재발. 검체는 돌연 통증을 호소하며 구토하고 혼수
상태에 빠졌음. 복부 절개 당시 집도의는 농성 복수와 충수 주
변의 궤양을 확인했음."

사유키의 복부는 실로 꿰매져 있다. 사후 처치라서인지 이음
새가 조잡하다. 미쓰자키는 봉합 실을 정중하게 풀었다. 사유키
는 이미 세상을 떴다. 그대로 두고 새로 절개하는 게 더 편하겠
지만 그렇게 하지 않는 건 미쓰자키 나름의 죽은 자를 향한 배
려였다.

배를 열자 몸 안에 고여 있던 부패 가스가 솟아 나왔다. 냄새
에 익숙하지 않은 리에코는 순간 고개를 돌렸다.

미쓰자키의 손가락이 가장 먼저 간으로 향했다. 복강 안에
다량의 침출액이 보였다. 충수 하부에는 분명 궤양이 존재했다.
여기까지는 집도를 맡은 아라이가 보고한 대로다.

미쓰자키는 복강 내부를 지그시 응시했다. 장기 밑에 감춰진
악귀라도 찾는 것처럼 보였다.

이윽고 그의 손가락이 하대정맥에 닿았다.

"메스."

뭉툭한 손가락이 정맥을 재단했다.

"혈관 내부 확인."

마코토는 겉에 드러난 혈관 내부를 현미경으로 관찰했다.

가장 먼저 눈에 띈 것은 내부 벽에 솟은 혹이었다.

"교수님. 정맥류입니다!"

"간 절개."

결과를 이미 예상했는지 미쓰자키는 별 반응 없이 간에 메스를 댔다. 그 모습을 본 캐시가 놀라며 목소리를 높였다.

"이 동양혈관…… 확장된 거 아닙니까?"

"일부에 울혈도 보이는군."

"간경변과 매우 유사한 증상입니다."

"비슷하기는 해도 간경변은 아니야. 버드 키아리 증후군에 따른 간부전이지."

버드 키아리 증후군. 그 병명을 듣고서야 마코토는 정맥류의 의미를 깨달았다.

버드 키아리 증후군이란 하대정맥의 간을 통과하는 부분과 간정맥이 협착해 간 기능 장해를 일으키는 질환이다. 간소엽 중심대의 동양혈관 확장과 정맥류는 버드 키아리 증후군의 전형적인 소견이다.

마코토는 다시 현미경을 들여다봤다. 틀림없다. 이 혹의 정체는 기질화한 혈전이다.

"버드 키아리 증후군 증상은 복통과 복수 그리고 구토다."

복막염 증상과 동일하다.

리에코의 안색이 변했다.

"그렇다면 사인은 엔도톡신 쇼크가 아니었나요?"

"버드 키아리 증후군 증상이 급격히 나타나면 체력이 없는 환자는 사망할 수 있지. 복막에는 염증이 보이지만 이쪽은 염증 부분이 적네. 그에 비해 정맥과 소화관에 이르는 부위에 점재해 있고. 두 가지가 같이 발생했다고 해도 주된 원인은 간부전이겠지."

"하지만 거기에 어떤 의미가 있는 겁니까?"

"조금 전 말했다시피 검체에서 채취한 혈액에서는 플라스미노겐 활성화 인자가 다량 검출됐어. 이것이 뭘 의미하는지는 굳이 지적하지 않아도 알겠지."

세 여성은 서로의 얼굴을 마주 봤다. 떠오르는 건 하나밖에 없다. 병원 안에 있는 누군가가, 그리고 사유키의 혈관 안에 혈전이 생긴 것을 알고 있던 누군가가 모종의 방법으로 사유키에게 혈전 용해제를 투여한 것이다.

"저는 아니에요!"

리에코가 버럭 외쳤다.

"제, 제가 사유키에게 투여한 건 크라포란뿐입니다. 다른 약제는……."

"그래, 물론 자네는 아니겠지."

미쓰자키는 간 조직 일부를 절제하며 대답했다.

"혈전 용해제는 정맥 주사야. 자네가 투여했다면 조금 더 능숙했겠지."

"무슨 뜻인가요?"

"이리 와서 검체의 오른팔을 보게."

미쓰자키의 지시에 리에코는 사유키의 오른팔을 응시했다. 마코토와 캐시도 옆에 가서 머리를 모았다. 팔꿈치 안쪽에 붉은 주삿바늘 흔적이 몇 개 남아 있다. 마코토가 혈액을 채취한 곳은 왼팔이니 이 자국은 마코토 때문에 생긴 게 아니다.

"왜 오른팔에…… 저는 항상 왼팔에 주사를 놓는데."

"정맥에 바늘을 꽂을 때 만에 하나 신경을 찔러 마비되는 상황을 고려해 보통은 평소 쓰는 팔에는 될 수 있으면 주사하지 않지."

"네."

"그리고 얕은 혈관에 찌를 때는 바늘을 눕히지. 깊은 혈관을 찌를 때는 그보다 더 세우고."

"맞습니다."

"자네만큼 실력 있는 간호사가 주사를 놓았다면 이런 자국은 남지 않았을 거야. 따라서 적어도 베테랑 간호사가 아닌, 주사에 능숙하지 않은 자의 소행이라는 뜻이지."

4

미쓰자키 일행이 부검실에서 나오자 구리스와 고테가와, 쓰쿠바가 그들을 기다리고 있었다.

"끝났네. 이제 시신을 유족에게 돌려주게."

미쓰자키의 지시에 구리스는 부하를 불러 시신을 운반대로 옮

겼다. 마코토와 리에코는 고개를 숙인 채 그들의 뒷모습을 바라
봤다.

"저, 교수님. 부검으로 뭘 발견하셨습니까?"

절박하게 묻는 구리스 옆을 지나 미쓰자키는 쓰쿠바 앞에 섰다.

"여전히 주사가 서툴군."

"……그래. 그래서 지금껏 간호사들에게 맡겼지."

마코토는 순간 자신의 귀를 의심했다.

"사유키에게 혈전 용해제를 주사한 사람이 쓰쿠바 교수님이
셨어요?"

마코토의 질문에 쓰쿠바는 힘없이 고개를 끄덕였다.

"혈관을 확장할지, 아니면 혈전을 제거할지를 선택해야 했지
만, 그 아이의 경우에는 혈전을 제거할 수밖에 없었어. 외과 수술
에서는 혈전이 보일 테니 혈전 용해제를 주사할 수밖에 없었지."

불현듯 리에코의 말이 떠올랐다.

—쓰쿠바 교수님께서 약으로 어떻게든 해보고 있어요.

—쓰쿠바 교수님은 혈액 채취까지 본인이 직접 하겠다고
하셨어요.

그 말을 들었을 때는 쓰쿠바 교수님답게 열심히 한다고 받아
들였지만, 실제로는 달랐다. 쓰쿠바는 시종일관 자기 손으로 혈
전 용해제를 주사할 기회를 엿보고 있었던 셈이다.

"그렇다면 차트를 가져가고 혈액 검사 데이터를 삭제한 것도 교수님이신가요?"

쓰쿠바는 그 질문에 침묵을 지켰다. 한때 그 밑에서 일한 마코토는 그것이 단순한 묵비권이 아님을 알 수 있었다. 이는 긍정을 의미하는 침묵이다.

"하지만 왜 그런 선택을…… 사유키 몸에서 혈전을 발견하셨다면 내과나 외과에 그 사실을 그대로 전하면 되지 않았나요?"

마코토가 추궁하자 쓰쿠바는 눈이 부신 것처럼 미간을 찌푸렸다. 그러나 입은 열지 않았다.

"전달할 수 없는 사정이 있었던 거야."

모두가 깜짝 놀라 목소리가 들린 쪽으로 고개를 돌렸다.

목소리의 주인은 고테가와였다.

구리스가 수상쩍다는 듯 한쪽 눈썹을 올렸다.

"고테가와, 뭔가 아는 모양이군."

"지금껏 줄곧 미쓰자키 교수님께 휘둘려 왔으니까요. 기간이 기간인 만큼 저 역시 독자적으로 조사해 왔습니다."

"줄곧?"

"거의 넉 달 전에 의뢰를 받았습니다. 병사든 사고사든 살인이든 상관없다. 관할 안에서 병력이 있는 사망자가 나오면 무조건 알려 달라. 이유는 물어도 절대 알려 주시지 않았고요."

고테가와는 미쓰자키를 힐끔 쳐다봤다.

마코토는 고테가와가 무슨 생각을 하는지 대략 감이 왔다.

지금 모든 이들 앞에서 이야기를 꺼내도 될지 미쓰자키에게 묻고 있는 것이다. 미쓰자키는 무표정한 얼굴로 침묵을 지켰다. 만약 고테가와의 입을 막고 싶다면 평소처럼 독설 한마디 내뱉으면 된다. 그러지 않는다는 건 승낙으로 해석해도 될 것이다.

고테가와도 그렇게 판단한 듯했다. 그는 작게 탄식을 내쉬고 말을 이었다.

"관할 안에서 병력이 있는 사망자. 그 가운데 미쓰자키 교수님이 반강제로 부검한 케이스가 총 다섯 건입니다. 먼저 우라와 구 고잔 마을 강가에서 발견된 미네기시 도루. 미쓰자키 교수님의 지시를 받는 계기가 된 사건이었죠. 그는 만취 상태에서 동사한 것으로 추정됐지만 교수님의 부검으로 수면제 복용에 의한 동사라고 판명됐습니다. 이때 교수님은 미네기시를 신장 경색으로 진단하고 신장 피질 샘플을 채취하셨죠."

마코토는 법의학 교실에 와서 처음 부검에 동석한 순간을 또렷이 떠올렸다. 그때는 악취와 변색한 장기에 겁을 집어먹어 제대로 관찰하지도 못했다.

"두 번째는 오미야 체육관 부근에서 차에 치인 구리타 마스미. 오미야히가시 서는 이를 교통사고사로 처리했지만, 교수님이 부검한 결과 차에 치이기 직전 그녀가 뇌경색을 일으켰다는 게 판명됐습니다."

그 사건은 차를 운전한 남자의 딸이 법의학 교실에 직접 전화를 걸어 와서 시작되었다. 마코토는 그 일을 계기로 법의학이 죽은 자만이 아닌 산 자도 구할 수 있음을 깨달았다.

"세 번째는 헤이와지마 경정장에서 시합 중 발생한 마야마 신지 선수의 충돌 사건. 이 역시 당초 마야마 선수의 조작 실수라는 견해였지만, 교수님의 부검으로 망막 동맥 폐색으로 인한 시력 장해 가능성이 제기됐습니다. 미쓰자키 교수님은 이때도 망막 동맥 샘플을 채취하셨는데, 동맥은 혹시 막혀 있지 않았습니까?"

미쓰자키는 불쾌한 얼굴 그대로 여전히 입을 다물고 있다.

"제가 이대로 계속 떠들어도 되겠습니까? 교수님이 여기서 뭔가 한마디 하셔야 하지 않겠습니까?"

대답이 없다. 고테가와는 체념하고 다시 말을 이었다.

"네 번째는 이곳 구급차로 우라와 의대에 실려 온 가시와기 유코. 그녀는 미코플라스마 감염에 따른 폐렴으로 진단받았지만, 이 역시 부검 결과 폐색전증에 의한 사망이라는 것이 밝혀졌습니다. 그리고 이번 구라모토 사유키의 케이스가 다섯 번째입니다. 부검 전 진단에서는 복막염 재발. 그러나 결과는 어땠습니까?"

질문받은 본인이 대답할 생각이 없다고 봤는지 캐시가 대신 입을 열었다.

"고테가와 형사님, 환자는 버드 키아리 증후군이었습니다."

"생소한 병명이군요. 원인이 뭐죠?"

"간정맥 협착에 따른 간 기능 장해입니다. 이 환자의 경우에는 혈관에 기질화한 혈전이 생성돼 있었죠."

"혈전. 역시 그럴 줄 알았습니다."

미쓰자키의 떨떠름한 표정에 전염이라도 됐는지 고테가와도 언짢은 표정을 짓고 있다.

"지금 열거한 다섯 명에게는 네 가지 공통점이 있습니다. 첫째는 모든 이에게 병력이 있었고, 이곳 우라와 의대에서 치료를 받았다는 점. 그리고 또 하나는 모든 이가 비슷한 질환을 앓았다는 점. 미네기시 도루는 신장 경색, 구리타 마스미는 뇌경색, 마야마 선수의 망막 동맥 폐색증, 가시와기 유코의 폐색전증, 그리고 구라모토 사유키의 버드 키아리 증후군. 이는 모두 혈관 안에 혈전이 생겨서 발생하는 질환입니다."

순간 마코토는 등에 싸늘한 오한을 느꼈다. 고테가와의 말이 갈수록 으스스해진다. 이대로 가면 터무니없는 파국과 맞닥뜨릴 것 같은 예감이 들었다. 앞으로 도달할 진실이 두렵다. 그러나 그를 말릴 생각은 없었다. 두렵지만, 잔혹하지만, 진실을 밝히지 않으면 앞으로 나아가지 못한다.

"세 번째 공통점은 바로 병력의 종류에 관한 것입니다. 미네기시 도루는 방광염을 앓았습니다. 구리타 마스미는 패혈증, 마야마 선수는 기관지염, 가시와기 유코는 폐렴, 그리고 구라모토 사유키는 복막염. 그리고 이 질환들의 증상에 공통으로 사용되는 약제가 있었습니다. 그건……."

"그만하게."

구석에서 쉰 목소리가 들렸다.

쓰쿠바였다.

"그다음부터는 내가 설명하지. 다섯 가지 증상에 공통된 건 그게 어느 항생물질의 적응증이라는 거야."

마코토는 무심코 눈을 질끈 감았다. 가장 떠올리고 싶지 않은 장면이 떠올랐기 때문이다.

"바로 세프트리악손이라는 약제지. 말이 나온 김에 하자면 네 번째 공통점은 다섯 명의 주치의가 모두 나였다는 걸세. 어차피 거기까지 다 조사하지 않았나? 병원 관계자에게 물으면 금방 밝혀질 일이니."

세프트리악손의 이름을 듣고 리에코도 대략 감이 왔는지 눈을 크게 떴다.

이 안에서 유일하게 사정을 모르는 것처럼 보이는 구리스만 당황한 얼굴로 고테가와에게 물었다.

"세프트리악손? 그 약제에 무슨 문제라도 있나?"

"세프트리악손 단독으로는 문제가 없습니다. 다만……."

고테가와는 가슴 주머니에서 네 번 접은 종이를 꺼냈다. 펼쳐 보니 어느 신문 기사를 복사한 거였다.

"얼마 전 일어난 사건입니다. 재중국 한국 공사가 샌드위치를 먹고 복통을 호소했는데 다음 날 병원에 실려 가 링거를 맞자마자 호흡곤란을 일으켜 사망했습니다. 원인은 링거에 세프트리악손을 혼합해 주입했기 때문으로 전해집니다. 이 세프트리악손은 칼슘을 포함한 수액에 섞이면 혼탁해지면서 혈관 속에 다량의 결정을 만들어 냅니다. 따라서 혈전이 만들어진 것과

338

같은 상태가 되죠."

"결정? 그렇다면 다섯 환자에게 나타난 혈전이 이 세프트리악손 성분의 결정 때문이라는 건가?"

"네. 하지만 쓰쿠바 교수님. 대체 어쩌다가 이런 일이 발생한 겁니까?"

쓰쿠바는 이제 포기했는지 순순히 대답했다.

"사망한 공사의 경우에는 증상이 극단적으로 나타났지만 운 나쁘게도 보고가 늦어져서 손쓰지 못한 것만은 틀림없지. 사건 발각 전부터 제조 제약회사와 FDA(미국 식품의약처)는 칼슘을 함유한 약제와 세프트리악손을 병행하지 않도록 경고했지만······ 이미 늦어 버린 거야. 사건을 알았을 때 이미 나는 몇몇 환자에게 세프트리악손을 섞어 링거를 맞힌 상황이었고. 심지어 그 모두가 퇴원한 뒤였어."

세프트리악손 이야기는 마코토도 처음 들었다. 의료 현장에서도 모든 사람이 이런 보고에 귀를 기울이는 것은 아니다. 마코토는 그제야 납득했다. 그래서 사유키가 재입원했을 때 쓰쿠바는 세프트리악손 결정으로 만들어진 혈전을 녹여 보려고 비밀리에 혈전 용해제를 계속 투여한 것이다.

"공표할 생각은 안 했습니까?"

"공표하면 어떻게 될 것 같나?"

쓰쿠바의 목소리에는 자조가 섞여 있었다.

"의료 과실이니 뭐니 해서 매스컴이 하이에나처럼 몰려들겠

지. 약제 부작용이니 기소된다고 해도 큰 처분을 받지는 않겠지
만 기소 준비만으로도 어마어마한 시간과 수고가 들게 마련이
야. 평상시에도 눈코 뜰 새 없이 바쁘게 돌아가는 우리 학교에
그런 여유가 있을 것 같나?"

"교수님 자신의 지위와 명예를 위해서는?"

"전혀 고려하지 않았다고 하면 거짓말이겠지. 하지만 학교의
체면을 더 우선한 건 사실일세."

마코토에게는 그 말이 최소한의 위안이었다. 쓰쿠바다운 동
기라고 생각했다. 쓰쿠바의 잘못은 의료 과실이 아니라 오히려
사실을 은폐하려고 했다는 점에 있을 것이다. 그러자 문제가 남
았다. 바로 미쓰자키의 이해하기 힘든 행동이다.

"고테가와 형사님. 그렇다면 미쓰자키 교수님은 왜 형사님께
병력 있는 환자를 알려 달라고 하신 건가요?"

"미쓰자키 교수님이 지시를 내린 건 미네기시 도루의 사법해
부 직후였어. 교수님은 그때 이미 혈전 원인을 꿰뚫어 보신 게
아닐까? 어떻습니까? 교수님."

미쓰자키는 여전히 대답할 마음이 없어 보인다. 그저 쓰쿠바
를 가만히 지켜볼 뿐이다. 그리고 쓰쿠바 역시 미쓰자키의 시선
을 피하지 않았다.

"미쓰자키 교수님, 교수님은 의료 과실의 원인을 혼자서 조
사하고, 그것이 다른 누군가에 의해 밝혀지기 전에 쓰쿠바 교수
님께 경고하려고……."

"입 다물게, 애송이."

말투는 똑같지만 평소와 같은 공격적인 울림은 없었다.

"제대로 된 경험도 없는 주제에 상상만으로 건방 떨기는."

미쓰자키는 그대로 모두의 옆을 지나 교실을 나가 버렸다.

홀로 남은 쓰쿠바가 간신히 미소 지었다.

"구리스 과장. 아주 우수한 부하를 뒀군그래. 부럽네."

"……."

"더 자세한 이야기를 듣고 싶겠지. 미안하지만 나에게 시간을 조금만 주겠나? 앞으로 장기간 자리를 비우게 될 테니 그전에 업무들을 인계해야지."

"알겠습니다."

쓰쿠바와 구리스가 함께 교실을 나갔다.

고테가와가 두 사람 뒤를 따랐고 리에코도 "쓰쿠바 교수님……" 하고 중얼거리며 뛰어나갔다.

결국 교실 안에는 마코토와 캐시만 남게 됐다.

다음 날 마코토가 법의학 교실 문을 열자 미쓰자키와 캐시가 와 있었다.

"안녕하세요."

"굿 모닝, 마코토. 늦잠이라도 잤어요? 평소보다 조금 늦었네요."

"이런 시간이라면 교수님도 계실 것 같아서……."

그러자 미쓰자키가 마코토를 노려봤다.

"뭐 할 말이라도 있나? 설마 그 애송이처럼 투정이라도 부리려고?"

왠지 평소보다 더 불편해 보였다. 이유는 쉽게 짐작됐다. 어제 이후 병원에는 사복과 제복을 가리지 않고 경찰들이 밀어닥쳤고, 밖에서는 카메라와 마이크를 든 보도진이 병원을 에워쌌다. 이런 상황에서는 환자는 물론 의사와 간호사도 침착하게 치료에 전념할 수 없다. 문제의 중심에 선 쓰쿠바는 현경 본부에서 조사를 받는 중이다. 고테가와에 따르면 담담하게 진술하고 있어 수사는 막힘없이 진행될 모양이었다.

한편 우라와 의대의 윗선은 분주하게 움직였다. 유족과 매스컴에 대한 대처, 그리고 예상되는 집단 기소에 대한 선후책을 협의하기 위해 낮부터는 이사회가 개최될 예정이다. 그러나 회의가 어떻게 결론이 나든 우라와 의대, 그중에서도 특히 내과로 향하는 비판은 피할 수 없을 것이다. 벌써부터 내과 부장 교체를 시작으로 이른 시일 안에 몇 사람이 좌천되고 배치전환된다는 등의 이야기가 들리고 있다. 자칫하면 윗선을 넘어 조직 전체를 쇄신할 가능성이 있다.

다만 미쓰자키가 불편해 보이는 이유는 다른 곳에 있을 게 뻔했다.

"오늘은 교수님께 사과드리러 왔습니다."

마코토는 미쓰자키 앞에 섰다. 악담을 들을 각오는 이미 했다.

"고잔 마을 사건을 해결하고 얼마 되지 않아 저는 쓰쿠바 교수님께 미쓰자키 교수님의 동향을 감시하라는 지시를 받았습니다. 교수님이 경찰과 학교 의향을 무시하고 헛되이 부검 실적을 늘리고 있을 가능성이 높다는 이유에서였죠."

"아, 그랬군요."

캐시가 이해된다는 듯 고개를 끄덕였다.

"쓰쿠바 교수님은 사람을 보내 자신의 의료 과실이 드러날지를 슬쩍 떠본 거네요."

진술에 의하면 쓰쿠바가 의료 과실을 알아챈 건 재중 한국 공사 사건이 뉴스로 나왔을 때라고 한다. 그리고 공교롭게도 그 직후 해당 환자는 살인 사건의 피해자가 돼 버렸다. 사법해부를 맡은 건 미쓰자키였는데, 그 사건을 계기로 쓰쿠바는 공포를 느꼈다. 노련한 미쓰자키라면 시신의 몸 안에 생긴 혈전의 정체를 알아채지 않을까 염려하기 시작한 것이다. 미쓰자키의 단독 조사는 그때부터 시작됐다.

"쓰쿠바 교수님은 사법해부가 이뤄질 때마다 저에게 자세히 보고하라고 하셨습니다. 저는 어리석게도 미쓰자키 교수님의 의도를 완전히 오판하고 있었습니다."

뒤로 갈수록 목소리가 작아졌다. 몸 안의 핏기가 사라지는 느낌이었다. 쥐구멍이라도 있으면 숨고 싶었다.

"저는 미쓰자키 교수님을 배신했습니다. 캐시 조교수님의 신뢰를 저버렸습니다. 변명하지 않겠습니다. 쓰쿠바 교수님께 속았다고 해도 제가 스파이 비슷한 짓을 했던 건 사실이니까요. 정말 진심으로 두 분께 죄송합니다."

허리를 숙이고 고개를 깊숙이 떨구었다. 이렇게 고개를 숙이는 것 정도로 용서받을 수 있다고는 생각하지 않았다. 그러나 한심하게도 지금은 이것이 자신이 할 수 있는 유일한 사죄였다.

"그리고…… 이런 말씀 드리기 참으로 면목 없고 부끄럽지만 앞으로도 저를 조금만 더 데리고 있어 주실 수 있으신지요."

말하는 순간 얼굴에서 불길이 뿜어 나오는 줄 알았다. 이 무슨 이기적인 부탁이란 말인가. 스스로 생각해도 어이가 없었다. 그러나 이대로 말하지 않고 후회하는 것보다 말하고 경멸받는 쪽이 나았다.

"제가 맨 처음 법의학 교실을 찾아온 날, 캐시 조교수님은 제게 「히포크라테스 선서」를 읽게 하셨습니다. 솔직히 그때는 오래된 그 서약문이 그리 마음에 와 닿지 않았습니다. '나는 내 능력과 판단에 따라 환자에게 도움이 되는 치료만 할 것이고 해가 되거나 옳지 않은 일은 하지 않겠습니다. 나는 어느 집에 들어가든 오로지 환자의 이익만 생각하며 어떤 의도적인 비행이나 해악은 범하지 않겠습니다. 그리고 이 선서를 실천해 나가는 한 나는 나의 삶과 의술을 향유할 수 있지만, 만에 하나 선서를 어기는 순간 그 반대 운명에 치닫게 될 것입니다.' 그러나 지금은, 지금은 아주 조금 이 선서를 이해할 수 있을 것 같습니다."

신기했다. 살아 있는 환자를 맡았을 때는 보이지 않던 것이 죽은 자와 대화하게 되면서 희미하지만 서서히 보이기 시작했다. 그것은 분명 죽은 자가 과묵한 탓이리라. 아무리 물어도 죽은 자는 좀처럼 자기 이야기를 들려주지 않는다. 어떻게 하면 대답을 들을 수 있을지를 계속해서 자문하자, 나 자신에게 결여된 것 그리고 상대가 원하는 것이 서서히 느껴졌다.

"저는 연수의로서 아직 경험이 부족합니다. 하지만 한시라도 빨리 어엿한 의사가 되고 싶습니다. 「히포크라테스 선서」를 당당하게 가슴에 새긴 의사가 되고자 합니다. 미쓰자키 교수님, 모쪼록 부탁드립니다."

마코토는 고개를 숙인 채 미쓰자키의 다음 말을 기다렸다. 그러나 아무런 대답도 들리지 않는다. 심장이 터질 것 같은 긴장감을 견디지 못하고 서서히 고개를 들었다. 눈앞에는 미쓰자키가 서 있었다.

"그러든지 말든지."

그 말만 남기고 미쓰자키는 마코토를 지나쳐 그대로 교실을 나가 버렸다.

순식간에 눈시울이 뜨거워졌다.

캐시는 몸을 일으켜 오른손을 내밀며 말했다.

"웰컴, 마코토. 법의학 교실에 온 걸 환영합니다."

죽은 자의 목소리로 진실을 밝히다

『히포크라테스 선서』에는 만취 상태로 동사한 중년 남성, 자전거를 타고 가다가 승용차에 부딪혀 사망한 여성, 시합 중 코스를 이탈해 방파제에 충돌한 경정 선수, 상태가 급변해 병원에서 치료 중 사망한 미코플라스마 폐렴 환자 등, 얼핏 보기에 사건과는 관련 없어 보이는 시신들이 등장합니다. 작품에서 탐정 역할을 수행하는 미쓰자키 도지로 교수는 '죽은 자는 거짓말을 하지 않는다'라는 신념으로 이런 평범한 시신들에 날카로운 메스를 들이대 진상을 규명하려고 합니다. 미국인 조교수 캐시 펜들턴과 연수의 쓰가노 마코토, 사이타마 현경 수사1과 고테가와 형사가 다양한 난관을 돌파하고 마침내 미쓰자키와 함께 시신을 부검해 진실을 밝혀내는 순간, 독자는 통쾌함과 카타르시스를 느낄 수 있습니다.

작품의 주인공 쓰가노 마코토는 애당초 살아 있는 환자의 몸에 파고든 병을 파악하고 건강한 상태로 되돌리는 것을 의사의 소명으로 믿고, 죽은 사람은 어차피 되살릴 수 없다는 이유로 법의학의 필요성을 체감하지 못합니다. 그러나 법의학 교실 일원으로 활동하면서 점차 「히포크라테스 선서」 속 내용처럼 환자는 산 자와 죽은 자로 나뉘지 않으며, 법의학을 통해 죽은 자의 마지막 목소리를 듣는 동시에 산 자 또한 구할 수 있다는 것을 깨닫게 됩니다.

이 책 『히포크라테스 선서』는 시신을 부검해 진실을 규명하는 법의학을 주제로 한 의료 미스터리이자, 일본 의료계의 현실을 고발하는 사회파 미스터리인 동시에, 의사로서의 윤리를 끊임없이 자문하는 주인공 쓰가노 마코토의 성장 소설이기도 합니다.

작품을 쓴 작가 나카야마 시치리는 국내에 데뷔작 『안녕, 드뷔시』와 『살인마 잭의 고백』 단 두 권만 출간된 탓에 아직 널리 알려지지 않았지만, 현재 일본 미스터리 소설계에서 가장 활발하게 활동하는 작가 중 한 명입니다. 기후 현 출생으로 '나카야마 시치리'라는 필명은 기후에 실제 존재하는 관광 명소이자 길이 약 28킬로미터에 달하는 유명 협곡 이름에서 따왔습니다. 1961년생인 그는 고등학생, 대학생 시절부터 소설을 쓰면서 몇몇 신인상에 투고하기도 했지만 대학 졸업 후 취직과 동시에 오랜 세월을 회사원으로 평범하게 살았습니다. 그러다가 2006년 평소 팬이던 일본 추리소설계의 거장 시마다 소지를 사인회 이벤트 자리에서 만난 것을 계기로 마음을 다잡고 20년 만에 다시 펜을 들어 본격적인 소설 집필을 시작했다고 합니다. 이듬해인 2007년『마녀는 되살아난다』로 신인 작가 등용문인 제6회 '이 미스터리가 대단해! 대상'에 응모하고 최종 후보까지 오르지만 안타깝게도 수상에는 이르지 못합니다.

이때 받은 거장들의 서평을 참고해 새롭게 써낸 작품이 바로 완전히 상반된 분위기의 장편 소설『연쇄 살인귀 개구리남』(국내 미출간)과『안녕, 드뷔시』라는 작품입니다. 두 작품은 대단히 이례적으로 같은 작가의 작품이 동시에 제8회 '이 미스터리가 대단해! 대상' 최종 후보작에 오르는데, 결과적으로『안녕, 드뷔시』가 대상을 수상하면서 2010년 나카야마 시치리는 마침내 작가 데뷔의 꿈을 이룹니다.

그 뒤 2017년 지금까지 약 7년 남짓 동안 그가 써낸 작품은 무려 스물여덟 편에 달합니다. 소녀 피아니스트의 분투기를 다룬 밝고 상쾌한 음악 미스터리를 시작으로 어두운 본격 미스터리, 긴장감 넘치는 서스펜스물, 법정 미스터리, 경찰 소설, 안락의자 탐정 소설, 코미디물까지 그야말로 장르와 소재를 가리지 않습니다. 인터뷰에서 밝힌 그의 집필 속도는 하루에 원고지 약 스물다섯 장, 한 달에 700여 장이라고 합니다. 한때는 복수의 매체에 한 달에 동시에 열네 작품을 연재한 적도 있다고 합니다.

이런 경이적인 속도와 소재를 가리지 않는 자유자재의 작풍은 그의 독특한 집필 스타일에 기인합니다. 그는 일단 장편 의뢰를 받으면 주제에 관해 편집자와 상담한 뒤 사흘에 걸쳐 머릿속으로 소설을 완성한다고 합니다. 그 뒤 편집자에게 줄거리를 건넬 때는 이미 작품의 첫 줄부터 마지막 줄까지 완성돼 있어서 머릿속에 있는 내용을 그대로 컴퓨터로 옮겨 적을 뿐이라고 합니다. 작가는 2015년 잡지 인터뷰에서 다음과 같이 밝힌 바 있습니다.

제가 지금껏 쉬지 않고 끊임없이 소설을 써 올 수 있었던 것은 '한 번 의뢰받은 작품은 절대 거절하지 않는다', 그리고 '내가 쓰고 싶은 걸 쓰지 않는다'라는 신조 덕분이라고 생각합니다. 저는 전략적으로 '모두가 읽고 싶어 하는 이야기'를 쓰는 것만을 고려하며, 편집자와 회의할 때도 이 이야기가 어떤 독자층에 얼마나 큰 파급력을 보일지만을 떠올립니다.

작품에서 진실을 규명하기 위해 시신에 거침없이 메스를 들이대는 미쓰자키 도지로 교수는 이런 작가 자신의 모습이 고스란히 투영된 캐릭터로 보입니다. 나카야마 시치리는 독자에게 재미있는 읽을거리를 제공한다는 일념으로 다양한 분야의 소재를 가리지 않고 파고들어 그야말로 거침없이 써내려온 작가입니다.

또 하나 재미있는 것은 그의 작품에는 공통된 캐릭터가 여기저기 등장한다는 사실입니다. 예를 들어 본 작품에 등장하는 와타세 반장과 고테가와 형사, 미쓰자키 교수 캐릭터는 그의 비공식 첫 작품인 『마녀는 되살아난다』에서부터 얼굴도장을 찍은 바 있습니다.

『히포크라테스 선서』는 시리즈 두 번째 작품인 『히포크라테스 우울』로 이어집니다. 이를 비롯해 매력 만점인 나카야마 시치리의 다양한 작품 세계가 앞으로도 국내에 꾸준히 소개되어 더 많은 독자들과 그의 작품에 대해 이야기 나눌 수 있게 되기를 바랍니다.

2017년 6월
이연승

히포크라테스 선서

초판 1쇄 발행 2017년 7월 14일
초판 3쇄 발행 2023년 8월 30일

지은이　　나카야마 시치리
옮긴이　　이연승

발행인　　송호준

발행처　　블루홀식스
출판등록　2016년 4월 5일 (제 2016-000100호)
주소　　　경기도 파주시 회동길 483-1
전화　　　031-955-9777
팩스　　　031-955-9779
전자우편　blueholesix@naver.com

ISBN　　979-11-961234-0-6 03830